Борислав сміється

Borislav is Laughing

Іван Франко

Ivan Franko

Borislav is Laughing

Copyright © JiaHu Books 2014

First Published in Great Britain in 2014 by Jiahu Books – part of
Richardson-Prachai Solutions Ltd, 34 Egerton Gate, Milton Keynes, MK5
7HH

ISBN: 978-1-78435-078-9

A CIP catalogue record for this book is available from the British Library

Visit us at: jiahubooks.co.uk

I.

Сонце досягало вже полудня. Годинник на ратушевій вежі вибив швидко і плачливо одинадцяту годину. Від громадки веселих, гарно повбираних панів-обивателів дрогобицьких, що проходжувалися по плантах коло костела в тіні цвітучих каштанів, відділився пан будовничий і, вимахуючи блискучою паличкою, перейшов через улицю до робітників, занятих при новорозпочатій будові.

— Ну, що ж, майстер, — крикнув він, не доходя, — готові ви вже раз?

— Все готово, прошу пана будовничого.

— Ну, то кажіть же вдарити даст!

— Добре, прошу пана! — відповів майстер і, обертаючися до помічника, що стояв побіч нього і докінчував обтісувати величезну фундаментову брилу попелівського піщаника, сказав: — Ану, Бенедю, тумане якийсь! Не чуєш, що пан будовничий кажуть раст бити?.. Живо!

Бенедьо Синиця кинув з рук оскарб і поспішив сповнити майстрів розказ. Перескакуючи через розкидане кругом каміння, задихавшись і посинівши з натуги, він біг, що було моці в його тонких, мов скіпи, ногах, ід високому парканові. На паркані завішена була на двох мотузках дошка, а побіч неї на таких же мотузках висіли дві дерев'яні довбеньки, котрими бито о дошку. Се був прилад, котрим давалось знак, коли починати або кінчати роботу. Бенедьо, добігши до паркана, хопив довбеньки в обі руки і з усеї сили загримав ними о дошку.

«Капать! калать! калать!» — роздалося радісне, голосне гавкання «дерев'яної суки». Так муляри звали образово сесь прилад. «Калать! калать! калать!» — гримотів Бенедьо без упину, всміхаючись до дошки, котру так немилосердно катував. А всі муляри, заняті кругом на широкім плацу: хто тесанням каміння на фундаменти, хто гашенням вапна в двох глибоких чотиригранних вапнярках, усі копатільники, що копали ями під підвалини, теслі, що взаді, мов жовни, цюкали, обтісуючи здоровенні ялиці та дубове дилиння, трачі, що різали тертиці ручними пилами, цегляри, що складали в стоси свіжо привезену цеглу, — весь той різнородний робучий люд, що снувався, мов мурашки, по плацу, двигаючи, цюкаючи, хитаючись, стогнучи, потираючи руки, жартуючи та регочучись, — усі зупинилися і перестали робити, мов величезна, стораменна машина, котру одно подавления крючка нараз спинить в її скаженім ході.

«Калать! калать! калать!» — не переставав завзято гукати Бенедьо, хоть усі вже давно почули гавкання «дерев'яної суки». Муляри, що стояли схилені над камінними брилами та з розмахом ценькали о твердий піщаник, аж час від часу іскри пирскали з-під оскарба, тепер, покинувши свої прилади, випростовували крижі і роздоймали широко руки, щоби захопити якнайбільше воздуху в груди. Деякі, котрим вигідніше було клячіти або чапіти при роботі, звільна піддвигалися на рівні ноги. В вапнярках шипіло та булькотіло вапно, немов лютилось, що його наперед спражено в огні, а тепер назад вкинено в воду. Трачі такій лишили пилу в недорізанім брусі; вона повисла, спершися горішньою ручкою о дилину, а вітер хитав нею на боки. Копатільники повстромлювали рискалі в м'яку глину, а самі повискакували наверх з глибоких ровів, вибраних під підвалини. Між тим Бенедьо вже перестав гримати, а весь робучий люд, з обтрясинами цегли та глини, з трачинням та сприсками каміння на одежі, руках і лицях, почав збиратися на фронтовий угол нового будинку, де був головний майстер і пан будовничий.

— А як, прошу пана, спустимо сей камінь на місце? — спитав будовничого майстер, опершися грубою, крепкою рукою на обтесану підвалину, котра, хоть лежала плоским боком на невеликих дерев'яних валах, все-таки сягала майстрові трохи не по пояс.

— Як спустимо? — повторив протяглим голосом будовничий, зирнувши крізь монокль на камінь. — Ну, проста річ, на дрюках.

— А може, воно троха небезпечно, прошу пана? — закинув майстер.

— Небезпечно? А то для кого?..

— Ну, та певно, що не для каменя, а для людей, — відповів, усміхаючися, майстер.

— Е-е-е! Що тото! Небезпечно!.. Не бійтеся, ніч нікому не станеся! Спустимо!..

І пан будовничий поважно наморщив чоло та стягнув уста в три складки, немов то він уже наперед силується і натужується, спускаючи камінь на призначене для нього місце.

— Спустимо безпечно! — повторив ще раз, і то з такою певністю, немов переконався, що його сили вистачить на таке діло. Однако майстер-недовірок похитав головою, але не сказав нічого.

Тим часом і прочі обивателі, що досі громадками проходжувалися по плантах довкола костела, на голос «дерев'яної суки» почали звільна стягатися ''теж ід новій будові, а попред всіх сам властивець нової будови, Леон Гаммершляг, високий і статний я;ид з кругло підстриженою бородою, прямим носом і червоними, мов малини, устами. Він був нині дужо веселий, говіркий і дотепний, сипав жартами і забавляв, видимо, ціле товариство, бо всі громадилися і тиснулися круг нього. Далі, в другій громадці, прийшов Герм.ан Тодьдкремер, найповажніший, то єсть найбагатший з усіх присутніх обивателів. Він був більше здержаний, тихий а навіть трохи чогось маркітний, хоч і старався не показувати того. Далі йшли ще другі підприємці, багачі дрогобицькі і бориславські, деякі урядники та один околичний дідич, великий приятель Гаммершляга, певно, тому, бо весь його маєток був в Гаммершляговій кишені.

Ціле те товариство, в модних чорних сурдутах, в пальтотах з дорогих матерій, в блискучих чорних циліндрах, в рукавичках, з лісками в руках і перстенями на пальцях, дивно відбивало відсі маси робітників, пестріючої хюа червоною краскою і. цегли або білою краскою вапна. Тільки веселий гамір одних і других мішався докупи.

Цілий плац на розі улиць Панської і Зеленої заповнений був людьми, деревом, камінням, цеглою, гонтами, купами глини і подобав на велику руїну. Тільки одна дощана буда, трохи понижче в невирубанім саду, мала вид живий і принадний. Вона була прикрашена зеленою ялиною під входу, всередині обвішана диванами, в ній і довкола неї крутилися прислужники з криком та прокляттями. Приготовляли перекуску, котрою Гаммершляг хотів учтити закладини нового дому. І ще один незвичайний гість з великим подивом придивлявся цілому тому натовпові людей і предметів. Се була невелика особа, — а прецінь усі на неї ззиралися цікаво і якось дивно.

— Ти, Бенедю, — спитав якийсь замазаний глиною робітник, — а то на яку пам'ятку того щигля сюди вивісили?

— А, щось-то вже вни з ним гадають робити, — відповів Бенедьо.

Всі робітники перешіптувалися між собою і позирали на щигля, що скакав в дротяній клітці, завішеній на дрюці над самою ямою, але ніхто не знав, нащо він. Навіть майстер не знав, хоть надавав собі премудрий вид і на запитання робітників відповідав: «Аякже, все бись хтів знати! Постарієшся, як усе пізнаєш!»

А щиголь між тим, отямившися з першого переляку при першім напливі цілої товпи народу, скакав собі по щебликах клітки, теребив конопляне сім'я дзьобиком, а часом, ставши на верхній щеблпк, тріпотав червоно-жовто-басманистими крильцями і щебетав тонесенько: «Тікілі-тлінь! цюррінь цюррінь! куль-куль-куль!..»

З-між натовпу гомонячих людей визначилася нараз голова Леона Гаммершляга, визначився його голос. Він вискочив на підвалину і обернувся до всього товариства:

— Мої панове, сусіди і добродії!

— Тихо! тихо! пет! — загомоніло кругом і утихло. Леон говорив далі:

— Дуже, дуже вам дякую, що ви були такі добрі почтити мене своїм приходом на нинішній, та кий важний для мене обхід... — О, просимо, просимо! — загомоніло кілька голосів, грубих і тонких.

— Ах, ось і наші дами їдуть! Панове, передовсім ходім дами привітати! — І Гаммершляг щез знов у товпі, а кілька молодших панів пішло на улицю, де саме надкотило кілька бричок з дамами. Панове помогли їм повилазити з бричок і попідруч повели на плац, де зроблено для них місце тут же, близ величезної камінної брили.

Дами ті — були то по більшій часті старі і погані жидівки, котрі недостачу молодості і красоти старались покрити пишним і виставним багатством. Шовки, атласи, блискуче каміння і золото так і сяло на них. Вони щохвилі осторожно обзирали свої сукні, щоб не сплямити дотиком о цеглу, каміння або не менше брудних робітників. Одна тільки Фанні, донька Гаммершляга, визначувалась з-поміж дам іменно тим, чого їм нестапало — молодістю і красотою, і виглядала між ними, мов розцвітаюча півонія між відцвівшими будяками. Круг неї тож і громадились молодші з товариства, і швидко там зійшлася купка, в котрій пішла оживлена, голосна бесіда, між тим коли прочі дами, по перших звичайних викриках подиву, по перших більше-менше пискливих та вивчених жиченнях властивцеві всякого щастя, сталися досить тяжкі на слова і почали розглядатися довкола, немов дожидаючи якоїсь комедії. Тим ожиданням швидко заразилися й другі. Веселий гомін умовк. Бачилось, що разом з дамами налетів на товариство дух нуди і якоїсь силуваної здержаності, котра нікому ні на що не здалася.

І Гаммершляг якось немов збився з пантелику. Він мов забув, що перед хвилею почав був говорити бесіду, і снувався то сюди, то туди, зачинав то з одним, то з другим розмову о речах посторонніх, але все то якось не клеїлося. Нараз побачився супроти Германа, що стояв мовчки, опертий о стос дерева, і озирав цілий плац, немов забирався його торгувати.

— А що ж вашої пані нема, дорогий сусідо? — вказав Леон, усміхаючись.

— Даруйте, — відповів Герман, — вона, певно, щось нездорова.

— Ах, дуже мені жаль! А я надіявся...

— Але що, — відказав задобрюючи Герман, — хіба ж то вона така велика особа! Обійдеся про ню!

— Ні, коханий сусідо! Прошу так не казати, що невелика особа... Як же так?.. От моя Фанні, бідна дитина, — як вона була б щасливою, якби мала таку матір!..

Неправда тих слів аж била з лиця і очей Леонові, але уста, послушні наказові волі, говорили, а розум силяв їх докупи, як того вимагав інтерес.

Але ось від Лану, де на сході видно було височезну побілену божницю, почувся великий крик і гамір. Всі гості і робітники звернули очі в той бік. По хвилі показалася на улиці мов чорна гоготяча хмара, — се був кагал жидівський з рабином всередині, котрий мав звершити обряд посвячення підвалин нового дому.

Швидко цілий плац був залитий жидами,, котрі, своїм звичаєм, говорили всуміш, голосно і борзо, снували, мов мурашки в розваленій купині, оглядали все і немов таксували все очима, а відтак зітхали та похитували головами, немовби разом і дивувалися багатству Леона, і жалували, що багатство тото в його, а не в їх руках. Немногі панки-християни, що теж були в тій купі, нараз помовкли і повідсувалися набік, чуючися не в своїй тарілці. Околичний дідич хмурився і закусав губи зо злості, видячись в тім жидівськім натовпі, котрий ані крихітки не зважав на нього. Він, певно, в душі кляв сердечно свого «щирого приятеля Леона», але прецінь не втік, а достояв до кінця обряду, по котрім мала наступити перекуска.

Загальний гамір на плацу не тільки не вгавав, але ще й побільшився. Щиголь, перепуджений наглим напливом того чорного, крикливого люду, почав перхати по клітці та битися о дротики. Рабина, старого сивого жида з довгою бородою, вели два школьники попід руки і привели аж ід самій підвалині. Стиск зробився довкола такий, немовби кождий жид хотів бути ту ж коло самого рабина, незважаючи, що там нема місця на тільки люду. Серед тиску і крику товпи не чути було й того, що читав рабин над підвалиною. А тільки коли школьники час від часу в відповідь на його молитву викрикували «умайн», себто «амінь», тоді й уся проча товпа повторяла за ними «умайн».

Вдарила дванадцята година. На дзвіниці коло костела, тут же, насупротив нової будови, загудів величезний дзвін, звіщаючи полуднє. За ним зателенькали й усі другі дзвони на дрогобицьких церквах. Бачилось, що цілий воздух над Дрогобичем застогнав якимись плачливими голосами, серед котрих ще плачливіше і сумніше роздавалося те безладне різноголосе «умайн». Робітники, почувши дзвони, познімали шапки і почали хреститися, а один школьник, підійшовши до Леона і вклонившися йому, почав шептати:

— Най бог благословить вас і зачате вами діло. Ми вже скінчили. — А відтак, похиляючися ще ближче до Леона, сказав тихіше: — Видите, пан біг добрий післав вам знак, що все піде вам щасливо, що тільки загадаете.

— Добрий знак? А то який? — спитав Леон.

— А не чуєте, що християнські дьвони самі добровільно роблять вам службу і кличуть па вас благословенство християнського бога? То значить, що християни все будуть вам добровільно служити.

Будуть помагати вам осягнути то, що собі загадаєте. Ті дзвони — то добрий знак для вас!..

Коли б Леон учув був таку бесіду при других, він би, певно, був насміявся з неї. Він рад був удавати про око вільнодумного чоловіка, але в глибині серця, так як усі малорозвиті і самолюбні люди, був забобонний. Тож і тепер, знаючи, що ніхто не чув школьникової бесіди, він приймав дуже радо добру ворожбу і віткнув десятку в надставлений школьників кулак.

— Се для вас і для школи, — шепнув Леон, — а за добрий знак богу дякувати!

Школьник, урадуваний, став знов на своє місце коло рабина і сейчас же почав перешіптуватися з другим школьником, котрий, очевидно, питав його, кілько дав Леон.

А тим часом пан будовничий прийнявся вже до свого діла і почав комендерувати робітниками.

— Ану, до дрюків! — кричав. — Бенедьо, тумане вісімнадцятий, де твій дрюк?..

Гармидер на плацу ще побільшився. Рабина відвели набік, жиди розступилися, щоб дати місце робітникам, котрі мали зрушити з місця величезну підвалину і впустити її на приналежне місце в викопаний глибокий рів. Дами цікаво тислися наперед і сопіли серед натовпу; вони були дуже цікаві побачити, як то буде сунутися тота величезна каменюка. Тільки щиголь цвірінькав весело в клітці, та сонце широким, непривітним лицем всміхалося згори, з-посеред темно-синього безхмарного неба.

Всі прикази будовничого сповнено швидко. Півперек невеличкої доріжки, куди треба було просунути камінь, покладено чотири вали, так само загрубі, як ті, на котрих він тепер спочивав. Такі ж самі два вали положено півперек ями, в котру треба було камінь спустити. Робітники окружили його з дрюками в руках, мов ладились буками всилувати його до руху і зламати його камінну упертість. Деякі жартували і сміялися, називаючи підвалину сірою коровою, котру так багато люда отає заганяє до стайні.

— А поступися, маленька! — гейкнув один, поштуркуючи камінь рукою. Але ось роздалася команда будовничого, і все утихло. На цілім многолюднім плацу чути було тільки сапання людей та цвірк щигля в клітці.

— Ану, рушайте! Раз, два, три! — крикнув будовничий. Десять дрюків, мов десять величезних пальців, підхопило камінь з обох боків, і він звільна покотився по валах, важко хрустячи ними о підсипаний шутер.

— Гурра! Гей! А скобочи-но го, най ся рушає! — закричали весело робітники.

— Далі! — кричав серед тих голосів будовничий. Робітники знов натужилися. Знов захрустів шутер, заскрипіли вали під тягарем, і камінь, мов величезна черепаха, повз ізвільна наперед. На лицях присутніх гостей виднілася радість, дами всміхалися, а Леон шептав до котрогось свого «сусіда»:

— І що то! Говоріть, що хочете, все-таки чоловік — пан природи! Нема такої сили, котрої б він не переміг. Ось скала, тягар, а й тота рушається по його приказу.

— А особливо прошу зауважити, — додав «сусід», — що за сила в товаристві людей! Злученими силами чуда докопуються! Хіба ж сам-один чоловік потрафив би щось подібного?..

— Так, так, злученими силами, се велике слово! — відповів Леон.

— Гурра враз! Ану! — кричали радісно робітники. Камінь уже був над ямою, спочивав на двох поперечних лігарях, котрі по обох берегах ями своїми кінцями глибоко вгризлися в землю під його вагою. Але тепер діло було найтрудніше — спустити камінь відповідно вдолину.

— Ану, хлопці, живо до дрюків! — комендерував будовничий. Робітники розскочилися в один миг на оба боки рову і підсадили п'ять пар підойм під камінь.

— Попід ребра го! Так, щоби му аж серце підскакувало, — жартували робітники.

— А тепер підносіть догори! А як скоро лігарі відвержені набік, то як скажу: «Ну» — всі разом вихапуйте дрюки і враз від ями! Розумієте?

— Розуміємо!

— Але всі враз! Бо хто запізниться, то біда буде!

— Ну, ну! — крикнули робітники і разом налягли на підойми, щоби підважити камінь догори. І справді, він звільна, мов неохітно, відділився від лігарів, на котрих лежав, і піднісся на кілька цалів вгору. Всіх серця мимоволі дрижали. Робітники, посинівши від натуги, держали камінь на підоймах над ямою, ждучи, заки шнурами витягну гь з-під нього лігарі і заки будовничий не дасть знаку — вихапувати дрюки з-під камена.

— Ну! — гаркнув нарав будовничий серед загальної тиші, і дев ять робітників разом з дрюками пирсло в противні боки. А десятий? Разом з глухим лоскотом камена, спадаючого на призначене місце, почули загромаджені і глухий, проніймаючий зойк.

— Що се такого? Що се такого? — загомоніло кругом. Всі почали знов тиснутися, гомоніти та допитуватися, що се такого сталося.

Сталася проста річ. Дев'ять робітників вихопило одночасно свої підойми з-під камена, а десятий, помічник мулярський, Бенедьо Синиця, не встиг сього на час зробити. Одна хвилинка запізно, але та хвилинка могла його згубити. Камінь усім своїм тягарем шарпнув йому підойму і вирвав з рук. Підойма заїхала Бенедя півиерек —

щастя, що не по голові, а тільки в бш. Бенедьо лиш раз зойкнув і впав, мов неживий, на землю.

Густим клубом пирснув догори пісок, де впала розмахнена підойма. Робітники в смертельній тривозі кинулися до Бенедя.

— Що то таке? Що таке? — гомоніли гості. — Що сталося?

— Підойма забила чоловіка.

— Забила? Йой, боже! — далося чути між дамами.

— Ні, не забила, живий! — роздалось з-між робітників.

— Живий! А! — відсапнув Леон, котрого крик Бенедя вхопив був, мов кліщами, за серце.

— А дуже скалічений?

— Ні, не дуже! — се був голос будовничого, котрий також при тім случаї несподівано почув, як під ним ні з сього ні з того дилькотіли коліна.

Товпа гомоніла і тиснулася довкола скаліченого. Дами охали та пищали, кривлячи уста та виставляючи напоказ, які-то вони чулі та м'якого серця. Леонові все ще щось невиразно шуміло в голові, і думки не могли зібратися докупи. Навіть щиголь у своїй клітці ціпотів жалібно та перхав по кутах, неначе не міг дивитися на людську муку. А Бенедьо все ще лежав на однім місці, посинілий, як боз, зомлілий, зі зціпленими зубами. Підойма зачепила його острим суком о бік, продерла опинку і сорочку і фалатнула в клубі діру, з котрої пустилась кров. Але підойма засягнула і трохи вище, по голодниці, і через те іменно позбавила його на хвилю віддиху.

— Води! Води! — кричали робітники, що заходилися тверезити Бенедя і перев'язувати його рану. Принесено воду, перев'язано рану і затамовано кров, але відтерти зомлілого годі було. Удар був дуже сильний і в небезпечне місце. Над цілим товариством залягла знов хмара непевності.

— Возьміть го винесіть отам на вулицю! — крикнув вкінці Леон.

— А ні, то занесіть додому та прикличте доктора!

— Живо, живо! — підганяв будовничпй. Заки два робітники взяли Бенедя за руки і ноги та понесли крізь натовп людей на вулицю, до будовничого ззаду підійшов майстер мулярський і діткнувся його плеча "рукою. Будовничий зіснувся і обернувся напруго, мов за дотиком пекучої кропиви.

— А видите, пане будовничий, я добре казав...

— Що, що таке? Хто казав?

— Я казав, — шептав стиха, спокійно майстер, — не спускати камінь на дрюках, бо небезпечно.

— Е, дурень ти! От мудь, не що інше, п'яний був, не відскочив, хто му винен! — відповів офукливо будовничий і відвернувся. Майстер стис плечима і замовк. Але будовничий почув шпильку внутрі і трохи не пінився зо злості.

Між тим пора було кінчати закладини. Школьяики спровадили рабина на малу, досить вигідну Брабинку, і він зліз по ній на дно рову, де на йрізначенім місці лежав фундаментовий камінь. На верхній площі каменя була видовбана чотиригранна, досить глибока ямка, а довкола неї червонілись свіжі плями крові, що бризнули з рани Бенедя. Рабин промуркотів ще якусь молитву, а відтак перший кинув невеличкий срібний гріш до видовбаної в камені ямки. За ним то само школьники, а відтак почали й прочі гості злазити східцями і кидати хто більші, хто менші монети в підвалину. Дами скрикували та хиталися на східцях, піддержувані мужчинами, тільки Леонова дочка Фанні гордо і сміло злізла до ями і кинула дуката. По дамах почали й панове один по другім спускатися до підвалини. Потомок польської шляхти ішов тут же за Германом і косо глянув на багатого капіталіста, коли той бренькнув блискучим золотим дукатом: шляхтич мав лиш срібного ринського в кишені, але, щоб не покпитись зі своїм шляхетським гонором, живо відоп'яв від' манжета золоту спинку і кинув її до ямки.

Довго тягнувся ряд гостей, довго бренчало золото, сиплючись у камінну ямку та заливаючи її блискучою хвилею. Робітники, що стояли над ямою, чекаючи на розказ майстра, зависно гляділи на цілий той обряд. Но ось уже кидання грошей скінчилось — ямка мало що не повна. Леон, що досі стояв при східцях і всіх виходячих з ями приязно стискав за руки (з Германом та з шляхтичем він на радощах навіть поцілувався), тепер виступив наперед і казав принести плиту та цемент, замурувати фундамент. Робітники кинулись сповнити його волю, а він сам тим часом підійшов ід клітці з щиглем.

«Тікілі-тлінь! Цюрінь-цюрінь! Куль-вулькуль!» — щебетала пташина, не надіючись собі лиха, коли Леон зближався. Тонкий, чистий спів щигля дзвенів у тихім воздусі, мов скло. Довкола всі втишилися, цікаво позираючи на закінчення важного обряду закладин. Леон зняв клітку з птахом із стовпа і, держачи її догори, проговорив:

— Мої дорогі сусіди, а нині гості! Великий седень для мене, дуже великий. Чоловік, що сорок літ блукався по безлюдних пустинях та бурливих морях, нині перший раз побачився близьким супокійного пристанівку. Тут, в щасливім місті Дрогобичі, я задумав увити собі гніздо, котре би було красою і славою міста...

— Браво, браво! — закричали гості, перериваючи бесіду.

Леон поклонився з усміхом і говорив дальше:

— Батьки наші навчали нас, що, хотячи зачати якесь діло щасливо, хотячи довершити його щасливо і хотячи уживати єго плодів щасливо, треба передовсім з'єднати собі духів місця. Ви вірите в духів, ласкаві панство? Може бути, що є між вами хто, що в них не вірить. Я — признаюсь вам — вірю в них. Ту, в тій землі, в тих брилах каміння, в тім сичучім вапні, в людських руках і головах, — у всім тім жиють духи, сильні, таємничі. При їх тільки помочі стане мій будинок, моя твердиня. Вони тільки будуть її підпорою і обороною. І тих-то духів поєднати, жертвою поєднати, кровавою жертвою, — се ціль нинішнього великого обряду. Щоб достаток і добробит, — не для мене, а для цілого міста, — цвіли в тім домі, ви ласкавими руками кинули в сю камінну борозду золоте сім'я. Щоб здоров'я, веселість і краса — не ' для мене, а для цілого міста, — цвіли в тім домі, я жертвую духам сього місця, сього живого, здорового, веселого і гарного співака! При цих словах Леон встромив руку до клітки. «Пі-пі-пі!» — запищала пташина, перхаючи і ховаючись по кутах, однако Леон живо зловив її і виняв з клітки. Щиголь скоро в руці замовк, тільки дивився довкола заляканими очима. Його червонопері груди виглядали, мов велика кровава пляма в Леоновій руці. Леон виняв червону шовкову нитку і зв'язав нею щиглеві крила і ноги, а відтак зійшов східцями в долину, до фундаменту. Всі довкола мовчали, мов під якимось тиском. Робітники наднесли велику плиту і довкола чотиригранного прорубу в фундаменті наклали цементу, щоб зараз же замурувати той отвір. Тоді Леон, прошептавши ще якісь слова, зняв перше з пальця золотий перстень і кинув його до прочого скарбу в камінній дучці, а відтак положив наверх щигля. Пташина лежала спокійно на холоднім смертельнім ложі з золота і срібла, тільки головку звернула догори, до неба, до своєї ясної, чистої вітчини, — но зараз велика плита прикрила зверху той живий-тріб, затверджуючи будуще щастя дому Ґаммершлягів...

В тій хвилі Леон поглянув вбік і побачив на фундаменті сліди іншої жертви — кров людську, кров помічника мулярського, Бенедя. Та кров, застигла вже на камені, вразила його до глибини • душі. Йому повиділось, що, відай, чи не «духи місця» жартують собі з його слів і беруть зовсім не таку марну жертву, як його жертва. Йому привиділось, що тая друга, страшна, людська.журба ледве чи вийде йому на користь. Краплі крові, закріплої на камені, в темнім прокопі виглядали, мов чорні голови залізних гвоздів, що вертять, дірявлять і розточують підвалини його пишної будови. Йому стало нараз якось холодно, якось тісно в прокопі, і він вихопився чимборше наверх.

Гості тислися до нього з жиченнями. Герман стиснув йому руку і промовив голосно:

— Най той невеликий скарб, засіяний приязними руками в підвалину вашого дому, росте і множиться в тисячу разі Най стане підвалиною слави і багатства вашого роду!

— І так, як ваш дім нині заснувсь на підвалині з каменя і золота, — додав з другого боку також голосно шляхтич, — так най щастя і розцвіт вашого роду віднині основуєсь на щирій приязні і прихильності всіх людей.

Леон радісно стискав руки своїм гостя, радісно дякував їм за їх приязнь і услугу, радісно прирікав працювати надальше тільки в товаристві і для товариства, — а все-таки в серці його лежав ще холодний сумерк, крізь котрий грізно виднілися великі чорні краплі крові, мов живі залізні гвозди, пробиваючі і розточуючі незначно підвалини його щастя. Він чув з усіх слів своїх гостей якийсь холод, за котрим, бачилось, чатувала скрита глибоко в їх серцях зависть.

Між тим робітники під проводом будовничого замурували з усіх боків фундамент і виводили швидко стіну всередині прокопу. Вдарила перша година.

— Ну, досить, люди, на нині роботи! — крикнув Леон. — Треба й вам троха забавитись. Таких днів, як нинішній, в моїм життю небагато, най же і для вас він буде празником. Тут вам сейчас принесуть пива і закусок, а ви, майстер, уважайте на порядок!

— Добре, прошу пана!

— А вас, мої дорогі гості, прошу за собою. Фанні, дитинко, будь господинею і займися дамами! Прошу, прошу!

Гості, весело гуторячи, пішли поміж купами цегли, каміння та дерева до дощаної, вінцями та різнобарвними хоруговками устроєної буди на перекуску. Тільки рабин і школьники та деякі другі «хусити» пішли геть, не хотячи засідати при однім столі з «трефняками».

Поки в буді серед веселого гамору пани гостилися, робітники сиділи в широкім крузі під голим небом на камінні. Два помічники наливали пиво, другі два розносили різники хліба та сушену рибу. Однако робітники були якось дуже мовчазливі. Случай з Бенедьом щемів іще всім унутрі, ба і весь той дивний жидівський обряд закладин дуже їм не сподобався. Хто вигадав живу пташину замуровувати? Ніби то принесе щастя? А втім, може, й так... Адже добре то якийсь вигадав: панам весілля, а курці смердь. А тут ще й ті робітники, що відносили Бенедя додому, повернули і стали розповідати, як стара Бенедьова мати перепудилась і заплакала тяженько, побачивши свого єдиного сина зомлілого, окровавленого. Зразу, бідачка, гадала, що вже по її синові, але коли їм удалося Бенедя протверезити, то так утішилася, мов дитина: заскакує коло нього, і цілує, ї'плаче, і йойкає, так що аж серце крається чоловікові.

— Знаєте що, хлопці, — озвався майстер, — треба би зробити яку складку та підрятувати бідних людей, бо заки він буде слабий та незарібний, то я й не знаю, з чого їм обоїм вижити. Адже стара іглою не занипає на тільки!

— Правда, правда! — закричали робітники з усіх боків. — Скоро по виплаті, то кождий по п'ять крейцарів, нам уйма невелика, а їм добре.

— Ну, а будовничий, — озвався котрийсь муляр, — він ніго не дасть? Адже ціле нещастя через нього!

— Та й ще добре ще, що на тім сталося, — сказав другий. — Та то камінь міг і п'ятьом так само заїхати!

— Тре му казати, най також причиниться на бідного скаліченого.

— Але вже ви кажіть, — сказав майстер, — я не буду.

— Ну та що, скажемо ми, гуртом, — озвалися голоси.

Саме в тій хвилі вийшов будовничий з буди від гостей, щоб поглянути на робітників. Його лице вже налилось широким рум'янцем від випитого вина, а блискуча паличка дуже живо літала з одної руки до другої.

— А що, діти! — крикнув він, підходячи до кружка.

— Все добре, прошу пана, — відказав майстер.

— Ну, так ми ся й справуйте! — І хотів іти назад.

— Ми би до пана мали одну просьбу, — дався чути голос з-поміж робітників. Будовничий обернувся:

— До мене?

— Так, — загули гуртом усі.

— Ну, що ж такого?

— Щоби пан були ласкаві причинитися до складки на того помічника, що го нині підоймою пришибло.

Будовничий стояв, не кажучи нічого, тільки сильніший рум'янець почав виступати на його лице, — знак, що просьба робітників неприємно його діткнула.

— Я? — сказав він вкінці з проволоком. — А ви відки до мене з тою просьбою приходите? Хіба я тому винен, чи що?

— Та, прошу пана, і ми не винні, але здаєся нам, годиться і таки треба помочи бідному чоловікові. Він слабий, якийсь час не буде міг робити, треба ж єму й матері старій чимось дихати.

— Як хочете, то му помагайте, а я відки до того приходжу! Першому-ліпшому непотрібові помагай!.. Ще чого не стало!.. — Будовничий відвернувся гнівно і пустився йти назад, коли втім котрийсь з робітників, обурений такою бесідою, сказав голосно:

— Ади, який пан! А сам тому найбільше винен, що Бенедя скалічило! Ог коби его було так парнуло, то, певне би-м, не пожалкував не то п'ять, а й десять креіцарів на такого діловода!..

— Що? — ревнув нараз з усеї сили будовничий і прискочив до сидячих робітників. — Хто се говорив?

Мовчанка.

— Хто се смів говорити? Га?

Ніхто й не писнув.

— Майстер, ви ту сиділи: хто се сказав? Говоріть, а ні, то вас нажену з роботи замість того урвителя!

Майстер поглянув довкола по робітниках і сказав спокійно:

— Я не знаю.

— Не знаєте? То я вас віднині не знаю ту на роботі. Проч!

— То я сказав! — відозвався один робітник, встаючи. — Я сказав і ще раз кажу, що-с дідовід, коли не хочеш на бідного робітника дати. А о твою роботу я не стою!..

Будовничий стояв, мов скажений, і з люті не міг до слова прийти. Робітник між тим узяв свій вінкель, кельню та міру і, попрощавшися з товаришами, спокійною ходою пішов ід ринкові. Прочі робітники мовчали.

— Га, драби, лайдаки! — гримав будовничий. — О, або він стоїть о роботу! Він би лиш лежав горі животом, як тота свиня в болоті. Але пождіть-но ви, навчу я вас порядку! Не такі у мене станете! А то урвителі! — І, ще весь телепаючись зі злості та клонучи всю «голоту», будовничий пішов назад до панського товариства.

В буді тим часом ішло дуже весело і гойно. По перекусці слуги позбирали миски і тарелі, а натомість понаставляли фляшок з вином і чарок. Чарки кружили живо. Вино звільна розпутувало язики, розбуджувало веселість та гомін. Пахучий дим з дорогих цигар клубився понад головами до дощаної стелі, плив тонкою струйкою крізь прорізане вікно. Слуги Леонові крутилися посеред гостей, подаючи їм, чого хто забажав. Гості одні сиділи купками, другі стояли або ходили, балакаючи, жартуючи або торгуючись. Леон не покидав Германа. Він нині перший раз ближче зійшовся з тим найбільшим бориславським тузом і почув до нього якусь дивну приязнь. Досі вони стояли против себе, як вороги, доперва два роки тому прибув до Борислава з готовим і чималим капіталом. Він був більше образований від Германа, добре знався на купецтві, читав деякі книжки гірничі і думав, що досить йому тільки явитись в Бориславі, а усе покориться перед ним, і він стане самовладним паном. Він наперед укладав собі плани, як то він закупить дешево обширні і найвідповідніші до копання частки ґрунту, як позаводить собі машини для скоршого і дешевого видобутку земляних скарбів, як піднесе цілий нафтовий промисл і своєю волею буде піднімати і опускати ціни на всіх торгах. Між тим показалося на ділі зовсім не те. В Бориславі були вже свої сили, і то сили такі, з котрими йому нелегко було мірятись, а найбільшою такою силою був Герман. Леон зразу лютився, побачивши, з якою нетайною неохотою приймають його давні бориславські предприємці. Особливо Герман, той простий, невчений жидонучкар, був для нього сіллю в оці, і він старався все і всюди, де тільки міг, щипати його, а в товаристві ніколи не переминув поза звичайною чемністю показати Германові свою духовну вищість. Герман знов мало робив собі з дотинків Леона, а шарпав його на полі інтересів: перехапував частки, котрі хотів купувати Леон, переймав його щонайліпших робітників, а при всім тім Леонові все показував такий вид, буцімто й нічого не знає. Сього було замного для Леона. Він побачив, що таким способом не дійде ні до чого. Правда досі в Бориславі йому щастилося: він надибав на кілька багатих жил воску, кип'ячка тож в многих ямах ішла добре; але Леон справедливо боявся, що не завсігди щастя буде йому прихильне, що, може, часом і відвернеться від нього, а на такий случай ліпше мати сильних приятелів, ніж сильних ворогів. А тут ще й те причинилося, що по смерті жінки Леон забажав з часом осісти супокійно, утвердитися, пустити коріння в грунт і уживати на старість плодів свого неспокійного, запопадливого життя і забезпечити хороше життя своїй вдиначці. Тут уже конечна річ — мати кружок приятелів, а не ворогів. При тім же він зачув, що у Германа с син-єдинак у Львові в практиці купецькій, — і думка його прямо стрілила туди: Германів син і його Фанні — то пара; два найбільші силачі по капіталу, замість боротися і підкопувати один другого, сходяться, зв'язані тісним і вузлом родинним, і думка Леонова будувала золоті замки на тій тривкій підвалині.

— Бачите, дорогий сусідо, — говорив він до Германа, — сам не знаю, що таке, що так мені дуже затужилося за своїм спокійним, тихим і щасливим пристановком. А то досі чоловік був, як та перелетна птиця: то тут, то там. Ні, пора вспокоїтися!

— І я то кажу, — сказав Герман, що чинився, немов тая бесіда дуже його займає.

— Не дав мені бог сина так, як вам, — га, але є у мене дочка, сердешна дитина. Бачити її щасливою, з любим чоловіком, в крузі діточок — ох, то єдина ціль мого життя...

— Дасть бог, що й теє вам сповниться.

— Га, я дуже того бажаю... Ах, і ще так кружок добрих приятелів, таких, як ви, любий сусідо, — ні, більше би мені нічо до щастя не хибувало...

— Ну, щодо мене, — сказав, усміхаючись, Герман, — я з Дрогобича не втечу, мене можете мати завсігди на свої услуги.

— О, я знаю, — сказав Леон і кріпко стиснув Германову руку, — я знаю, що ви щирий, добрий чоловік! Не повірите, як я віддавна бажав з вами ближче познакомитися... А що ж ваш син? Правда, я не маю честі знати його лично, але він уже наперед милий мені і дорогий, як своя власна дитина.

Герман трохи скривився на згадку про сина, мов нараз в медівнику схрупнув зерно перцю.

— Мій син, — сказав він неохітно, — дякую вам за ласкаве запитання! От, працює, що може.

— Ну, того й не кажіть! — скрикнув Леон. — Я й сам знаю, що син такого батька, певно, й хвилі не просидить дармо! Ех, дорогий сусідо, який би я був щасливий, якби-то ми могли взятися оба докупи, зійтися близько у всім так, щоби... — Він урвав і глядів на Германа, а Герман на нього, не вгадуючи, куди той цілить.

— Знаєте, — почав знов Леон, — нинішній день такий великий і щасливий для мене...

Саме серед тої розмови оба бесідники встали і підійшли до вікна, бо в буді зробилось душно. Герман виглянув у вікно надвір. Ледве відступив від вікна, коли нараз кусень цегли, мов стріла, влетів крізь вікно саме туди, де стояв Герман. І якраз, коли Леон говорив про велике нинішнє щастя, цегла гепнула перед ним на стіл, в купу склянок. Болісно дзенькнуло і розприслося скло, а цегла полетіла далі і, ударившися ще о противну стіну, впала на землю. Всі позривалися з місць, а Герман поблід мов полотно: він догадувався, що цегла вимірена була в нього.

— Що се? Що се? Хто се такий? — почулися тривожні крики. Леон, Герман і ще деякі гості вилетіли надвір. Надворі тож крик.

— А лапай-но го, драба якогось! — кричав з усієї моці майстер.

— Хто ту цеглою кидаєсь? — крикнув і собі ж Леон. •

— А он, прошу пана, якийсь драбуга-вуглярчук. Плентався ту по улиці, зазирав, зазирав, а далі, як побачив отого пана (показав на Германа) у вікні, та за цеглу, — як фурить, та втеки! Лапай го, лапай та на поліцію! — обернувся, заорав майстер до двох робітників, що гнали долів Зеленою улицею за утікаючим вуглярчуком в чорній, як смола, сорочці і в такій же опинці.

— Овва, то бестія втікає! Не здогонять! — говорив майстер.

Робітники, що гнали за хлопаком, також, здається, були тої гадки, бо зупинилися задихані. Але один схилився, підняв камінь і шпурнув ним за утікаючим, що вже якраз був на скруті. Камінь вцілив вуглярчука в саму п'яту, і той, почувши біль, скрикнув, як скажений, і щез за муром. Крик той дивно вразив Германа.

— Ей, а се що за хлопак? — спитав він. Ніхто не знав вуглярчука. Але Леон глянув на Германця і аж злякався.

— Мій боже, а вам що таке? *

— Нічо, нічо, — відказав Герман, — то, відай, від задухи. Щось мя ту, у грудях, стисло. Але той голос, той голос... якийсь такий дивний...

Леон не міг понять, чим дивний той голос. Йому він видався зовсім звичайним. І Герман не вмів витолкувати собі, що се за голос, — йому здавалося, що він десь чув його, але де, не знав. То тільки знав, що якоюсь таємною, недослідимою силою голос той збентежив у нім якісь страшні, давно забуті враження, якусь бурю, котрої сліди ще не загладилися в його серці. Але що се такого, і як воно взялося, і як було зв'язане з тим диким, болісним викриком удареного вуглярчука, сього не міг Герман собі вияснити.

Леон між гим взяв його попід руки і повів в сад, під тінисті дерева, на пахучу високу траву. Холоднавий, свіжий воздух живо вспокоїв Германа, і Леон зачав йому знов говорити про свої бажання і надії:

— Ах, як горячо я віддавна ждав такого дня, як нинішній! Як я бажав, щоб від нього починалася нова, спокійна, щаслива доба мого життя! Щоб в нім на всі боки понав'язувались для мене щасливі вузли! І ось прийшов той день, надії мої збулися, вузли нав'язані, крім одного і найважнішого... Ах, а ви, дорогий сусідо і приятелю, ви зробили б мене найщасливішим чоловіком у світі, якби помогли мені нав'язати той посліднїй, найважливіший вузол!..

— Я? — спитав здивований Герман, — Який же то вузол?

— Що ту довго говорити, — сказав Леон і взяв Германа за обі руки, — моє найглубше, сердечне бажання, щоб наші діти, моя Фанні і ваш Готліб, були пара!

Герман мовчав. Думка ся не була для нього несподіванкою, але все-таки його се троха дивно діткнуло, що від Леона першого почув ее предложення.

— Що ж ви, пристаєте? — спитав Леон.

— Гм, не знаю, як би то... — сказав нерішучо Герман.

— Ви вагуєтесь? Не вагуйтесь, дорогий сусідо! Хіба ж не видите тих користей, які з такого сполучення сплинуть на нас? Візьміть лиш то: ми оба, дві перші, смію сказати, сили бориславські, ' ми оба разом, споріднені, зв'язані докупи, — хто тоді опреся нам? Всі підуть за нашою волею, а хто не схоче, той за одним нашим замахом упаде в порох! Подумайте: ми тоді пани цілого нафтового торгу, ми визначуєм ціни, закупуєм околичні села, ліси, каменоломи та копальнії Ціла околиця в наших руках. Не тільки торгові і промислові, але і політичні діла околиці в наших руках. Всі вибори йдуть, як ми хочемо, посли і репрезентанти говорять, що ми кажемо, боронять наших інтересів, пани і графи дбають о нашу ласку!.. Чи ви понимаєте? Ми сила, і доки держатись будемо разом, доти ніхто против нас не встоїть! — І, розогнений власними словами, Леон кинувся обіймати Германа.

— Пристаєте, дорогий приятелю, брате? — скрикнув Леон.

— Пристаю, — сказав Герман, — тільки не знаю, як моя жінка.

— Що, ваша чесна і розумна жінка мала б не хотіти щастя для свого сина і для моєї дитини? Ні, то не може бути! Ходім, ходім до неї. Я нині ще мушу залагодити се важне діло, і скоро розійдуться гості, підем оба, представимо, поговоримо...

— Вона дуже любить свого сина, то правда. Але мені здався, що й вона кращої партії для нього не найде від вашої Фанні, — сказав Герман.

— Ах, дорогий приятелю! — скрикнув урадуваний Леон. — Що за щастя для мене нинішнього дня! Боже, що за щастя! Підем, підем!

II.

Рука об руку йшли два приятелі Бориславським трактом до

Германового помешкання. Говорив більше jIeoH. Він був чоловік дуже вразливий і живо переймався всякою думкою. НевтомимсГрозточував він перед Германом щораз нові картини їх будущої величі й сили. Все з його уст ішло, мов медом посолоджене, всі трудності так і щезали, мов сніг від сонця. Практичний і холодний, Герман зразу не дуже подавався на ті золоті гори, але чим далі, тим більше Леон потягав і його за собою, і в його недовірливій голові звільна зачало також ворушитись питання: «А що ж, хіба ж се не може бути?..»

З своїм сином Готлібом він здавна мав тільки гризоти та клопотів, що навіть ніколи не прийшло йому на думку ждати з нього чого-небудь путнього на будуще, не то вже будувати такі високолетні плани. От і недавно купець, у котрого Готліб від двох літ був на практиці, писав до нього, може, Сотий раз, що Готліб зле справується, діла не пильнує, гроші, прислані з дому, розкидає, мов безумний, над другими суб'єктами збиткується і бог зна яких дурниць не виробляє. «З жалем признати мушу, — писав далі купець, — що його дволітній побит в моїм закладі не приніс для нього майже ніякої користі. Його знання в купецтві тепер таке саме, як було й спочатку...» Все те мимоволі насувалось Германові на думку тепер, коли Леон такими заманчивими красками малював йому будучність їх «домів» за полученням Готліба з Фанні. «Ще доки я живу, — думав Герман, — то, може, воно буде якось іти, але відтак?» Щоб Готліб змінився, поправився, на те треба хіба якого чуда, котрого Герман не надіявся. Але все-таки він слухав Леонові бесіди, звільна піддавався її чаруючому впливові, немов на легкім човні пускався на тихе, лагідно-хвилююче, вечірнім блиском озолочене море, і йому робилось якось так легко, любо, немов і справді вже сповнюються його найсміліші надії. «А що ж, хіба ж се не може бути?» — думалось йому, і на нього находила якась певність, немов усе те не тільки може бути, але й справді буде, мусить бути.

За той час оба приятелі від ринку зійшли вже долів, на місток, відки улиця почала знов підійматися догори, поміж двома рядами високих ясенів, поки не урвалася наверху, де блискучий позолочений хрест меркотів до сонця. Тут же за мостом направо починався обширний сад, обмурований високим муром. Далі мур кінчився, замість нього йшли штахети з дубових лат в мурованих стовпах з блискучими чорними наголовниками з поливаної глини. За тими штахетами був уже не сад, але огородець цвітовий, досить запущений, окружаючий старосвітський, безповерховий, а зато широко розложений дім під гонтами. Від улиці вела до нього широка в'їздова брама і побіч невеличка хвірточка для пішоходів. То була Германова оселя Тут він жив від кількох літ, хоть мав ще і;ілька домів по інших частях міста і три каменипі в ринку. Всі ті будинки він випускав у наем, а сам не мав охоти рушатись із сього старосвітського вигідного гнізда. Дім сей разом з великим садом, огородом, подвір'ям, стайнями і всякими знадобами він закупив від вдови по однім польськім пану з великого роду. Пан той давніше мав великі маєтки, кілька сіл околичних. Але найбільша часть того маєтку пішла на підпирання нещасливої революції в 1831 р.; що лишилося опісля, було потрачено в довголітніх процесах о якесь наслідство, так що по скасуванні панщини давній дідич очутився немов на льоду і не міг назвати своїм нічого, крім сього одного дому з садом та парою коней. Тут він і дожив свого віку в затишші, а по його смерті жінка спродала й сей послідній шматок давньої величі і забралася з тих сторін. Замість старого польського дідича настав новий пан в тих мурах — Герман. Він тоді іно що почав поростати в пір'я; закуп того дому був перший крок до його пізнішого багатства; може, для того він і звикся так із тим старим житлом.

Впрочім, Германа мало займало внутрішнє уладження дому, — тим менше займав його сад, в котрім давній властивець просиджував, бувало, ціле літо і в котрім, як говорили в сусідстві, і тепер ще не раз місячної ночі мож було видіти його високу стать з довгими вусами і білим, як молоко, волоссям, бродячу в густій високій траві, — мож було видіти, як він оглядає кожде дерево, мов старого знакомого, часом заламує руки або зітхає важко. Герман хоть і чув ті слухи, сміявся з них, але до саду все-таки його не тягло. Він вдоволився тим, що кождої весни почислив дерева і відтак випускав сад в аренду садівникові, сам же до нього мало коли й заглядав.

І в самім домі Герман мало які поробив аміни. Старосвітські меблі оббито новим репсом, замість старопольських великих печей помуровано нові, кахлеві, між вікнами повітано великі дзеркала, та й годі. На стінах, побіч деяких нових штихів, висіли почорнілі від старості портрети давніх польських магнатів, з густими бровами, грізними вусами і оголеними лобами. Дивно виглядала тота суміш старосвіччини з невмілими і немов случайними пробами новини, але Германа се мало обходило, він і так занятий був іншима, важнішими ділами, його завдання було — громадити, а не уживати, і він громадив, збира, множив, докладав з якимось гарячковим поспіхом, не дбаючи, хто буде користуватись його надбанням;

— От і моє гніздо! — сказав Герман, оторяючи хвіртку і впускаючи Леона наперед. Леон перший раз нині вступав в його пороги.

— Ах, як ту вигідно, як ту простірно! — скрикував хвиля від хвилі з чемною пересадою Леон, обзираючись по подвір'ї. Подвір'я було виложене плитами. Насередині була кирниця під дашком, з великим колесом на два відра. Далі збоку видно було стайню, а побіч неї вхід до саду.

— Простірно-то простірно, — відказав Герман, — але, правду кажучи, троха мов пусто. Видите, чоловік уже в таких літах, коли йому не досить себе самого, коли рад би бачитися серед цілої купи маленьких, веселеньких...

— О, так, так, — перервав Леон, — се іменно й мені зараз прийшло на думку. Справді, що ту жити серед купи молодого потомства, то був би рай, правдивий рай!..

— А тепер що? — говорив далі Герман. — Син наш у Львові... Ну, треба, щоби молодий чоловік замолоду чогось навчився...

— Певно, певно!

— А ми з жінкою, двоє нас, а ще вона хоровита... признайте, що часом чоловікові прикро робиться.

Вони ввійшли до покоїв.

— Правда? — казав Герман. — Тихо, як в могилі... Слуг не держимо много: візник, кухарка та й покоївка, більше нам не треба. І так ту цілий день. Мене звичайно й так рідко коли дома видають, все діла.

— Ой так, так, — сказав Леон, — важке наше життя. Говорять: що хибує капіталістові, — нероба, жие собі та гроші згортує. А тут би вони поглянули, пожили кілька день нашим життям, то, певно би, відкинулися й тих капіталів, і того життя.

— О, певно, ручу вам! — потвердив Герман. — Хоть в тій хвилі й мигнула йому по голові збиточна думка, що прецінь при всій тій тяжкості, при всіх недогодах життя якось ні один капіталіст не кинув ще добровільно свого маєтку ані не помінявся ним за палицю й торби жебрацькі.

Герман перейшов із своїм гостем уже три покої. Всюди було тихо і пусто. Він шукав своєї жінки, але не міг її доглянути. Перейшли до четвертого покою, обширного, як маштарня. Герман озирнувся, і тут не було нікого.

— Що за диво, де вона поділася? — сказав півголосом Герман, коли втім із сусіднього покою, спальні його жінки, почулось йому щось, немов голосне хлипання.

— А се що? — сказав він, прислухуючись.

— Чи не плаче хтось? — сказав, і собі ж наслухуючи, Леон.

— Будьте ласкаві, коханий сусідо, сядьте ту, спочиньте хвильку, ось, прошу, перегляньте альбом моїх знакомих, може, побачите й собі знакомі лиця... І перепрашаю вас, що вийду на хвильку, погляну, що се такого...

— Але ж прошу, прошу, — відказав Леон, сідаючи на кріслі коло круглого стола. Він узяв альбом дорук, але не мав охоти переглядати його. Хвилю сидів без руху і думки. Розігравша хвиля його фантазії нараз ізсякла, втихла під впливом сеї тиші, сього немов могильного холоду, який панував в тім домі. Він сам не знав, чому ся тиша йому не подобалась.

— Тьфу до чорта, якась мов розбійницька коршма, аж чоловікові моторошно!.. Здаєся, що от-от хтось випаде з-за дверей і вхопить тя за горло. А ще й, ті образи, такі глупі морди! Тьфу, я би того й на хвилю не стерпів. А йому що, жиє собі, як миш в ходаці, та й не дбає ні про що!..

Він почав прислухуватись, що діється в сусіднім покої, де пішов Герман, але не чув зразу нічого більше, як все те ж саме хлипання.

— Добрий знак на початок... — воркотів він далі. — Входжу сюда з такими надіями, а ту якась мара чи конає, чи що... То, певно, вона сама. Чув я, що гадра послідня... Та що діяти, для інтересу треба в'язатися й з такими!

Знов слухає. Гомін. Се Герман говорить щось, але що — не чути. Шелест якийсь. Мовчанка. Знов гомін і хлипання. Нараз луск, мов удар чимось твердим о підлогу, і проразливий жіночий крик: «Розбійнику! Кровопийце! Проч мені з очей! Проч, най тя не виджу на свої очі!»

Леон аж підвергся на кріслі. Що се такого? Він почав слухати далі, але тепер уже за писком та стукотом не міг розібрати слів. Міркував тільки, що якісь страшні прокляття, наруга і обвини градом летять на Германову голову, але за що, про що, того не знав.

Не знав сього і Герман! Увійшовши до жінчиної спальні, побачив, як вона, розкидана і розхристана, лежала на софі з видом конаючої і хлипала, З її очей текли сльози і промочили вже широкий кружок на обої софи. Герман зчудувався і не знав, що думати на такий вид. Жінка, бачилось, не запримітила його входу, не рушалась, тільки груди її то підносилися, то опадали поривисто, мов у великій натузі. Герман боявся підступати до неї, знаючи її круті норови, але далі зібрався на відвагу.

— Рифко, Рифко! — сказав він стиха, зближаючись до неї.

— Чо .хочеш? — спитала вона, бистро повертаючи головою.

— Що тобі сталося? Чого плачеш?

— Чо хочеш? — повторила вона з притиском. — Хто ту з тобою прийшов?

— Та ніхто не прийшов. Ади, нікого нема.

— Не бреши! Я чула, що вас два. Хто то такий?

— Леон Гаммершляг.

— А він за чим?

— Таж знаєш, у нього нині закладини були, просив мене...

— Але за чим його сюда принесло?

— Слухай, Рифко, — почав Герман, видячи, що вона немов утихомирилась трохи. — Леон — багатий чоловік, добрий чоловік, голова неабияка...

— Чи кажеш ти раз, чого він ту прийшов, чи ні? — перебила його

Рифка, стискаючи кулаки.

— Адже чувш, що кажу. Тілько послухай. Леон, кажу, багатий чоловік. А жінки у нього нема, тілько одна донька. Чуєш, Рифко, ти знаєш його доньку Фанні? Правда, що дівчина нічого?

— Ну?

— Знаєш, що каже Леон? «Сусідо, — каже, — у мене одна донька, а у вас один син...»

Герман не скінчив. На згадку про сина Рнфка посиніла, задрижала вся, а відтак, шпурнувши набік стільчик з-під ніг, випрямилася і крикнула:

— Розбійнику! Кровопійце! Проч від мене! Проч з-перед моїх очей..

Герман остовпів. Він не знав, що се сталося з Рифкою, і лепетів лишень раз за разом:

— .Але ж, Рифко, що тобі? Що ти робиш, Рифко?..

— Проч мені з очей, потворо! — верещала Рифка. — Щоби тя бог тяжко побив та покарав! Щоби ся земля під тобов розступила! Іди геть від мене! Ти, ти говориш мені про сина! Ти мав сина? Ти мав коли серце?..

— Але ж, Рифко, що з тобою сталося? Послухай!..

— Нічого мені від тебе слухати, кате! Щоби й бог тебе не вислухав на своїм суді! А хіба ти слухав мене, як я говорила: не треба дитину мучити школою, не треба дитину торопити проклятою практикою... А ти ні та й ні! Тепер маєш, маєш, чого-сь хотів!

— Ну, що сталося, Рифко? Я ні о чім не знаю!

— Не знаєш? Га, не знав би ти, що нині за день, нелюде якийсь. На, поглянь, дізнайся! На! — І вона кинула йому лист паперу. Герман дрижачими руками взяв пім'яте, слізьми промочене письмо, між тим коли Рифка, немов утомлена, важко дишучи, знов упала на софу, закрила лице долонями і тяжко плакала.

Письмо було зі Львова, від купця, у котрого практикував Готліб. Герман, муркотячи, читав: «Високоповажний пане! Сам не знаю, від чого зачати і як розповісти о тім, що тут у нас сталося. Ваш син, Готліб, уже три дні тому пропав, і всякі пошукування були дармі. Доперва нині рано удалось поліції найти його одіж, звиту докупи, в корчах на Пелчинській горі. Його ж самого досі ані сліду. Догадка була, чи не втопився в ставі, але досі не можна було дошукатись тіла. Приїжджайте якнайшвидше, може, удасться нам викрити, що з ним сталося. Впрочім, коли б дещо викрилося, заким ще ви дістанете се письмо, донесу телеграфічно!.

Герман зирнув на дату письма: ще передучора! А телеграми не було, — значить, нічого! Він довгу хвилю стояв мов остовпілий, сам не знаючи, що з ним діється. Рифчин голосний плач знов його протверезив.

— Видиш, видиш, — кричала вона, — до чого ти довів свою дитину! Втопився мій синочок, втопився мій Готліб!.. І чому тебе замість нього не залляла твоя проклята кип'ячка в якій-де бориславській безодні!..

— Боже мій, — сказав Герман, — жінко, .май же розум, хіба ж я тому винен?

— Не ти винен? А хто ж такий? Може, я? Іди, людоїде, но говори нічого, не стій, їдь до Львова, може, ще де як мож буде його вирятувати або хоть тіло віднайти!.. Боже, боже, за що ти мене таким чоловіком покарав, що свою власну дитину в гріб ввігнав! Та й коби ще тих дітей у нього много! А то одно-однісеньке було, та й того нема!.. Ой-ой-ой, голово моя, розпукнися!..

— Та цить же, Рифко, чень, ще не так зле, як написано. Чуєш, що одну тільки одіж знайшли! А одіж що? Одіж міг скинути...

— А скинув би ти з себе шкіру твою погану!.. Ти ще мені договорюєш, дорізуєш мене, нелюде! О, я знаю, що тебе то мало обходить, що твого сина десь там у воді риби їдять! Тобі що! Але я! Моє серце крася, моє серце чув, що все пропало, нема мого синочка золотого, нема, нема!..

Герман бачив, що з жінкою ніщо говорити, бо й так до ладу з нею не договоришся. Він кинувся чим борше наказати візникові, щоб збирався в дорогу, запряг коні. Тоді до Дрогобича не було ще залізниці. Хотячи їхати до Львова, треба було возом їхати до Стрия, бо аж відтам ішла залізниця до Львова.

Проходячи через великий покій, Герман зирнув набік і побачив Леона, котрий усе ще сидів на кріслі, мов на терню, чув розмову, перериману наглими вибухами плачу або хлипання, але все ще не знав, що таке сталося з його «сусідами» і що воно значиться. Герман аж тепер пригадав собі Леона, про котрого за криком жінки та власним нещастям зовсім був позабув.

— А, коханий сусідо, — сказав він, зближаючись до Леона, — даруйте, але нещастя...

— Боже, що з вами сталося? — скрикнув Леон. — Ви бліді як полотно, дрожите, ваша жінка плаче, що се таке?

— Ех, і не питайте, — сказав стиха Герман, — нещастя, мов грім з ясного неба, спало на наш дім, і то так несподівано, що я ще й досі не знаю, чи то все мені сниться, чи дійсна правда.

— Але кажіть же, боже мій, — і нема ніякої ради?

— Яка на те рада! Хто воскресить мертвого!.. Пропало, пропало моє щастя, моя надія!

— Мертвого?

— Отак! Мій син, мій Готліб, не жиє вже!

— Готліб! Що ви кажете? Чи се може бути?

— Пише зі Львова його принципал, що пропав десь. Кілька днів не мож було відшукати й найменшого сліду, аж вкінці поліція найшла його одіж в корчах на Пелчинській горі.

— А тіло?

— Ні, тіла не найдено.

— Ах, то, може, ще він жиє!

— Тяжко, коханий сусідо! Я й сам так думав зразу. Але далі, розваживши його характер і все... все... я стратив надію! Ні, не бачити вже мені йоте, не бачити!..

Аж тепер, коли Герман улегшив своє серце тим оповіданням, з його очей потекли сльози. Він хоть і знав, що син його був зіпсутий і напівбезумний, все-таки знав також, що се його єдиний син, нащадник його маєтку. А ще саме нинішнього дня Леон вколисав був його серце такими солодкими надіями. Він починав уже думати, що хоть і сам Готліб не поправиться, то, може, гарна, розумна жінка, Фанні, зуміє бодай здержувати його примхи, взвичаїти його поволі до спокійного, розумного життя. А тепер нараз усе пирсло, мов булька на воді. Послідні ниточки любові вітцівської і сильні ниті самолюбства в його серці заболіли нараз — і він заплакав. Леон кинувся потішати його:

— Ах, коханий сусідо, не плачте! — говорив він. — Я знаю напевно, що ваш Готліб живий, що ще будете мати з нього потіху. Лиш не дайтеся підточувати тузі. Твердості, відваги! Нам, людям сильним, капіталістам, стоячим напереді свого часу, треба все бути твердими і незрушимими!

Герман хитав головою на тоту бесіду.

— Що мені з того? — відказав він сумно. — Пощо мені тепер сили, капіталу, коли нема кому ним користуватися. А я — застарий уже!..

— Ні, не тратьте надії, не тратьте надії! — вговорював Леон, — Лиш швидко їдьте до Львова, — я вам ручу, що вам удасться його відшукати.

— О, коб-то бог дав, коб-то бог дав! — скрикнув Герман. — Правда ваша, поїду, мушу віднайти його, живого чи вмерлого!

— Ні, не вмерлого, а живого, — підхопив Леон. — І вже не лишайте його там, у того якогось купця, а привезіть сюди, всім нам на втіху, на радість! Так, коханий сусідо, так!..

В тій хвилі створилися двері зо спальні і до покою ввійшла Рифка, ще заплакана і вся червона, мов грань, її товсте, широке лице спалахнуло гнівом, коли побачила Леона. І Леон собі ж почувся якось не в своїй тарілці, коли побачив Германиху, високу, товсту і грізну, як жива кара божа. Але, криючи своє замішання, він в пересадній чемності підбіг до неї, вклонився, протягнув лице для вираження смутку і вже отворив уста, щоб заговорити, коли Германиха, згірдно оглянувши його від стіп до голови, коротко, але голосно спитала:

— А ти чо ту хочеш, заволоко?

Леон став ні в дві ні в три на таке привітання. Далі на лиці його появилася холодна, силувана усмішка, і, ще раз кланяючись, він зачав:

— Справді, ласкава пані, дуже мені жаль, що я в таку невластиву пору...

— Але я питаю, чого ту потребуєш? — крикнула Рифка і глянула на нього з таким гнівом і погордою, що Леонові аж страшно зробилося, і він мимоволі мотнувся взад.

— Але ж перепрашаю, — сказав він, ще не тратячи відваги, — ми ту от з вашим мужем, а моїм дорогим товаришем, укладали плани, — ах, які хороші плани, о нашій будущині, — і я вірю твердо, що бог нам допоможе діждати ще їх справдження!

— Вам? Бог допоможе? Людоїди якісь, дводушники! — воркотіла Рифка, а далі, немов оснувата, підоймила затиснуті кулаки вгору і кинулась на перепудженого Леона.

— Не підеш ти ми з дому, душогубе! — кричала вона. — Ти ще смієш роздирати моє серце, говорити мені свої дурниці, коли мій син через вас і ваші прокдяті..; гроші зо світу пропав!.. Проч ми з хати! Проч! А як ще раз поважишся ту вказатися, то ти видру ті безвстидні, гадючі очі! Розумієш?..

Леон зблід, скулився під градом тих слів і, не зводячи очей з грізної прояви, взадгузь ступав ід дверям.

— Але ж, жінко, Рифко, — вмішався Герман, — що тобі сталося? За що ображаєш нашого доброго сусіда? А чень, воно ще все не так, чень, наш Готліб жиє і все те, о чім ми говорили, може сповнитися?

Герман надіявся тим потішити Рифку; показалось, що тільки дужче розлютив її на бідного Леона.

— А хоть би й так було, — крикнула вона, — то я волю десять раз побачити його мертвим, ніж бачити отсього поганина своїм сватом! Ні, ніколи, доки я жию, ніколи того не буде!

Оба мужчини стали хвилю мов задеревілі, не знаючи, що сталося Рифці і відки взялась у неї така встекла злість на Леона. А коли Рифка не переставала кричати, кидатися і прогонювати Леона з свого дому, той, скулившись і натиснувши циліндер на голову, вилетів з негостинних покоїв на подвір'я, на вулицю і, не обзираючись, дрижачи весь з несподіваного зрушення, пішов до міста.

— Боже, тота жінка справді здуріла! — воркотів він. — І вона мала бути свекрухою моєї Фанні? Таже вона, гадина сороката, заїла б її за один день! Щастя моє, що так сталося, що того... їх сина десь вирвало! Тьфу, не хочу мати з ними ніякого діла!..

Так Леон воркотів і спльовував дорогою. Йому аж тепер стало розумно, чому прочі багачі уникають Германа, нерадо бувають в його домі і, крім торгових та грошових, не мають з ним ніяких зносин. Але все-таки прикро було Леонові, що так сталося: жаль йому було тих блискучих надій і планів, котрими недавно й сам -упивався. Та тільки ж голова його плідна була на такі плани, а коли розпався один, він не довго жалував за ним, але швидко хапався другого. І тепер він живо покинув недавні мрії і старався вжитися в тоту думку, що «працювати» йому надалі не у спілці з Германом, але самому, без Германа або й против Германа. «Против! А! — думав він. — До того, певно, незадовго всилує мя й сам Герман, буде тепер старався ще більше шкодити мені».

Леон і сам не знав, для чого се видалось йому конечним, щоб Герман тепер мусив ворогувати з ним. ін і сам перед собою не був би одверто признався до того, що перекидав на Германа свою думку, що в серці його закипає якась дика неприязнь до Германа за образу, дізнану в його домі, за обалення його блискучих планів. Леон і сам собі не признавався, що се він іменно рад би був тепер шкодити Германові, показати йому свою силу, «навчити його розуму». Він не входив в причини, але вдумувався тільки в саму боротьбу, старався наперед представити собі її тисячні случайності, підходи, невдачі, щоб завчасу против них забезпечитися, щоб Германові впоперек дороги навести як мож більше завад і некорисних обставин. І в міру того як хід його ставався повільніший, він чимраз глибше затоплювався в свої думки, чимраз тяжчі невдачі і страти наводив на Германа, упокорював того товстенького, спокійного, мов муром обведеного, багача, наводив на нього тривогу, аж вкінці — перед самим входом до дому — обалив його зовсім і враз з його скаженою жінкою вигнав з послідннього закутка — з дому на Бориславськім тракті.

— А, так вам треба! — шепнув він, немов радуючись їх розпуці, — Аби-сь знала, чарівнице, як мені видряпувати очі!

В той самий час, коли Леон, затоплений в своїх мріях, радувався з цілковитого упадку дому Гольдкремерів і забирався до обраховування користей, які спадуть на нього з тої великої побіди, Герман сам в кареті вихром імчав улицями Дрогобича на Стрийський тракт. Він був іще зовсім блідий лицем, хвиля від хвилі почував якийсь холод за спиною і легку дрож в тілі, а в голові його думки мутились, і перевертались, мов вода на млиновім колесі. Нещастя впало на нього так несподівано, та й ще нещастя таке дивне та непрослідиме, що він вкінці порішив — не думати нічогісінько і ждати терпеливо, що з того усього вийде. Він постановив собі пробути кілька днів у Львові і ужити всіх можливих способів, щоби винайти сина і виясними всю справу, чому і куди він пропав. За кілька днів він мусив їхати до Відня, куди його один торговий приятель телеграмою зазвав для залагодження важного діла, тикаючого нафтового промислу в Бориславі. Коли б, отже, в тих кількох диях не удалось йому у Львові добитися свого, то він рішив лишити справу в руках поліції, а сам таки їхати до Відня. Правда, жінка не казала йому вертати без сина, живого чи мертвого, — а о їзді до Відня в «нафтових» ділах вона й чути не хотіла, — але що жінка розуміє! Або ж то вона знає, що Герман хоть буде сам у Львові, а Готліба може й не відшукати, а гроші і без нього своє зроблять, коли ще можна що-небудь зробити. А в Відні йому бути ковче треба, там діло без нього не піде. Таке роздумав Герман, котячись у кареті бистро гостинцем до Стрия. Хвиляста підгірська околиця пересувалась перед ним, не лишаючи в душі його ніякого сліду. Він ждав нетерпеливо, коли перед ним забіліються вежі Стрия; його нудили безконечні ряди беріз та рябин, посаджені по обох боках гостинця; він звільна почав успокоюватися, хитатися від одної стінки карети до другої, а вкінці, прилягти лицем до подушки, заснув.

По виїзді Германа Рифка кинулася анов на софу, хлипаючи та втираючи сльози, і кілько разів кинула очима на нещасне письмо зо Львова, тілько разів сльози наново починали плисти з її очей. Сльози лагодили її жаль, розливали всякі думки, вона давала уноситись їм, мов тихим хвилям, не думаючи, куди вони несуть її. Хлипаючи та обтираючи сльози, вона забулась зовсім, забувала навіть про Готліба, про лист, про своє горе і чула тільки пливучі холоднючі сльози.

Де ділись ті часи, коли' Рифка була бідною, робочою дівчиною? Де ділася тогочасна Рифка, проворна, працьовита, жартівлива і вдоволена тим, що мала? Ті часи і тота Рифка згинули безслідно, затерлися навіть в замороченій пам'яті теперішньої Рифки!..

Двадцять літ минуло, коли вона, здорова, крепка, робуча дівчина, одного хорошого вечора стрінулась случайно на улиці з бідним либаком — Германом-Гольдкремером. Вони розговорилися, познакомились. Герман тоді починав непевним ще кроком іти до багатства; він мав зобов'язання при ліверунку до цісарського депо, і вже близько було йому все стратити, бо не стало йому грошей, щоб довершити все, до чого був зобов'язався. Почувши, що Рифка має зложених трохи грошей на віно, він сквапно оженився з нею, підрятував тим віном своє діло і добився великих зисків. Щастя усміхнулось йому і відтоді вже його не покидало. Багатство плило до його рук, і чим більше нагромаджувалось, тим менше були страти, тим певніші зиски. Герман увесь віддався тій погоні за багатством;

Рифка тепер для нього стала п'ятим колесом у возі; він рідко бував дома, а як коли й завернув, то уникав її чим далі, то більше. І недаремно. Рифка змінилась за ті літа дуже, і змінилась не на користь собі, хоть, певно, без своєї вини. Можна сказати, що Германове багатство заїло її, підточило її моральну істоту. Зроду сильна й здорова, вона потребувала руху, роботи, діла, котрим би могла занятися. Доки жила в бідності, доти такого діла їй не хибло. Вона служила у багатших жидів, заробляла всіляко, щоб продержати себе і свою тітку, єдину свояку, що їй осталась після холери. Розуміється, що звичаєм убогих жидів, вона не одержала ніякого, навіть звичайного хайдерського образования. Тяжке життя і праця, звичайно одностайна і механічна, розвинули її силу, її тіло, але зовсім не ткнули її думки. Вона виросла в круглій невідомості і темноті духовій, не мала навіть тої природної способності та «розторіпності», яку звичайно стрічаємо у сільських дівчат. Тільки то, що було безпосередньо коло неї, то могла вона поняти, тим могла занятися, — поза тим нічо не розуміла. Такою взяв її Герман.

Любові між ними не було. Правда, зразу молода, здорова природа обох притягала одно до другого, — нерозвиті чуття і думки наразі й не бажали нічого більше, крім простої тілесної розкоші. Та й то цілими днями вони звичайно не видалися, — тим приємнішою була зате стріча вечором. Їм уродилась тоді донька, котра однако ж швидко пмерла, — здається, через неосторожність самої матері вночі. Тоді ще Гольдкремери вважалися за бідних: Герман уганявся по цілих днях по місту або по околишніх селах, Рифка господарила дома, варила, прала, рубала дрова, шила і мила, — одним словом, жила робітницею, так, як і досі. І се була ще найщасливіша пора її життя замужем. Перша дитина, також здорова і гарна дівчинка, дуже її тішила і також чимало причинювала їй роботи й заходів. Чим більше Рифка робила та запопадала, тим ставала здоровішою і веселішою. Правда, вона сама не знала, що се іменно з праці, і частенько жалувалась перед чоловіком, що не має ніколи й хвилі віддиху, що тратить здоров'я, повторюючи більше звичайні бесіди других жінок, аніж говорячи з власного переконання і з власної потреби.

Нещастя хотіло, щоб ті її бажання аж надто швидко сповнилися. Герман розбагатів, закупив вигідний і обширний дім на Бориславськім тракті, наняв прислугу, якої гребувала Рифка, — і їй зразу немов полегшало. Ходила по тих покоях, на котрі недавно ще несміло поглядала з улиці, приглядалася образам, меблям, дзеркалам та обоям, порядкувала в кухні, зазирала до спіжарні, але швидко пізнала, що все те її ходження і зазирання було непотрібне. Герман сам видавав слугам усе по рахунку і за найменшу недокладність грозив прогнанням зо служби, — тож при невеличкім господарстві, яке у них велось, не було що боятись окрадування через слуги. Нанятий кухар розумівся на вариві далеко ліпше, ніж сама пані, а її ради та розпорядки принимав з чемною насмішкою. Переставляти меблі і перевішувати образи їй швидко навкучилось, — і от тепер-то почалась нова, страшна доба її життя. Вона досі не знала, що таке нуда» — тепер нуда просякла її до кості. Вона то волочилася по широких покоях, мов заклята, то сиділа в кухні, балакаючи з службою, то лежала цілими годинами на софі, то виходила на вулицю і вертала швидко додому, не можучи найти собі ніякого заняття, ніякої роботи, нічого, що би піддержувало в якім-небудь руху її нерви і мозок. Служба супроти неї була мовчазлива, знаючи її дразливість за леда яке слово. В чужих домах вона бувала рідко, та й всюди обходились з нею дуже холодно. Впрочім, всякі відвідини були для неї мукою. Серед нових кружків людей, в котрі так напруго ввело її багатство мужа, вона чулась зовсім чужою, не вміла повернутися, не знала, що говорити, не розуміла ані їх компліментів, ані їдких притиків а своїми грубими дотепами та простими замітками будила тільки сміх. Швидко вона похопилась, що вона справді стається тільки посмівищем тих людей, і перестала зовсім бувати в товариствах, перестала приймати у себе чужих людей, крім кількох старших жінок. Та й ті незадовго поображувались за її дразливість та наглі, непогамовані вибухи і перестали бувати. Рифка осталась сама, мучилась і билась, мов звір лісовий, запертий у клітку, і ніяк не розуміла що се їй такого сталося, її нерозвита думка не могла ані дійти до причини того стану, ані найти з нього вихід, найти яку-небудь діяльність, яке-нвбудь заняття для своєї здорової, крепкої натури, що лишена без усякого діла, без усякого живішого інтересу до життя, сама в собі з'їдалась і попеліла, вибухала хіба надмірним, беумним гнівом за леда дрібною причиною. В міру того як Рифка відвикала від праці, праця ставалась їй чимраз ненависнішою і тяжчою: вона не могла пересилувати себе, щоб прочитати аби одну книжку, хоть перед кількома літами тітка навчила була її трохи читати. Нуда застелювала все перед її очима сірою, непринадною опоною, і вона ставалась чимраз самотніша в світі, опадала чимраз глибше на дні тої пропасті, яку круг неї і під нею викопало багатство її чоловіка і котрої ані вона, ані її чоловік не вміли заповнити ні сердечною любов'ю, ні розумною духовою працею.

От в такій-то порі вродивсь Рифці син — Готліб. Лікарі зразу не обіцювали йому життя. Дитина була хоровита, раз на раз кричала та плакала, а слуги в кухні пошіптували собі, що се якесь «відмінча». Але Готліб не вмер, хоть і не ставався здоровішим. Зато матері його хоть на якийсь час світ роз'яснився. Вона цілими днями бігала, кричала, суетилась коло дитини і почулася нараз здоровішою, менше дразливою. Нуда пропала. І рівнобіжне з тим своїм виздоровленням вона тим сильніше полюбила свого сина, чим той був слабший і докучливіший. Недіспані ночі, ненастанна грижа та захід коло нього — все це робило їй Готліба дорожчим, милішим. З часом хлопчина трохи ніби одерз, одужав, але зразу вже видно було, що його духові епосі бності будуть далеко не блискучі. Він ледве в другім році ймився ходити, а ще в третім році лепотів, як шестимісячна дитина. Зато, на радість матері, почав їсти добре, немов через три перші роки дуже проголоднівся. Животик у нього все був повний і надутий, як бубон, а скоро тільки трохи зголоднів, сейчас починав верещати на всю хату. Але чим більше простао Готлібу. Тим поганші робились його норови. Він Кождо'му мусив докучити, все псував, що далось зіпсувати, і ходив по покоях, мов яка помана, визираючи тільки, де би міг чого причепитися. Мати любила його без пам'яті, тряслась над ним і у всім волила його волю. Її нерозвинута голова та довго придавлене чуття не могли вказати їй другої дороги для проявлення материнської любові; вона ніколи й не подумала о розумнім вихованні дитини, не дбала ні про що, крім того, щоб сповнити кожде її бажання. Слуги боялись малого Готліба, як огню, бо він любив ні з сього ні з того причепитись і або роздерти одежину, похляпати, вдряпнути, вкусити, або, коли сього не міг зробити, починав кричати щомоці, на крик прибігала мама, і бідна людина малась тоді ще гірше. Сварка і штовханці — то була ще найменша кара, а то лучалось, що служницю сейчас вигоняно зо служби. Герман знов не любив сина, вже хоть би тому, що і в ті рідкі дні, коли бував дома, через нього не мав ніколи супокою. Малий Готліб зразу боявся батька, але коли кілька разів мати за нього завзято стялася з вітцем і отець уступив, хлопець своїм дитячим нюхом прочув, що й тут йому воля, бо мати оборонить, і почав виступати против вітця чимраз сміліше. Се лютило Германа, але позаяк жінка у всім потакувала синові і готова була дати собі й око вийняти за нього, то він не міг на те нічо порадити, і се ще підносило його неохоту і до жінки, і до сина. Розлад в родині ще збільшився, коли прийшлось дати Готліба до школи. Розуміється, що кілька днів перед записом Рифка плакала над своїм сином, немов то його поведуть до різниці; вона розмовляла з ним, немов прощаючись навіки, розповідала йому, які-то там острі люди, ті професори, і наперед уже грозила їм, коли котрий поважиться ткнути її золотого синочка: вона наказувала йому, як скоро хто в школі чим-небудь образить або покривдить його, щоб зараз пожалувався їй, а вона покаже професорам, як мають з ним обходитися. Одним словом, Готліб, не бувши ще в школі, мав до неї вже таку відразу, немов се якесь пекло, винайдене злими людьми навмисне на то, щоб мучити таких, як він, «золотих синочків».

Зато Герман ударився в другий бік. Він пішов до ректора отців василіанів, котрі в Дрогобичі держали тоді одиноку головну школу, і просив його давати позір на Готліба, щоби вчився і привикав до порядку. Він розповів, що хлопець розпещений мамою і зіпсутий, і просив держати його остро, не щадити грозьба, навіть кари і не зважати на те, що може говорити і робити його жінка. Додав навіть, що коли б того було треба, він винайде для Готліба окрему кватиру поза домом, щоб усунути його з-під шкідного впливу матері. Отець ректор немало здивувався такою бесідою Германа, але швидко й сам побачив, що Герман говорив правду. Готліб не тільки зроду був мало способний до науки, але його початкове домашнє виховання було таке погане, що отці професори, певно, з ніким ще не мали тільки гризоти, що з ним. Щохвилі ученики, товариші Готліба, прибігали жалуватися на нього: сьому він роздер книжку, другому підбив око, третьому викинув вікном шапку в монастирський город. Коли хто в коритарях і в класах робив найбільше крику і стуку, то певно Готліб. Коли хто під час науки бурчав або стукотів під лавкою, то також він. Коли хто в цілім класі смів сваритися .з професором, вийти з години, ще й дверми гримнути, то також він. Професори зразу не знали, що з ним діяти; вони день у день жалувалися ректорові, ректор писав до вітця, а отець відписав коротке слово: «Бийте». Відтоді посипались на Готліба кари та буки, котрі хоть про око трохи ніби втишили, скрушили його круті норови, але довели його до скритості і завзятої злості і так до решти зіпсували його моральну істоту. Ледве в семи чи восьми літах Готліб скінчив чотирикласову нормальну школу і, пшибитий морально, нерозвинедий духовно, з безграничною відразою до науки і злістю до людей, а особливо до вітця, вступив в гімназію. Але тут він в трьох роках не скінчив ще й другого класу, коли поганий і темний случай з вітцем перервав назавсіди його шкільну науку.

Але хто знає, чи ті літа нещасливої шкільної науки не були тяжчі і нещасливіші для Рифки, ніж для самого Готліба. Раз те, що школа на більшу часть дня розлучувала її з сином і через те втручувала її наново в бездонну пропасть бездійства і нуди. А потім і те, що вічні жалі та плачі Готліба ще більше лютили й роздразнювали її. Зразу вона, мов ранена львиця, бігала день у день до отців василіанів, нарікала на несправедливість і неспосібність учителів, кричала і кляла, аж поки ректор не наганьбив її і не заборонив приходити більше. Відтак задумала була упертися на тім, щоб відібрати Готліба від василіанів і дати до якої іншої школи, але швидко роздумала, що іншої школи в Дрогобичі не було, а давати Готліба до якого другого міста, між чужих людей, — о тім вона й помислити не могла без страху. В тій безвихідній матні вона довгий час билася, мов риба в саку, і не раз цілими днями сиділа на софі, плачучи та думаючи, що ось, може, десь тепер у школі тягнуть її сина, сіпають, покладають на лавку, б'ють, — а тоді вона голосно проклинала і школу, і науку, і чоловіка-ката, котрий навмисно винайшов таку муку для сина і для неї. Ті вибухи чуття ставались чим далі, тим частіші і довели її вкінці до негіавісті против усіх людей, до якогось ненастанного роздразнення, готового в кождій хвилі вибухнути дикими прокляттями. Тепер уже Рифка й не подумала йти в товариство або чимнебудь розривати свою нудь; вона, мов заклята, волочилася по домі, і ніхто із слуг без крайньої потреби не смів указатись їй на очі.

Той стан дійшов до крайності, коли Герман два роки тему нараз відвіз Готліба до Львова і дав до купця. Рифка зразу дуріла, рвала на собі волосся, бігала по покоях і кричала за сином — пізніше успокоїлась трохи і довгі місяці сиділа день у день мовчки, мов дикий звір у клітці. Самота і пустота круг неї і в ній самій стали ще страшніші, — навіть чоловік боявся приступати до неї і старався цілими днями не бувати дома. І серед усеї тої тьми в серці Рифки горів лиш один огонь — безумна, сказати б звіряча, любов до Готліба. Тепер зависна доля наважилась видерти їй і сю послідню опору, затерти в її серці і сей послідній знак чоловіцтва. Удар трафив Рифку страшенно, і що вона в тій хвилі не зійшла з розуму, се було лиш для того, що не могла дати віри свому нещастю.

По виїзді Германа вона так і застила на своїй софі. Ніякі думки не ворушились в її голові, тільки сльози плили. Весь світ щез для неї, світло померкло, люди вимерли, — вона чула тільки ским'ячий, ненастанний біль у серці.

Нараз вона зірвалась і задрижала цілим тілом. Що се такого? Що за шум, за стук, за говір долетів до неї? Вона заперла в собі дух і прислухувалась. Говір при вході. Голос служниці, котра немов свариться з кимось, не пускає до покою. Другий голос, різкий і гнівний, стук немов поваленого до землі чоловіка, тріск дверми, тупіт кроків по покоях, ближче, чимраз ближче...

— Ах, се він, се мій син, се мій Готліб! — скрикнула Рифка і кинулась ід дверям, назустріч. В тій хвилі створилися двері, пхнуті сильною рукою, і перед нею став — зачорнений, в пошарпаних чорних шматах вуглярчук.

Рифка мимоволі скрикнула і пруднулася взад. Вуглярчук глядів на неї гнівними великими очима, з котрих блискала лютість і ненависть.

— А що, пізнаєш мене? — проговорив він різко, і в тій хвилі Рифка, мов безумна, кинулася до нього, почала стискати і цілувати його лице, очі, руки, плачучи й сміючись.

— Так се таки ти? То я не помилилася! Боже, ти жиєш, ти здоров, а я вже мало не вмерла! Синочку мій! Коханий мій, ти живий, живий!..

Викрикам не було кінця. Рифка потягла вуглярчука на софу і не випускала з обнять, поки він сам не вирвався. Поперед всього, чуючи кроки надходячої служниці, він замкнув двері і, обертаючися до матері, сказав:

— Накажи тій проклятій малпі, най си йде до чорта, бо їй розіб'ю її пустий череп, як ми сейчас відси не вступиться!

Рифка, послушна синові, наказала крізь замкнені двері служниці, щоб ішла до кухні і не виходила, аж її закличе, а відтак почала знов обнімати і пестити сина, не зводячи й на хвилю очей з його надутого замурзаного лиця.

— Мій синочку, — почала вона, — що се з тобою? Що ти зробив?

І вона почала обзирати його з виразом безконечного жалю, немов ся вбога одіж була смертельною раною на його тілі.

— Ага, а ви думали, що я так і до смерті буду терпіти у того проклятого купця! — крикнув Готліб, тупаючи зо злості ногами і вириваючись з обнять матері. — Ви гадали, що я не посмію мати свою волю! Га!

— Але ж, золото моє, хто так гадав! — скрикнула Рифка. — То хіба той нелюд, твій отець, так гадав!

— А ти ні?

— Я? Господи! Синочку, я би крові своєї не жалувала для тебе. Кілько я наговорилася йому...

— А він куди поїхав? — перервав їй Готліб.

— Та до Львова, шукати за тобою.

— А, так, — сказав Готліб з усміхом вдоволення, — то най же си шукає!

— Але як же ти прибув сюда, любчику?

— Як? Не видиш? З вуглярами, що вертали зо Львова.

— Бідна моя дитиночко! — скрикнула Рифка. — Та й ти з ними їхав цілу дорогу! То ти мусив назнатися біди, господи! Але швидко скинь тото паскудство з себе; я кажу принести води, обмийся, переберися!.. Я вже тебе не пущу, не позволю, щоби той нелюд віз тя назад, — ні, нікуди! Скидай, любчику, тоту нечисть, скидай, я зараз піду найти для тебе чисте шмаття. А ти голоден, правда?.. Почекай, я закличу служницю...

І вона встала, щоб задзвонити. Але Готліб силоміць затримав її.

— Дай спокій, не треба, — сказав він коротко.

— Але чому ж, синочку? Та чень же так не будеш...

— Ага, ти гадала, — сказав Готліб, стаючи перед нею, — що я на то тілько вирвався зо Львова в тих лахах, на то тілько плівся з вуглярами п'ятнадцять миль, щоби, скоро сюда, знов датися вам в руки, датися заперти в яку там клітку та ще на додаток слухати ваш крик та ваші науки? О, не буде того!

— Але ж, синку, — скрикнула, блідіючи і дрижачи з тривоги, Рифка, — що ж ти хочеш робити? Не бійся, ту дома я за тебе стою, ніхто тобі нічого но вдіє!

— Не потребую твого стояння, я собі сам за себе постою!

— Але що ж ти будеш діяти?

— Буду собі жити, як сам захочу, без вашої опіки!

— Господи, таже я ти не бороню й дома жити, як сам хочеш!

— Ага, не борониш! А най-но лиш де вийду, забавлюся — зараз питання, плачі, чорт знає що!.. Не потребую того. А ще як він приїде, — о, то би я виграв!

Рифку щось немов за серце стисло на тоті слова. Вона чула, що син не любить її, не терпить її пестощів, і теє почуття навело на неї страх, немов в тій хвилі тратила сина другий раз, і вже н'азавсіди. Вона недвижно сиділа на софі, не зводячи з нього очей, але не могла й слова сказати.

— Дай ми грошей, я собі потрафлю сам жити на свою руку, — сказав Готліб, незважаючи на її чуття.

— Але де ж ти підеш?

— Тобі нічо до того. Я знаю, що ти би зараз сказала йому, скоро приїде, а він би казав мене шандарами привести.

— Але ж богом кленуся, що не скажу!

— Ну, то й я тобі не скажу. Нащо маєш знати? Давай гроші!

Рифка встала і створила бюрко, але грошей у неї не було ніколи много. В бюрку найшла тільки 50 ринських і подала їх мовчки Готлібові.

— Та що тото! — сказав він, обертаючи в руках банкнот. — Жебракові якому даєш, чи що?

— Більше не маю, синочку, подивися сам. Він зазирнув до бюрка, перерив в нім усе, а, не найшовши більше грошей, сказав:

— Ну, най і так. За кілька день вистарайся більше.

— То прийдеш? — спитала мати радісно.

—Буду видіти. Як його не буде, то прийду, а ні, то пришлю кого. Як покаже від мене знак, то дай му гроші в запечатаній пачці. Але пам'ятай си, — і тут Готліб зніс грізно перед нею кулаки, — нікому о мні не кажи ані слова!

— Нікому?

— Нікому! І то ти наказую! Ані йому, ані слугам, нікому! Най ніхто в Дрогобичі не знає про мене. Хочу, щоби ми ніхто не докучав. А як скажеш кому, то пам'ятай собі!

— Але ж, синочку, ту тебе виділа служниця.

— Тота малпа? Скажи, що післанець від кого, або що! Кажи що хочеш, лиш о мні ані слова. А якби він дізнався, що я живий і ту рриходжу, або якби хто слідив мене, або що, то пам'ятай собі:

такого вам нароблю лиха, що й не спам'ятаєтеся. Хочу жити собі на свою руку, та й годі!

— Боже мій! — скрикнула Рифка, заламуючи руки. — Доки ж так будеш жити!

— Доки мені ся схоче!

І з тими словами Готліб підійшов до вікна, отворив його, немов хотячи поглянути в сад, і в одній хвилі скочив вікном надвір. Рифка зірвалася, скрикнула, підбігла до вікна, але Готліба вже й сліду не було. Тільки високі лопухи в саді шелевілися, немов щось тихо між собою шепочучи.

В тій хвилі вбігла служниця, бліда і залякана, до покою обіч спальні і почала кричати:

— Пані, пані!

Рифка живо отямилась і створила двері.

— Пані, що вам такого? Ви кричали, кликали мене?

— Я? Тебе? Коли? — питала Рифка, почервонівши, мов грань.

— Та тепер. Мені здавалося, що пані кричали.

— То в твоїй дурній голові кричало, малпо якась! Марш до кухні! Чи я ти не казала аж тоді приходити, коли тя закличу?

— Але мені здавалося, що мя пані кличуть? — несміло закинула служниця.

— Марш до кухні, коли ти кажу, — крикнула Рифка, — і най ти на другий раз не здаєся нічо, розумієш?..

III.

Минуло вже три неділі від закладин. Леонів дім швидко здвигався догори: підвалини були вже положені, і фронтова стіна з тесаного каміння зносилася вже на лікоть понад землею. Будовничий наглядав за роботою, а в перших днях і сам Леон цілими дня'ми тут просиджував, нипаючи в кождий кут і всіх понукуючи до поспіху. Але се недовго тривало. Якесь нагле діло покликало Леона до Відня, а хоть без нього робота й не йшла повільніше, то прецінь робітники якось легше відотхнули, не видячи над собою тої вічної змори.

Одного рана, ще перед шостою годиною, кілька робітників сиділо на дилинах та камінні, ждучи, аж закалатають до роботи. Вони гуторили о тім, о сім, поки прочі робітники сходилися. Ось прийшов і будовничий, оглянувся довкола і остро крикнув:

— А що, всі ви ту?

— Всі, — відповів майстер мулярський.

— Зачинати роботу!

Один робітник закалатав. Зворухнулось усе на плацу. Муляри плювали в руки і брали відтак оскарби, кельні та молотки; хлопці та дівчата, наняті до ношення цегли, стогнучи згинали плечі і накладали на себе дерев'яний прилад до ношення цегли, втикаючи два довгі кілки по обох боках шиї, немов у ярмо; теслі помахували блискучими топорами; трачі лізли на кобильниці; велика машина людської робучої сили зо скрипом, стогнанням та зітханням почала входити в рух.

Втім, улицею, від ринку надійшов ще один робітник, скулений, нужденний, схорований, і завернув на плац будови.

— Дай боже добрий день! — сказав він слабим голосом, стаючи близь майстра. Обіздрівся майстер, поглянули й другі муляри.

— То ти, Бенедю? Ну, що ж ти, здоров уже?

— Та ніби здоров, — відказав Бенедьо. — Нема коли слабувати: видите, мати стара, слаба, не їй мене заходити!

— Ну, а зможеш же ти робити, чоловіче? — спитав майстер. — Таже ти виглядаєш, як який небіжчик, куди тобі до роботи!

— Га, що діяти, — відповів Бенедьо, — що зможу, то буду робити. А троха розмахаюся, то чень і сам поправлюся та окріпну. А місце чень ту буде для мене?

— Та воно би то... як же, бути буде, рук треба якнайбільше, бо пан квапить з будованиям. Піди та замельдуйся будовничому та й ставай до роботи.

Бенедьо положив свій мішок з хлібом та мулярським знаряддям набік і пішов шукати будовничого, щоб йому оповіститися, що прийшов на роботу.

Пан будовничий якраз лаяв якогось теслю за те, що негладко обтісував платов, коли Бенедьо підійшов д'ньому з капелюхом в руці.

— А ти що, чому не робиш, а волочишся? — гримнув будовничий на Бенедя, не пізнавши його зразу і думаючи, що се котрийсь із щоденних мулярів прийшов до нього з якою просьбою.

— Та я хочу стати, лиш прийшов пану будовничому оповістися, що я вже подужав і вийшов на роботу. Та й просив би-м визначити мені, де маю ставати.

— Подужав? А, то ти нині перший раз?

— Ні, прошу пана будовничого, я вже ту був на роботі, тільки що при закладинах мене підойма скалічила.

— А, то ти? — скрикнув будовничий. — То ти тоді наробив нам біди, а тепер ще сюда лізеш?

— Та якої біди, прошу пана будовничого?

— Мовчи, дурню, коли я говорю! Впиваєсся, не вступився на час, а мені ганьба! Скоро що, зараз усі до будовничого: він винен, не дбав на людське життя, не вміє камінь спустити! Ні, досить уже того, я таких робітників не потребую більше!

— Я впився? — скрикнув здивований Бенедьо. — Паве будовничий, я ще, відколи жию, не був п'яний... Хто вам то сказав?

— О, так, тобі лиш повір, то ти готов присягатися, що й не знаєш, як виглядає горілка. Ні, пуста твоя робота — присягайся, як хоч, я тебе на роботу не прийму!

— Але ж, пане будовничий, майте бога в серці! Що я вам винен! Я ту своє здоров'я стратив, ледво троха видужав, а як ви мя тепер наженете, то де я собі зароблю, хто мя прийме?

— А най тя приймає хто хоче, мене то що обходить! Мені прецінь вільно приймати або не приймати на роботу, кого мені подобавсь!

— Але ж бо я ту вже прийнятий, а що мене не було три тижні, то прецінь не моя вина. Я вже не кажу ніцо о тім, що я болю витерпів, ані не жадаю ніцо за той час, хоть певно, що якби мені добрі люди не були допомогли, то був би-м враз із матір'ю загиб з голоду, ну, але тепер чень же мені належиться тутка робота!

— Га-га-га! Належиться! Адіть, як він собі виміркував! А чи ти знаєш, дурний мудю, що ти ту кождий день, кожду годину на моїй ласці робиш? Як я не схочу, та й тебе нема, нажену тя, та й іди тоді процесуй мене!

На таку мову Бенедьо не найшов уже ніякої відповіді. він понурив голову і мовчав, але слова будовничого глибоко запали йому в душу. Правда, він і досі не раз чував таки слова, але ніколи досі вони так не вразили його, ніколи не визвали в його душі такого голосного почуття несправедливості та притиску. «Невже ж се правда? — думалося йому. — Невже ж робітник завсігди робить на его ласці? А коли робітник сяк-так жив, то, значиться, також тільки з єго ласки? А з чиєї ж ласки мене скалічила підойма? А коли він раз у раз такий ласкавий на робітника, то чия ж ласка тепер виганяє мене з зарібку на голодну смерть? Та ні, щось воно, бачу, не так! Чи будовничий держав мене досі при життю, о тім я не знаю, але то знаю, що з єго ласки я скалічений, слабий і без роботи!»

— Ну що, — перервав його гадку будовничий, — чого ж ти стоїш? Забирайся відси!

— Та я пану ту місця не застою, заберуся. Лиш усе-таки мені здався, що то не так повинно бути, як пан кажуть.

— Що, що? Ти мені хочеш науку давати? Ну, добре, ну, кажи, як повинно бути?

— Ви, пане, повинні знати, що й ви так само слуга, як я, що коли би вас не наймили до роботи так, як мене, то й ви би мерли з голоду так, як і я.

— Ха-ха-ха! Ти, певно, на берлозі лежачи, такого розуму набрався! Ну, ну, говори далі, як ще повинно бути?

Будовничий стояв перед Бенедьом, узявся за підбоки і сміявся, але його здорове лице, червоне, як буряк, показувало, що злість у нім кипіла і в кождій хвилі готова була вибухнути з-поза силуваного сміху. Але Бенедьо не зважав ані на його сміх, ані на його злість. Почуття дізнаної кривди додало йому сміливості.

— А так іще повинно бути, — сказав він твердо, — щоби ви, пане будовничий, не збиткувалися над бідним робітником і не дорікали йому берлогом, бо ще хто знає, що й вас може чекати.

І затим, не чекаючи на відповідь будовничого, Бенедьо відвернувся від нього, взяв свій мішок, сказав прочим робітникам: «Бувайте здорові, браття», — і вийшов з плацу на вулицю.

А тепер куди? Бідний Бенедьо всю надію покладав на тоту роботу. Він знав, що такого слабого деінде не приймуть. А тепер, коли й ця послідня надія розвіялась, він став на вулиці, мов прибитий, не знаючи, куди повернутися. Додому йти? Там стара мати чекає на його заробок. Іти шукати роботи? Але де? Нівідки не видно було надії. Коли втім прийшло йому на гадку вдатися до вищого пана, ніж будовничий, — до самого Леона, і просити його, щоб прийняв на роботу.

Коли він все те роздумав, стоячи на улиці перед плацом, де будувався дім, надбіг післанець, котрий голосно закликав, щоби пан будовничий ішов до пана. Будовничий здивувався і запитав, чи пан уже приїхав з Відня?

— Приїхав учора вночі і просить, щоби пан швиденько прийшли до нього.

Будовничий, а за ним і Бенедьо пішли до Леона. Той ходив по подвір'ї, а побачивши підходячих, пішов супроти них.

— Маю з паном невеличке дільце, — сказав він, привітавши будовничого, по чім, звернувшися до Бенедя,-спитав: .

— А ти за чим?

— Та я, прошу пана, хотів би стати на роботу, — сказав Бенедьо.

— То не до мене належить, проси пана будовничого.

— Я вже просив, але пан будовничий не хочуть...

— Розуміється; що не хочу, — вмішався будовничий. — То той сам, — сказав він, звертаючись до Леона, — котрий при закладинах зістав скалічений через своє недбальство. Що мені з такого робітника! Та й, впрочім, він тепер слабий, а я робітників маю досить.

— Ага, то той сам! — нагадав собі Леон. — Гм, воно б то випадало щось для нього зробити, будьщо-будь. — І додав, звертаючись до Бенедя: — Ну, ну, якось-то буде, зажди ту, поки тя не закличу. От ту сядь на ганок та й посидь.

Довго вони оба бесідували. Бенедьо за той час сидів на ганку і грівся на сонці.

Аж ось по якімось часі вийшов будовничий, якийсь трохи кислий, і, не звертаючії уваги на Бенедя, пішов. По кількох хвилях вийшов і Леон.

— Ти потребуєш роботи? — спитав він Бенедя.

— Та певно, прошу пана, чоловік з роботи жиє, то робота для нього то само, що житє.

— Та-бо, видиш, будовничий не хоче тя мати ту в Дрогобичі. Але ти не журися, я зачинаю зараз будувати в Бориславі новий млин паровий, то вже там будеш мати роботи досить.

— В Бориславі?.. Млин паровий?.. — зачудувався Бенедьо, а далі змовчав, не сміючи вдаватись з таким паном у розмову.

— Ну, що ж тобі так дивно? — спитав, усміхаючись, Леон. — Млин, то млин, тобі, мулярові, все одно.

— Та я-то вже й сам собі гадаю, що панська річ — розказувати, а наша річ — робити. Млин, то й млин.

— Тільки-то, видиш, я би хотів, щоби будинок був немудрий, так собі, в дві цегли, без поверха, тільки вшир троха. То не буде такий звичайний паровий млин, як усе будують. Я найшов такого чоловіка, що тото все вигадав, і план зробив, і сам буде вести роботу. Ну, видиш, будовничий дуже носом крутив, як увидів той план. А ти розумієшся на тім, як що треба робити після плану?

— Та чому би ні? Як чоловік має під рукою рисунок і міру, то не велика штука.

— Так, так, звісно, що не велика штука, — сказав Леон. — Отож видиш, я не все буду міг надзирати за тим, що там робиться, в Бориславі, а будовничий так ту зо мною сперечався, що готов мені наробити якої саламахи і поставити не так, як у плані нарисовано. То я вже буду просити тебе, скоро що не так, дати мені знати.

Бенедьо стояв і дивувався на цілу тоту бесіду, що се за млин такий, що будовничий на нього носом крутить і що пан боїться, щоб часом не зробив не так, як у плані стоїть? І відки, приходить Леон звертатися до нього, щоб надзирав над будовничим? Бенедьо на все те не міг найти в своїй голові відповіді і стояв перед Леоном, вемов вагуючись.

— Не бійся, будь тільки щирий для мене в тім ділі, то, певно, не пожалуєш того. Доки буде будовання в Бориславі, доти будеш там, і то з платою не помічника, а цілого муляра. А потому — побачимо.

Бенедьо ще дужче здивувався. Відки нараз така щедрість у Леона? А втім, хто його знає, думалось йому далі, може, йому й направду так до потреби приходиться, ну, то він і платить. Та й хіба ж се для нього велика річ? А для бідного помічника мулярського все-таки добродійство велике. Так роздумавши, Бенедьо рішився пристати на Леонову умову, ще й подякував йому за ласку.

— Ну, ну, не дякуй, — відповів Леон, — я не подяки від тебе потребую, а вірної услуги: як ся будеш добре справувати, то я тебе певно не забуду. А тепер іди і вибирайся якнайборше до Борислава, щоби-сь зараз завтра міг ставитися на місці, за Бориславом, над рікою.

І з тими словами Леон дав Бенедьові кілька ринських завдатку і пішов до свого покою. Бенедьо не сподівався на нині такого гарного для себе здобутку. Втішений, вернув він додому і розказав своїй старій матері о всім, що йому нині приключилося.

— Що діяти, мамко? — кінчив він своє оповідання. — Треба брати роботу там, де дають. Піду до Борислава.

— Та я ти, синку, й не відраджую, а тільки вважай, щоби-сь усе по правді жив і до недоброго ніколи руки не подав. Бо то з тим млином видаєсь мені щось та не так. Бог його там знає, що собі той жидюга загадав, а ти дбай за свою душу.

— І мені самому якось воно видалося не так, як він говорив. А вже тото зовсім мені не сподобалося, що мені каже надзирати за будовничим. Правда й то, що будовничий циган та шахрай, але відки я, простий робітник, приходжу до того, щоб надзирати за паном?.. Ну, а коли би-м щось і направду побачив неладного, то й без єго платні сказав би-м ему все. Будем нидіти, що буде.

Але коли Бенедьо зовсім уже зібрався в дорогу і став прощатися з матір'ю, то стара мати ні з сього ні з того почала плакати і, обнявши сина,довго не хотіла його пустити від себе.

— Але годі ж бо, мамко, годі, незадовго побачимося! — втішав її Бенедьо.

— Ой, так, так, добре тобі говорити! — відповіла мати плачучи. — Хіба ж ти не видиш, яка я стара? Мені леда день-година, та й жити годі. А як так виджу, що ти йдеш геть від мене, то мені здабся, що вже тя ніколи не побачу.

— А най бог боронить! Мамко, що ви говорите!..

— Тото говорю, що ми серце каже. І так ми здася, що ти, синку, йдеш до того Борислава, як у яку западню, і що ліпше би було, якби-сь відніс жидові той завдаток і оставсяту.

— Але ж, мамко моя, на чім ту оставатися, коли роботи нема? Я ж вам кажу, що як скоро би-й щось повидів недоброго, то найму жид і цілого озолотить, я му й години довше при роботі не буду.

— Га, то йди, коли така твоя воля, я ти не бороню, і най тя господь благословить!

І стара мати зі слізьми випровадила свого сина в дорогу до Борислава, а коли вернулась відтак в свою цюпку і побачилась сама, вона довго-довго стояла з заломаними руками, а далі заридала:

— Синочку мій! Най тя бог благословить на добрій дорозі! Я вже, впевно, не ввиджуся з тобою?

Була неділя, коли Бенедьо вибрався в дорогу. В церкві святої Трійці, попри котру переходив, дяки гриміли хвалу божу. А напротив церкви, на нужденнім дрогобицькім бруку, попід муром, сиділи купами ріпники в просяклих нафтою сорочках та подертих кахтанах, ждучи, аж скінчиться хвала божа, щоб відтак рушити до Борислава. Деякі хрестилися та шептали «очеааші», другідрімали на сонячній спеці, інші знов держали в руках десятикрейцарові хлібенята і цибулю і їли, кусаючи з цілого, некраяного хліба. Бенедьо не задержувався коло церкви, не дожидавсь кінця хвали божої. Бо хоть до Борислава з Дрогобича й не так-то далеко, усього милька невеличка, і хоть роботи шукати йому не було треба так, як більшій часті отих ріпників, то йому наговорили, що в -Бориславі дуже тяжко знайти помешкання, а йому хотілося жити десь поблизьке «фабрики», при котрій мав робити: він по нещаснім ударі при закладинах чувся дуже слабий в ногах і знав, що по бориславськім непросихаючім болоті далеко ходити не зможе. Тому-то Бенедьо спішив до Борислава, щоби винайти собі хату, поки ще напливе багато робучого люду та позаймав всі закамарки. Але йому треба було наймати хату на довший час, хоть на місяць; найти таку хату було трудніше, бо в Бориславі найбільша часть усяких нор наймається перепливаючому люду на одну ніч, — се й найліпше виплачується жидам.

Але немало здивувався Бенедьо, коли, вийшовши за місто, побачив, що як далеко тяглася дорога, всюди по ній мріли купки ріпників, звільна поступаючи серед туманів пороху. Ті не ждали кінця хвали божої, а спішать, щоб залучити деяку роботу. Хліб видно у кождого в брудній полотняній торбі; у деяких з торби висувалися зелені пера молодої цибулі. Бенедьо зразу обминав ті купки і йшов сам. Але далі йому зробилося нудно і прикро йти самому. Сонце жарило запеклу вже й попукану землю. Хоть уже незадовго май кінчився, то збіжжя на полі ще нічим того не показувало. Вівси, ледве зійшовши, зав'яли без дощу і покупилися при землі. Озиме жито піднялося трохи від землі, але очевидячки закляало на пні і не колосилось, хоть саме на те була пора. Ярина ніяка ані бульба ще й не сходила: зашкарупіла і висушена сонцем на кілька цалів вглиб земля не давала посадженому насінню ніякої вогкості. Сум збирав, коли було глянути на поле. Лиш одна кропива та гірчиця, підхопившися завчасу і пустивши глибше в землю свій веретинистий корінь, буяли та розросталися. А сонце все пекло та жарило; хмари, мов дрочачись з бідними рільниками, все надвечір збиралися на небі, а відтак, не пустивши і краплі дощу, розпливалися против ночі. По селах, через котрі проходили ріпники, стрічалися люди, самі сумні та чорні, мов земля. Не чути було звичайних недільних сміхів та жартів по вигонах. Старші газди гляділи то на поле, то на небо, мов з яким докором, а відтак безрадно в розпуці опускали руки. А Бенедьо, весь облитий потом і присілий порохом, також з важкими думами в серці, минав ті бідні села, примираючі тепер в голоду на переднівку і ждучі ще страшнішого переднівку на будуще.

— Обернися, господи, ласков своіов на мир християнський! — долітали до Бенедя важкі молитви селян майже з кождого обійстя. А небо гляділо на них аж полове, сонце пекло, мов нанято, а хмари, худі, біляві та прозірчасті, ліниво волоклися в заходу.

Прикро і нудно зробилось Бенедьові іти самому серед тої мізерії. Вів прилучився до одної громадки ріпників.

— А куди бог провадить? — питали вони Бенедя по звичайних привітаннях.

— Туди, куди й вас, — відповів Бенедьо.

— Ну, але ви не до ям?

— Та ні, я муляр.

— То, може, де буде що нового муруватися?

— А так, я вже наймлений. Ту ось той... Гаммершляг буде мурувати новий.— Бенедьо зап'явся. Він не вірив в Леонів паровий млин і вперед, але тепер, бесідуючи з фіпниками, почув мимоволі, що сказав би велику нісенітницю, коли б їм повів про паровий млин.

— ...нову нафтарню, — докінчив він.

— Ну, то богу дякувати, що буде хоть троха якої нової роботи, — сказав один ріпник. — Десь, і чоловік там деяк притулиться.

— Або що, при ямах нема робота? — спитав Бенедьо.

— Ей, чому би не було, — відповів ріпник і махнув рукою. — Та що нам з того, коли платять так, що й вижити годі. Адіть, що народу йде, але тото, що ту видите, то де, хіба яка сота часть! Передновинок тяжкий, а ще й тепер, адіть, кара божа! Май, а пече так, як в жнива, дожджу нема, — гадаєте, що не буде голод?.. Ну, то де ж нарід дінеся? Хто ще троха чує в собі сили, то пхався сюди, щоби щось заробити. Ну, а для жидів се празник. Робітника прибуло — зараз плати уривають. Дістодіто: роби за тілько, а не схочеш ти, зараз десять на твоє місце чекає. Та й гадаєте, що не чекає? Там як вийдете рано на улицю, як поглянете — що травизілля, тільки народу за роботою. То з половину понаймають, а решта або вертає додому голіруч, або отак переваляєся день межи жидами: води винесе, дров врубає, абощо, аби кусник хліба або лижку страви дістати. Та й така біда в нашім Бориславі!

Всі ріпники, що йшли при купі, розгомонілися. Оповідання їх товариша про бориславську біду діткнуло всіх за боляче. Кожний найшов щось докинути, і гієред Бенедьом нараз стала страшна картина людської нужди і притиску. Він віддавна привик був чути, що в Бориславі робота небезпечна, але зато платиться дуже добре. Правда, нужденний вид ріпників, що щонеділі сотками сиділи коло святої Трійці, казав йому догадуватись, що воно щось трохи не так з тим добрим зарібком, але ніколи він не мав нагоди докладно о тім вивідатись. Аж тепер нараз оповідання ріпників розкрило перед ним всю правду. Страшне, безвідрадне положення такої величезної купи народу вдарило його так сильно, що він ішов, мов оглушений, і ні про що інше не міг і подумати. «Чи ж се правда? Чи ж се може бути?» — запитував він сам себе. Правда, і він бачив біду на своїм віку, і він зазнав нужди та голоду, притиску, самоволі та безроботиці. Але все-таки до такої ступені опущення й пониження, про яке розказували ріпники, в місті ніякий ремісник не доходив. Ріпники розказували страшні події голодної смерті, самовбийства, рабунків. З їх оповідань Бенедьо побачив і те непривичне для нього діло, що в нужді одного робітника другі зовсім не туралися до нього, не підпомагали йогд, а лишали на волю божу. Ріпники і про те розказували, як хорі їх товариші умирали, опущені і розточені червами, як не раз аж по кількох днях найдено умерлого без людської помочі ріпника в якім-небудь відлюднім закамарку. Ті оповідання страшно вразили Бенедя. Він зріс і виховався в місті. Його отець був таким же помічником мулярським, як і він, — тож Бенедьо відмаленьку вжився і вбувся в відвічні перекази міських ремісників, з їх хоть лихо уладженим цеховим порядком, з їх хоть слабеньким намаганням до взаємної помочі, до тіснішого зв'язку всіх працюючих в однім ремеслі. Правда, за Бенедьових часів цехова встанова між дрогобицькими мулярами зовсім уже близька була оконечного впайку. Майстри ще давніше розікрали були цехову касу, на котру складалися здавна порівно і майстри, й челядники, а котрою без ніякого нагляду ані обрахунку завідували майстри самі. Не було за що удержувати «господи», то єсть гостиниці, в котрій би в означені дні сходилась рада цехова і де би вписувався кождий потребуючий роботи челядник, а також і майстер, де би, отже, був немов ринок для найму челядників. Майстри перестали турбуватись про цехові діла, а тільки удержували ще докладно чергу, коли котрий при врочистім обході мав нести стару цехову хоругов. Але замість того старого і передрухнілого зв'язку почав за Бенедьових часів проявлятись між дрогобицькими мулярами новий зв'язок, хоть ще й невиразно та хвилево. В случаї слабості котрого челядника або помічника збирали прочі челядники, помічники та деякі бідніші майстри добровільні складки і давали хорому або його родині запомогу тижнево через весь час його слабості. Так само давали вони запомогу, хоть і меншу, для такого, котрий часом оставав без роботи, а рівночасно старалися розпитати і нараяти йому чи то роботу в своїм ремеслі, чи яке-небудь інше заняття. Правда, слабі се були початки взаємності, але вони удержувались і міцніли. З часом дійшло до того, що в разі потреби не деякі, а всі вже челядники платили правильно складки, між тим коли давніше ані о такій загальності, ані о правильнім плаченні не було й бесіди.

В таких міських ремісницьких переказах зріс Бенедьо. Вибувши термін і ставши челядником, а далі помічником мулярським, він дуже живо займався новим повстаючим зав'язком робітницької спільності і взаємності. Бідний і ще й слабовитий, він живо, як ніхто другий, почував потребу і такої спільності та взаємності і від самого початку свого челядництва не переставав намовляти та заохочувати своїх товаришів, щоби в разі потреби правильно платили те, що зобов'яжуться платити, щоби обіцювали те тільки, що зможуть додержати, і раз обіцюваного додержували свято, так, щоби на слові робітника можна було полягати як на певній поруці. Все то були речі хоть для наших людей на словах не нові, але на ділі у нас дуже слабо практиковані, вимагаючі такого вишколення власної волі і власних забагів, що Бенедьо ще з кількома запопадливішими челядниками, котрі сю справу взяли собі дуже до серця, довгі літа мали досить праці, поки привчили людей до більшої точності та видержки.

Все те робилось між дрогобицькими мулярами, так сказати, напомацки. Вони не зносилися з ніякими робітниками з більших міст, хіба з мулярами з Стрия та Самбора, так само ні в чім не свідущими, як і вони. Вони не знали ніцо про великий зріст робітницької спільності та взаїмності в других краях, не знали про те, як робітники стають докупи та організуються до великої боротьби з багатирством та всякою кривдою народною, до боротьби за свій заробок, за обезпечення своїх жінок і дітей, своєї старості і своїх вдів та сиріт. Не знали дрогобицькі муляри й про великий зріст робітницької думки на заході Європи, ані про змагання робітників усіх країв до її осушення. Всього того вони не знали, а прецінь однакові обставини, однакова хвиля часу зробила те, що та сама думка, те саме змагання почало неясно проявлятися й між ними..

Бенедьо не раз в важких хвилях задумувався над долею робітника. Зроду утлий і хоровитий, він дуже був вразливий на всякий, хоть і чужий біль, на всяку Кривду"га неправду. Зганьбить майстер челядника не по правді, урве касієр робітникові кільканадцять центів з платні, нажене будов-ничий чоловіка з роботи без причини або за яке вразне слово — Бенедьові немовби хто ніж встромив в живе тіло. Він поблідне, зігнеться в дугу; лице, і без того сухе та довгобразе, ще більше протягнеться, і робить він свою роботу мовчки, але видно по нім, що радше б воліб в землю запастися, ніж на таке дивитись. Ось в таких-то хвилях задумувався Бенедьо над долею робітника. Кождий його окривдить, думалось йому, і добра е, ніхто йому за те нічого не скаже. Ось будовничий зіпхнув чоловіка з муру і налаяв щонайпоганшими словами, ще й в потилицю натовк і нагнав з роботи. А най-но би той чоловік обернувся та хоть раз ударив будовничого в потилицю? Сейчас би його і на поліцію, і в суд, і в Іванову хату. Але ті Бенедьові думки завсігди й зупинялися на тім суці, з котрого вийшли, — на старім і твердім суці суспільної нерівності між шодьми. І хоть не раз він повторяв, як повторяють мільйони нашого люду: «Се так не повинно бути», — то прецінь ті слова не помагали йому розгадати круту загадку о причині тої нерівності і можності її усунути, але тільки немов обминали трудність.

Отак було й тепер. Мовчки йшов Бенедьо, слухаючи оповідань ріпників про погане бориславське життя. «Як же ее так, — думалось йому, — що тільки тисяч народа день поза день терпить таку неволю, а ще другі тисячі раз у раз прибувають на такий самий празник? Самі собі псують. Правда, тим по селах ще гірше, бо хоть ніхто над ними не збиткуєся, ніхто їх так не обдирає, то зате голод. Господи, і як же помочи такій купі народу? Ніхто не в силі їм помочи!»

— А як же ви, — спитав враз Бенедьо ріпників, — не трібували деякого способу, щоби рятуватися?

— А який же може бути спосіб? — відповів ріпник простодушно.

— Ту способу нема ніякого.

Бенедьо понурив голову. То само, до чого він додумався, ріпник висказав так рішуче, як найбільший певник. Значить, воно так і мусить бути, так бог дав. А може, спосіб є, тільки що вони або сліпі та не видять, або тільки ліниві, не шукають, а то найшли би і побачили б?

— Ну, а трібували ви робити складки між собов, щоби один других рятувати в біді, в слабості? — спитав Бенедьо.

Ріпники розреготались.

— Ну, кілько би там тих складок треба, щоби поратувати всіх бідуючих! Адже й так кождий там бідує.

— Ну, але оден більше бідує, другий менше. Все ж таки мож би заратувати більше бідуючого, хорого, безробітного. От так, як у нас, мулярів, в місті.

— Е, що у вас інша річ, а ту інша. Ту нарід — збиранина зо світу!

— А у нас хіба ні?

— Е, а все-таки, що у вас можна вдати, того у нас ніхто на світі не вдасть.

Ріпники не знали своєї сили і не вірили в неї. Бенедьо знов утих і почав роздумувати над їх словами. «Е, ні, — заключив він, — видно вже з того, що мусить бути якийсь спосіб на тоту нужду, тільки вони одні сліпі та й не найдуть, а другі ліниві та не шукають того способу!»

Між тим наші пішоходи лишили наліво Тустанівську дорогу, по котрій ішли досі, і звернули на півперечну стежку, що вела через річку і. горбок до Борислава. Перебрівши річку і зійшовши поміж густим гложжям та ліщиною на її крутий, високий берег, вони вже й стали на версі горбка. Неподалік перед ними лежав Борислав, мов на тарелі. Невисокі під гонтям доми білілися до сонця, мов срібляна луска. Понад дахами де-не-де виднілися червоні, тонкі, а високі комини нафтарень, мов криваві пасмуги, сягаючі до неба. Далеко, на другім кінці Борислава, на горбі, стояла стара церковця під липами, і круг неї ще тислися останки давнього села.

Бенедьо хоть бував і вперед в Бориславі, але все тільки коротко. Він не знав тут місцевості. Тому-то він розповів ріпникам, де і на якім плацу казано йому ставати на роботу, і просив їх, щоби йому показали, де є той плац. Ріпники зараз догадалися того місця і показали його Бенедьові. Се була досить обширна рівнинка між високими берегами річки туй, перед входом до Борислава, трохи віддалік наліво від губицького гостинця. Хат близько було небагато, і Бенедьо, розставшись з ріпниками, рішивсь іти хата від хати і питати за помешканням. Але в перших хатах, до котрих зайшов і в котрих жили жиди, йому не хотіли винайняти помешкання на довший час. Хати ті були низькі а дуже широкі, — очевидно, під їх дахами містилося багато закамарків для поміщення ріпників, а корисне положення їх на краю Борислава давало їм можність бути пристановком для всіх свіжо або пізно прибуваючих.

Так пройшов Бенедьо задармо п'ять чи шість хат. Далі опинився на улиці перед старою маленькою хатиною і став, не знаючи, чи йти й сюди питати місця, чи обминати сю будку а йти далі. Хатина була, як усі прочі, під гонтами, тільки що старі гонти понадгнивали і поросли зеленим мохом. До улиці виходило двоє віконцят, котрі ледве трохи глипіли над землею; а ще з високо насипаної улиці просто проти них спливало з улиці болото, замулюючи стіну чимраз більше і вже ось-ось досягаючи здрухнілих варцабів. Перед хатиною була, як і перед другими, голотеча: ні городця, ні муравнику, як се водиться деінде. Аж по хвилі рішивсь Бенедьо не минати і сеї хати.

Дверці скрипнули, і Бенедьо ввійшов до малесеньких темних сінців, а відти до обіленої світлиці. Він здивувавсь, заставши тут не жидів, а старого ріпника і молодицю. Молодиця, около тридцяти літ, в білій сорочці з червоними застіжками, сиділа на лаві під вікном, оперши голову на лікоть, і плакала. Старий ріпник сидів насеред хати на низенькім стільчику, з люлькою в зубах, і, очевидно, потішав її. Коли Бенедьо ввійшов до хати, молодиця швидко обтерла сльози, а старий ріпник зачав кашляти і довбати люльку. Бенедьо поздоровив їх і запитав, чи не прийняли б його на довший час на мешкання. Ріпник і молодиця глянули по собі і хвилю мовчали. Далі відозвався ріпник:

— Га, або я знаю. Ось молодиця; се її хата, — як вона скаже, так і буде.

— Бодай вас, — відказала різко молодиця. — Як я скажу! Я ту вже цілий рік не сиджу, і бог знає, чи буду сидіти, — і вона рукавом обтерла знов сльози, — а ви мене в то вдаєте. То як ви скажете, бо ви ту сиди ге. Як вам буде до вигоди, то так і робіть, а я ту що можу сказати!

Старий ріпник трохи змішався і почав ще пильніше довбати свою череп'яну люльку, хоть в ній і ніч уже не було. Бенедьо все ще стояв край порога з мішком на плечах. Ріпник мовчав.

— Хатина гісненька, як бачите, — зачала знов молодиця, — може, вам і невигідно буде. Ви, як виджу, з міста, не привикли до такого, як ту у нас...

Молодиця говорила так, вгадуючи по нахмурених бровах думку ріпника, буцімто він хоче відмовити Бенедьові.

— Е, що з того, що я з міста, — відповів Бенедьо, — а я, не бійтеся, привик також до всякої біди. От як кождий зарібний чоловік. Тільки, видите, тут така причина за мнов, що я троха слабий в ногах через нещасливий трафунок, — у нас, у мулярів, усяко буває, — а маю роботу он ту недалічко над рікою, на тім зарінку. Там буде ставитись новий... нова нафтарня. То, видите, хтів би-м найти де поблизько помешкання — яке-будь, от аби переночувати, адже я цілісінький день на роботі, — бо здалека таки не зможу лазити по вашім бориславськім болоті. Ну, а ту жиди не хотять ніде прийми́ти на довший час: а для мене би то все було ліпше жити у свого чоловіка, ніж у жида. Тілько як для вас...

В тій хвилі старий ріпник перервав йому бесіду. Він кинув нараз люльку на землю, схопився з стільчика, прискочив до Бенедя, одною рукою схопив йому з плечей мішок, а другою попхав його до лави.

— Але, чоловіче, бійся бога, — кричав з комічним гнівом старий, — не пендич нічого, тілько сідай! Стоїш ми ту коло порога, а в мене діти не поснуть. Сідай ту, і най з тобою все добре сідає в нашій хаті! Чому було так відразу не сказати, — а то я тепер і сам о собі готов подумати, що-м гірший від жида!..

Бенедьо видивився на старого дивака, немов не розумів його бесіди, а далі запитав:

— Ну, а що, то приймаєте мя до себе?

— Таже чуєш, що приймаю, — сказав старий. — Тілько, розуміється, як будеш добрий. Як будеш злий, то таки завтра вижену.

— Га, чень ми вже якось погодимося, — сказав Бенодьо.

— Ну, як погодимося, то будеш моїм сином, хоть то мені з тими синами, правду рікши, не ведеся!.. (Молодиця знов обтерла очі).

— А почому ж ви озьмете від мене?

— А є в тебе який рід?

— Мама є.

— Стара?

— Стара.

— Ну, то даш по шусці на місяць. Бенедьо оп'ять видивився на старого.

— Ви, певно, хтіли сказати «на тиждень»?

— Я вже ліпше знаю, що я хтів сказати, — відрізав старий. — Так буде, як я сказав, та й досить о тім балакати.

Бенедьо з дива не виходив. Старий тим часом знов сів на свій стільчик і, нахмурившись, почав накладати люльку.

— Та, може б, на згоду принести горівки? — заговорив Бенедьо. Старий глянув на нього спідлоб'я.

— Ти мені, небоже, з тим зіллям не виїзди ані ся з ним до хати не показуй, бо геть виверну вас обоє! — відрізав він гнівно.

— Вибачайте, — перепрашав Бенедьо, — я сам не п'ю, хоть би-м її й на очі не видів. Але я чув, що в Бориславі кождий мусить пити, хто при кип'ячці робить, то я й за про теє...

— Правду казав, хто се казав, а тілько, як бачиш, при правді є й брехні капинка. То завсігди так буває. Ну, а тепер ти не пендич, тілько роздягнися та спочинь з дороги, коли-сь слабий!

В тій хвилі молодиця встала.

— Ну, дай вам боже щастя та заробок добрий, — сказала вона до Бенедя. — Бувайте здорові, пора мені йти.

Вона вийшла; старий вийшов за нею, а за хвилю •вернув.

— Служить в Тустановичах, то мусить бічи до роботи. Та й дитина мала... — проворкотів він, немов сам до себе, і знов сів напихати свою черепаньку.

— Донька ваша? — спитав Бенедьо.

— Ніби донька, але не рідна.

— Пасербиця?

— Ні, небоже. Вона тутешна, а я не тутешний. Але то довга гісторія, — буде час, то й почуєш. А тепер спочивай!

Тота молодиця була Півторачка, вдова по Івані Півтораку, погибшім в бориславській ямі, а той ріпник — то був старий Матій.

IV.

Бенедьо зняв з себе петек, постелив його на лавку під вікном і ліг спочивати. Він і справді був дуже втомлений; ноги під ним тряслися від довгого і надсильного ходу. А прецінь сон його не брався. Думка, мов непосидюча ластівка, шибала то до Дрогобича до старої матері, то до Борислава, де відтепер прийдеться йому жити. Йому пригадувались оповідання ріпників, котрі він чув по дорозі; в його уяві вони перелітали не як слова, а як живі образи. Тут всіми забутий ріпник, хорий, безпомічний, конає сам на берлозі десь у якімось скритім закамарку і дармо пищить їсти, дармо просить води, — нема кому подати!.. Тут жид витручує робітника з роботи, кривдить його при виплаті, обдурює і ганьбить; нема кому впімнутися за робітником, зарятувати його в нужді. «Ніхто ні про що не дбає, крім себе самого, — думав Бенедьо, — та й тому так усі бідують. Але якби всі взялися докупи... То що би зробили?..» Бенедьо не міг того знати. «Та й як їм взятися докупи?..» І сього Бенедьо не знав. «Господи боже, — зітхнув він вкінці з звичайною у наших простих людей безрадністю, — наведи мене на яку добру думку!..»

В тій хвилі Бенедьове думкування мусило перерватися. До хати ввійшло кілька людей ріпників і, привітавшися коротко з Матієм, посідали на лаві. Бенедьо встав і почав розглядати прибувших. Були тут передовсім два хлопи, котрі відразу мусили кождого увагу звернути на себе. Високі, рослі та крепкі, мов два дуби, з широкими червоними, немов надутими лицями і невеликими сірими очима, — вони виглядали в тій маленькій хатині, мов два велети. А при тім з лиця, росту, волосся, очей були вони так подібні до себе, що треба було добре приглядітися і прислухатися їм, щоби їх розпізнати. Один з них сидів на лаві під вікном, заступивши своїми широкими плечима все світло, яке від заходячого вже сонця лилося вікном у хатину.

Другий намістився на невеликім зидлику коло дверей і, не кажучи ні до кого й слова, почав спокійно накладати люльку, немов там, на тім зидличку і коло того порога, було його предковічне місце.

Крім тих двох велетів, найбільше звернув на себе Бенедьову увагу немолодий уже, низенький і, очевидячки, дуже говірливий та рухливий чоловічок. Відколи ввійшов до хати, він не переставав шнирати з кута до кута, то ніби чогось шукаючи, то ніби добираючи собі місця до сидження. Він кілька разів обіздрів Бенедя, переглипувався з Матієм, котрий з усміхом слідив за його рухами, а навіть шепнув щось до вуха одному в велетів, тому, що сидів на зидлику підо дверми. Велет тільки головою махнув, а затим встав, відоткав дерев'яну затканицю від печі і встромив свою люльку в попіл, щоби запеклася. Рухливий чоловічок за той час знов уже обшнирав усі кути, то потираючи собі настовбурчену, мов щітка, чуприну, то поправляючи на собі ремінь, то вкінці-таки розмахуючи руками...

Крім тих трьох людей, було в хаті ще зо три. Бенедьо розглядів на лаві в півтіні одного старого діда з довгою сивою бородою, але з здоровим лицем і кремезним виглядом, мов у молодого. Побіч нього сидів молодий парубок, круглолиций і рум'яний, мов дівочка, тільки що сумний і понурий, мов засуджений на смерть. Далі в куті, зовсім в тіні, сиділи ще якісь люди, котрих лиць не міг розглянути Бенедьо. Ввійшло ще кілька ріпників до хати, — зчинився гамір.

— А се що, возний на здекуції у вас? — промовив грубим, мов труба, голосом до Матія один з велетів, той, що сидів під вікном.

— Ні, богу дякувати, — відповів Матій, — се, бачу, уцтивий чоловік, робітник, мулярський майстер. Прийшов нині з Дрогобича до нової фабрики, — ту ось, на зарінку, будуть нову нафтарню ставити.

— Так? — відповів велет, протягаючи голос. — Ну, то про мене. А чия то буде нафтарня? — додав він, звертаючися до Бенедя.

— Леона Гаммершляга, знаєте, того віденського жида, що щось два раки тому прибув сюди.

— Ага, того! О, той у нас закарбований віддавна. Правда, побратиме Деркачу?

Рухливий чоловічок в тій хвилі найшовся коло велета, дрібцюючи довкола нього.

— Правда, правда, закарбований моцно, — він засміявся, — але ніто не пошкодить, як буде мав і більше карбів!

— Певно, що не пошкодить, — потвердив велет. — Ну, але як же, побратиме Матію, можем ми нині ту балакати своє? Чи, може, як маєш нового жильця, то нас наженеш із хати шукати нового місця?

Велет грізно глянув на Матія, і, очевидячки, ся бесіда мала бути доганою. Матій почув се і змішався трохи, а далі сказав, устаючи зо стільця і виймаючи люльку з рота:

— Але господи борони, щоби я вас виганяв! Мої побратими любі, раз я пристав до вас, то вже й не попущуся вас, о те не бійтеся. І моя хата зовсїги для вас отвором. А про нового жильця... правда, я зле зробив, приймаючи його, а не зарадившись уперед з вами, але ж бо, видите, приходить чоловік змучений, слабий, жиди го не хотять приймати, а з лиця му видно, — знаєте, я на те старий практик, — що людина добра, ну, що я мав робити?.. Впрочім, як гадаєте? Не мож йому бути з нами, то я го відправлю. Але мені здався, що він би був і для нас добрий... Каже, що горівки не п'є, — значиться, одно добре. Ну, а, по-друге — робити буде при новій фабриці, то і відтам зможе нам що часом сказати...

— Горівки, кажеш, не п'є? — питав велет.

— Сам-єм то чув від него, а втім, ось він ту, питай го сам.

Мовчанка стояла в хаті. Бенедьо сидів в куті на своїм потеку і дивувався дивним дивом, що се все має значитися, чого зійшлися ті люди і чого хочуть від нього. Дивно йому було, що Матій попросту звиняться перед ними, хоть сам каже, що се його хата. Але найдивніше було йому з того грубоголосого велета, котрий поводився тут, мов як старший, мов господар, прикликував до себе то одного, то другого і шептав їм щось до вуха, сам не рушаючися з місця. Далі він звернувся до Бенедя і почав випитувати його строгим голосом, немов суддя при допросі, між тим коли всі присутні звернули на нього очі:

— Ви що, челядник мулярський?

— Ні, помічник, а при тій фабриці, не знаю за яку ласку, маю бути майстром. Велет покрутив головою:

— Гм, майстром? А за яку то ласку? Певно, вмієте добре доповідати жидові на своїх товаришів?

Бенедьо спалахнув увесь, немов огнем. Він хвилю вагувався, чи відповідати велетові на його питання, чи плюнути йому в очі, забратися і йти геть із свї хати та з-між тих дивних людей. Далі надумався.

— Плетете дурниці, — сказав з підтиком. — Може, то вашого батька син і вміє дещо кому доповідати, а у нас тото не водиться. А жидівська ласка впала на мене непрошена, відай, за те, що при его закладинах мене трохи не забила підойма, як єсьмо спускали в яму угольний камінь.

— Ага, — буркнув протягло велет, і голос його почав трохи м'якнути. — Побратиме Деркачу, — звернувся він нараз до невеличкого, рухливого чоловічка, — а пам'ятай, аби-сь не забув і ось тото закарбувати на того Леона, що він каже!

— Розуміється, що не забуду. Хоть то ніби тото сталося в Дрогобичі, а ми маємо тільки до Борислава, але то нічо не шкодить. Жидові й без того легше не буде.

— Ну, а що ж ви, — говорив далі велет до Бенедя, — як ту будете майстром, то будете так само збиткувати та кривдити робітників, як другі, будете ссати з них, що моги, і виганяти з роботи за леда слово?.. Розумієся, що так! Майстри всі однакові!

Бенедьові не стало терпцю. Він встав і, беручи свій петек до рук, обернувся до Матія:

— Коли-сте мя приймали в свою хату на мешкання, — сказав він тремтячим голосом, — казалисте ми, щоби-м був добрий, то буду вашим сином. Ну, але скажіть же самі, як ту бути добрим, коли ось якісь люди входять до хати і ні з сього ні з того причіпаються до мене і ганьблять, не знати за що й за яке? Як ви мя на таке ту брали, то ліпше було й не приймати, був би-м си досі найшов спокійнішу хату! А тепер прийдеся йти під ніч. Ну, але принаймні буду знати, що за люди — бориславські робітники!.. Бувайте здорові!..

З тими словами він надяг петек і, беручи на плечі свій узлик, звернувся до дверей.

Всі мовчали, тільки Матій моргнув до велета під вікном. Між тим другий велет сидів, мов скала, під дверми, заперши собою вихід, і хоть Бенедьо різко сказав до нього: «Пустіть!» — він ані кинувся, немов і не чув нічого, тільки люльку пихав поволі.

— Але ж, господи боже, — скрикнув нараз з смішною запопадливістю Матій, — стій, чоловіче добрий, куди втечеш? Не знаєш, бачу, жартів! Постій, побачиш, до чого воно йде!

— Що я маю стояти! — відповів гнівно Бенедьо. — Може, скажете ми ще довше слухати від отсего чоловіка такої ганьби, як досі? І не знаю, відки він то чув, що я когось кривджу та збиткую?..

— То ви вважаєте мої слова для себе ганьбою? — спитав напівлагідно а напівстрого велет.

— Розумієся.

— Ну, то перепрашаю вас.

— Не перепрашайте, воліте бути чемніші та не ображати, ніж відтак перепрашати. Я простий чоловік, бідний робітник, — але чи ж тому вже леда хто має мені всяку дурницю в очі тикати? А може, ви на то дуфаєте, що ви моцні, а я слабий, то вже можете мене безпечно ображати? Ну, то пустіть мя геть, не хочу слухати вашої бесіди! — І він знов обернувся до дверей.

— Ну, ну, ну, — говорив Матій, — ті люди ще готові направду посваритися, не знаючи й самі за що! Але ж постій, чоловіче божий, гніваєшся, а не знаєш за що!

— Як то не знаю! Не бійтеся, я вже не такий дурень, — офукнувся Бенедьо.

— Так що не знаєш. Ти вважаєш за образу слова того чоловіка, а тим часом він говорив се тільки на те, щоб тебе витрібуваги.

— Витрібувати? В чім?

— Яке в тебе серце, яка гадка? Розумієш тепер?

— А нащо ж йому то знати?

— То вже побачиш пізніше. А тепер розберися та сідай на своє місце. А фукатися не треба, небоже. За день би нас усіх не стало, якби ми хтіли так на всяку біду фукатися, яка нам долягає. А моя гадка така: меншу біду перетерпи, щоби більшої встеречися. Коли-бо то у нас звичайно навиворіт робиться: як мала біда, то чоловік бурчить, а як велика,то мовчить.

Бенедьо все ще стояв насеред хати в петеці і з мішком на плечах та роззирався по присутніх. Матій між тим засвітив каганець з жовтого бориславського воску, і в його світлі лиця зібраних ріпників видавались жовтими та понурими, мов лиця трупів.

І в другий раз старий Матій відібрав від Бенедя мішок і зняв з плечей петек, а взявши його за плече, попровадив до велета, що все сидів, понурий і грізний, під вікном.

— Ну, перепросіться раз назавсігди, — сказав Матій. — Я все гадаю, що будем мати з того чоловіка нового товариша!

Бенедьо і велет подали собі руки.

— Як вас маєм звати? — спитав велет.

— Бенедьо Синиця.

— А я звусь Андрусь Басараб, а он то мій брат Сень, а отеє наш «карбовий» Деркач, а отот старий дідусь — то побратим Стасюра, а отой парубок — то побратим Прийдеволя, а он то також наші побратими, ну, а ваш газда також…

— Ви, певно, всі з одного села, що побратимаєтесь, — сказав Бенедьо, дивуючись, впрочім, що старі чоловіки побратимались з молодими, бо по селах звичай, що тільки ровесники побратимаються між собою.

— Ні, ми не з одного села, — відповів Басараб, — а так, побратимаємось в іншім способі. Впрочім, сідайте, будете видіти. А якби вам схотілося, то можете й ви пристати до нашого побратимства.

Бенедя ще дужче здивувало те вияснення. Він сів, не кажучи нічого і чекаючи, що то з того буде.

— Побратиме Деркачу, — сказав Андрусь Басараб до «карбового», — пора нам узятися до свого. Де твої палиці?

— Зараз ту будуть, — відповів Деркач, вибіг до сіней і вніс відтам цілий оберемок тонких піскових палиць, зв'язаних уживкою докупи. На кождій палиці видно було більші або менші карби, один попри один, так, як се роблять хлопці, що пасуть гуси і на паличці значать собі карбами, кілько у котрого гусят.

— Закарбуй на Леона то, що повідав Синиця, — сказав далі Басараб. В хаті між тим зробилася тиша. Всі посідали, де хто міг, і гляділи на Деркача, котрий сів собі на припічку, положив палиці коло себе, вийняв з-за ременя ніж і, видобувши одну палицю, витяв на ній ще один карб до багато других, давніших.

— Готово, — сказав Деркач, сповнивши со і встромивши палицю знов у зв'язок.

— А тепер, побратими мої милі, — сказав Андрусь, — розповідайте за чергою, хто за сей тиждень зазнав, видів або чув яку кривду-неправду. Хто її зробив, кому і за що, — розповідайте все, як перед богом, щоби, як наповниться міра наших кривдників, як прийде наш час і наш суд, кождому було відмірено по правді!

Хвилю тихо було після тої відозви, далі заговорив старий Стасюра:

— Прийде, кажеш, наш час і наш суд... Дай-то, боже, хоть я, бачу, не діжду того дня. Ну, але бодай ви, молодші, діждете... То вже щоби відмірити кождому по правді і справедливості, послухайте, що я чув і видів сего тижня. Йосько Бергман, наставник при тій кошарі, що я в ній роблю, знов сего тижня бив штирох робітників, а одному бойчукові-лип'ярові вибив палицею два зуби. Та й за що? За тото, що бідний бойчук, голодний та хоровитий, не міг двигнути відразу повного коша глини!

— Карбуй, Деркачу! — сказав Андрусь рівним і спокійним голосом, а тільки очі його заблищалися якимсь дивним огнем.

— Тот бойчук, — говорив далі Стасюра, — дуже добра душа, і я .би був привів його до господи, тільки що десь, видко, заслаб, не був уже вчора на роботі.

— Приведи, — підхопив Андрусь. — Чим більше нас, тим більша наша сила, а ніцо так не в'яже людей докупи, як спільна нужда і спільна кривда. А коли сила наша буде достаточна, то й суд наш буде близький, — чуєш, старий?!

Старий кивнув головою і говорив далі:

— А Мотьо Крум, касієр, знов не доплатив усім робітникам з нашої кошари по п'ять шусток за сей тиждень і ще грозив кождому, що нажене з роботи, коли посміє упоминатися. Говорять, що купує яму на Мразниці і що му не ставало 59 ринських, то мусив ее при найближшій виплаті здерти з робітників.

Старий мовчав хвилю, поки Деркач винайшов палицю Мотя Крума і затяв на ній новий карб. Відтак говорив далі:

— А от учора йду попри шинок Мошка Фінка. Слухаю, що за крик? Аж то два Фінкові сини притисли до кута якогось чоловіка, вже підстаршого, та й так б'ють, так дюгають кулаками попід ребра, що чоловік вже лиш хрипить. Ледво якось його пустили, не міг уже йти сам дорогою, а як харкнув — кров... Взяв я його, веду та й питаю, що за нещастя, за що так скатували?.. «От біда моя, — відповів чоловік та й заплакав. — От я, — каже, — через тиждень троха задовжився у того проклятого жидюги, гадав, що дістану гроші та й виплачу. А ту прийшла виплата, бац, касієр мене чи забув, чи що, — не читає. Я стою, чекаю, — вже виплатив усім, а мене не кличе. Я йно що пустився йти до него, спитати, що то таке, а він шасть і замкнув двері перед носом. Що я гримай, стукай, кричи, — пропало. Ще відтак випали слуги та й мене в плечі: «Що ти ту, пияку, бреверію, робиш!..» Пішов я. .Здибаю відтак касієра на улипі і до него: «Чому ви мені не виплатили?» А той визвірився на мене, а далі як не крикне: «Ти, пияку якийсь, будеш мене на дорозі напастувати! Ти де був, як виплата була? Я тебе ту не знаю, там допоминайся плати, де й другим платиться!» Ну, а нині каса заперта. Я зголоднів, іду до Мошка з'їсти дещо наборг, поки гроші дістану, а тоті два ведмеді, бог би їх побив, та до мене: «Плати та й плати за тото, що-сь набрав!» Що я прошу, проклинаюся, розповідаю, яка річ, — та де! Як мя приперли до кута, то, адіть, троха душу з тіла не вигнали!..»

— Карбуй, Деркачу, карбуй! — сказав твердим, грізним голосом Басараб, вислухавши з затиснутими зубами сього оповідання. — Бутають чимраз дужче наші гнобителі — знак, що кара вже висить над ними. Карбуй, побратиме, карбуй живо!..

— Так-то так, — говорив далі Стасюра, — розбуталися наші кривдники та й бутають, збиткуються над робучим народом, бо що то, — добре їм ся діє! І чим довше гляди та слухай, тим більше біди та кривди народної, тим більше у них багатства та достатку От тепер народу до Борислава пре видимо-невидимо, бо всюди по селах голод, посуха, слабість. А й ту хіба ліпше? День поза день видаю по закавулках слабих, голодних, незарібних людей, — лежать і отогнуть, і ждуть хіба тільки божої ласки, бо людського змилування вже давно перестали ждати. Та й тепер, адіть, плату нам вменшили і з кождим тижнем уривають все більше, — годі вжити з неї! Хліб чимраз дорожчий, а ще як сего року не зародить, то прийдеся нам усім ту гинути. Отеє кривда, котру всі ми терпимо, котра всіх нас глодже до кості, а на кого її закарбувати, я й сам не знаю!..

Старий виговорив се живішим, ніж звичайно, голосим і з тремтячими від зрушення губами, а висказавши, поглянув по всіх і зупинив свій погляд на понурім лиці Андруся Басараба.

— Так, так, правда твоя, побратиме Стасюро, — закричали всі присутні, — се наша загальна кривда: бідність, безпомічність, голод!

— А на кого її закарбувати? — спитав вдруге старий. — Чи зносити її терпливо, тоту найбільшу, загальну кривду, а тілько карбувати ті дрібні, часткові, що складаються на тоту велику?..

Андрусь Басараб глядів на Стасюру і на всіх прочих побратимів зразу понуро і ніби рівнодушно, але вкінці на лиці його заясніло щось, немов скрита на дні в душі радість. Він встав з місця і'випрямився, досягаючи головою аж до повали невеличкої хатини.

— Ні, не терпіти нам і тої загальної кривди, а хоть і терпіти, то не покірно, не тихо, мов та стрижена вівця. Всяка кривда мусить бути укарана, всяка неправда мусить пімститися, і то ще туй, на сім світі, бо що за суд буде на тамтім світі, сього ми не знаємо! І чи ти гадаєш, що, карбуючи всі ті дрібні, часткові кривди, ми забуваємо про загальну? Ні! Адже кожда й найменша кривда, яку терпить робучий чоловік, се частка тої загальної народної кривди, що всіх нас давить і глодже до кості. І коли прийде день нашого суду і нашої кари, то чи ти думаєш, що не пімстпться тоді й загальна кривда наша?

Стасюра сумно якось похитав головою, немов в душі своїй не зовсім вірив Басараабовій обіцянці.

— Гай-гай, побратиме Андрусю, — сказав він, — пімститься, говориш... Вже то одно, що не знати, коли то ще буде... А друге: що нам з того, що колись, може, й пімститься, коли нам тепер від того не лекше терпіти. А хоть і пімститься, то чи думаєш, що опісля лекше буде?..

— Що ж бо ти, старий, — крикнув на нього з грізно блискучими очима Андрусь, — розжалобився, не знати чого? Тяжко нам терпіти! Хіба ж я того не знаю, хіба всі ми того не знаєм? А хто зможе так зробити, щоб ми не терпіли, щоб робучий'чоловік не терпів? Ніхто, ніколи! Значить, терпіти нам до суду-віку, та й по всьому. Тяжко се чи не тяжко, — що то кого обходить? Терпи і мовчи, не показуй другому, що тобі тяжко. Терпи, а як не можеш вирватися з біди, то бодай метися за ню, — ее хоть троха влекшить твого болю. Така моя гадка, і всі признали, що вона правдива, — чи не так?

— Так, — відповіли побратими, але якимсь понурим голосом, немов сеся правда не дуже їх радувала, не дуже припала їм до серця.

— А коли так, — говорив далі Андрусь, — то ніщо й гаятись. Розповідайте далі, хто про яку знає кривду.

Він сів. В хатині стало тихо. Почав говорити Матій. В його сусідстві умер робітник в темній жидівській комірчині; як довго там лежав, відколи слабував — сього ніхто не знає, і жиди нікому не хотіли того сказати. Говорять, що робітник мав трохи зароблених грошей, а коли заслаб, жиди відібрали від нього гроші, а його поти морили голодом, держали взаперті, поки не вмер. Тіло було страшенно сухе, давно не мите і синє, як боз. Позавчора ночувала якась жінка у другого, сусіднього жида. Вночі злягла. Грошей у неї не було, і сейчас на другий день жид викинув її з дитиною з хати. Розповідав один ріпник, знакомий тої жінки, що ходила з дитиною до попа, щоб охрестив, але піп не хотів охрестити, поки не покаже батька дитини. Тоді тота жінка кинула дитину в яму, а сама пішла до громадського уряду, кричачи, щоб її зараз вішали, бо довше жити не хоче. Що з нею сталося. Матій не знав.

І далі пішли оповідання, одностайні своєю ваготою і оглушаючи своєю кричучою несправедливістю. І за кождим розказаним фактом оповідач зупинявся, ждучи, поки карбовий Деркач не закарбує на палиці, щоб «кождому віддано було повною лиця, що вже сам їх голос, сам вираз лиця був свого роду важким фактом, гідним закарбування на ім'я загальносуспільної кривди та гніту. Другі розпалювались, говорячи, проклинали гнобителів і домагалися швидкої для них кари. Але найбільше зрушило всіх оповідання молодого парубка, Прийдеволі. Коли прийшла на нього черга, — він був наймолодший, то й черга на нього прийшла на самім послідку, — він вибухнув довго здержуваним плачем і, заломуючи сильні руки, виступив насеред хати.

— Перед богом святим і перед вами, побратими мої, жалуюсь на своє горе! на свою страшну кривду!.. Осиротили мене на весь вік... відобрали послідне і потоптали ногами, і то так собі, для забавки!.. Ох, боже, боже, і ти глядиш на все те і ще можеш терпіти?.. Але ні, ти терпи собі, я не можу, я не буду!.. Побратими, товариші милі, радьте, що мені діяти, як мститися! Все зроблю, на все відважуся, тільки не кажіть чекати, бійтеся бога, не кажіть чекати!..

Він замовк, хлипаючи, мов мала дитина. По хвилі зачав спокійнішим уже голосом:

— Ви знаєте, який я круглий сирота на світі, в якій біді та нужді зійшли мої літа молоді, поки нещастя не загнало мя сюди, до сього пекла проклятого. Але вся біда і нужда, всі нещастя'нічим були для мене, поки була хоть одна людина, котра вміла мене потішити, розрадити, приголубити, котра віддала б була своє життя за мене... котра любила мене!.. І тої єдиної порятівлі позавиділя мені вороги!.. Послухайте, що зробили. Ви знаєте, вона для мене покинула свою хату, свою матір стару і прийшла сюди, до Борислава, щоби бути разом зо мною. Ми жили разом от уже півроку. Вона працювала при магазині того багача Гольдкремера. На своє лихо, сподобалась тамка всім тим псам, що її видали. А там їх є до вітру: касієр, молодий жидик Шмулько Блютігель, надзорець, також молодий жидок, далі ще якісь там капцани, бог би їх поразив!.. Почали вони до неї налазити, не давати її спокою. Раз, другий вона відправила їх чемно, а далі, коли Блютігель застав її якось саму в присінку магазину і, осмілений, почав дуже вже до неї заскакувати, вона, немного думавши, відкинула руку і так тарахнула жидка поміже вуха, що му аж ротом і носом кров бризнула і сам, як тика, покотився між бочки. Що ми того вечора насміялися з улазливого жидка, коли вона розповіла цілу тоту річ. Але ми завчасно сміялися. Жидок розлютувався і змовився з другими — пімститися на ній. Приходиться позавчора — виплата; приходжу я вечером додому — нема моєї Варки. Сів я під вікно, чекаю-виглядаю, а самому коло серця щось, мов гадина, лежить. Ба, вже стемнілося, нема Варки. Закинув я петек на плечі, вийшов на вулицю, шукаю Варки. Нема. Розпитую я робітниць, що разом з нев були при виплаті, — кажуть, що лишили її тамій, що, певно, їй виплачували напослідку. Тьокнуло мене щось коло серця, біжу до канцелярії — позамикано, а в вікнах світиться. Калатаю — не докалатаюся, а далі гадаю собі: «Агій, та чого я ту калатаю, чень же ту єї нема? Може, вона вже красно дома, чекає на мене...» Біжу додолгу — нема. Біжу знов вулицями, забіг по всіх знакомих, по всіх шинках, де ми часом, з роботи йдучи, вступаємо перекусити дещо або селедця купити, — нема. Всіх питаю, чи не видів хто Варки, — ніхто не видів. Як камінь в воду, пропала Варка. Лечу я знов під канцелярію, так мене щось і тягне туди, гадаю по дорозі: «Висаджу двері, а мушу дізнатися, що з нею сталося, де вона». Але скоро я там — десь ораз і вся сміливість пропала. Став, дивлюся: в вікнах блищиться, але вікна позаслонювані, не видно нічого, тільки тіні якісь мелькають. «Ні, — гадаю собі, — вона ту мусить бути, ту мусить бути, бо де ж би інде була?» А ту знов і сам собі не вірю, бо що ж би вна ту робила? Прийшла мені на думку гісторія з жидком Блютіґлем, — я весь задрожав, одеревів. І що вже вмовляю себе, що се все байка, жарт, пустота, — ні, щось немов рукою держить мене під вікном тої проклятої канцелярії. «Не піду вже нікуди, — гадаю собі, — буду туй ждати, доки світло не погасне, ні, прожду й до рана». Сів я на якусь бочку під самою стіною просто вікна, сиджу — а ту мнов аж телепає, немов зимниця яка. Слухаю-наслухаю. Там чути: десь в шинку ріпники хриплими голосами пісні доспівують, там знов пси гавкають, з-під Діла, від церкви долітає, мов зойк конаючого, сторожеве «острожне з огнем!»... А ось чую, в канцелярії регіт якийсь, зашваркотіли жиди, пізнав я голос Блютіґля, голос наставника. Далі загепалось щось, немов о отіни розбивається, — знов регіт, знов шваркіт, — і тиша. Господи, кождий голосок різав мя в саме серце, мов ніж острий... Я так і задубів з вухом, приложеним до стіни. Аж нараз, вже над раном, роздався страшний крик в канцелярії, тільки на одну хвилиночку, — але крик той поразив мя, мов грім, уколов, мов жало гадини. Я відразу зірвався на рівні ноги, — то був Варчин крик. І ледво я надумався, що ту робити, ледво підбіг до дверей, щоб з послідньою натугою всеї своєї сили виважити їх, коли втім двері створилися і з них вилетіла, мов громова куля, — Варка. Але вже не кричала... Я пізнав її по одежі, бо лиця єї зразу не добачив в сумерці. І вна мене не бачила, тільки, вилетівши з дверей канцелярії, погнала навпростець через горбки накиданої глини, поміж кошари та ями. Я за нею. «Варко, — кричу, — Варко, що тобі таке, що з тобов сталося, на милість божу, стій, обізвися!» Стала на хвилю, озирнулась, і ту ажень побачив я, що ціла єї голова була чорна, мов вугіль, замазана кип'ячкою, а довгі єї коси були обтяті. «Господи боже, Варко, — кричу я, підбігаючи ід ній близше, — що се за нещастя з тобов?» Але вона скоро пізнала мене, сейчас відвернулася і, мов сполошена, погнала далі наосліп, розбиваючись о стовпки корб, що були над ямами. Я щодуху в мні жену за нею, аж нараз оден крик страшний, оден миг ока, і Варка туй перед моїми очима щезла, мов сонний привид, — скочила в створену яму(.. Я надбіг, став, — тільки глухо задудніло, як вона всередині, розбиваючись о цямриння, вкінці бовтнула в воду. Та й по всьому. Що вже зо мнов далі діялось, не тямлю. Я отямився аж нині з полудня, і коли спитав за Варкою, мені сказали, що її (на мій крик!) витягли з ями і вже й поховали. Значиться, все пропало! І ніхто не скаже, що вони з нею зробили в тій страшній ночі. З'їли, нелюди, мою Варку живу, вбили моє щастя!.. Побратими мої дорогі, перед богом святим і вами жалуюся на своє нещастя, радьте, вчіть, що маю робити, а тільки чекати не кажіть!.. Глибоко вразило всіх оповідання Прийдеволі, хоть усі вже й уперед знали з неясних слухів, яке нещастя склалося з їх побратимом. На всіх лицях видно було під час оповідання всі переходи чувства — від непокою до найвищої тривоги і розпуки, так само, як усі ті переходи малювалися на лиці оповідача. А коли Прийдеволя замовк і, заламуючи руки, став серед хати, мов німий свідок великого проступку, — то і всі мовчали, мов прибиті, кождий очевидячки ставив себе в положенні товариша і старався таким способом збагнути всю глибінь -його жалю і муки. Але порадити, — що вони могли порадити йому в тім ділі, де вже не було ніякої поради, ніякого виходу, крім смерті? Як вони могли повчити його, на яку дорогу направити?..

Перший отямився Деркач і хопив за свої палиці, щоб і сю справу закарбувати.

— Стій, побратиме Деркачу, — сказав нараз рішуче Андрусь Басараб, — сего не карбуй!

Деркач поглянув на нього недоумівающим поглядом.

— Не треба, — сказав коротко Андрусь, а відтак, звернувшися до побратимів, спитав: — Чи більше ніхто не мав що сказати?

Ніхто не обзивався.

— Значить, на нині бесіді кінець! Розходіться по одному!

Але, помимо сього завізвання, ніхто не рухався з місця. Всі якось дивно ззиралися по собі. Андрусь грізно поглядав на них, не знаючи, що се значиться. Аж ось піднявся з місця Стасюра, найстарший з-поміж побратимів.

— Слухай, побратиме Андрусю, — сказав він супокійним голосом, — о чім ту у нас межи побратимами сими днями бесіда йшла... То не від себе я тобі буду говорити, але від усіх. Знаєш, як ми зібралися докупи — громадити людську кривду і судити робітницький суд над тими, котрих не можемо позивати перед суд панський, — то ти обіцяв

нам, що скоро набереся відповідна міра недолі в народі, ми

зробимо єї обрахунок, щоб знати, для кого ся міра наповнилась до краю. Чи так?

— Так, — відповів Андрусь якось неохітно.

— Отеє ж ми вже троха не рік громадимо карби на людську кривду, побратим Деркач позакарбовував стирту палиць, а коли ж, питаємо тебе, буде обрахунок?

— Не час іще, але живо час надопіє, — відповів Андрусь.

— А, живо, живо, нім сонце зійде, роса очі виїсть! Сам бачиш, що наші гнобителі, збагачені нашою працею, починають собі чимраз гордіше. Пора, щоб від нас мали хоть погрозу яку!

— Буде погроза, — сказав твердо і спокійно Андрусь.

— Яка? Коли? — роздалися з усіх боків питання.

— Се вже моя річ. Почуєте тоді, як діло зробиться, а наперед о тім говорити не приходиться, — відповів Андрусь. — А до обрахунку також недалеко. Адже мусить дубець підрости аж до хмари, щоби в него грім ударив. Чекайте ще троха... А тепер добраніч!

. Всі побратими добре знали залізну, рішучу натуру Андруся Басараба, знали, що на його слові можна полягати, і не допитувались далі, а тільки зібралися до виходу.

— А ти, побратиме Прийдеволя, зістанься ту, щось тобі буду говорити, — сказав Андрусь, а на лиці бідного парубка блиснула якась радість, мов надія виходу з страшної муки.

Розійшлися побратими. Тільки старий Матій сидів у куті під стіною, а давно погасла люлька випала йому з зубів і лежала на поділку. Так само Андрусь і Бенедьо сиділи мовчки, кождий на своїм місці, кождий занятий своїми думками. Тільки Прийдеволя стояв коло порога з лицем мертвецьки блідим і з заломаними руками, стояв, як живий образ болю, і ока не зводив з Андруся Басараба, немов від нього ждав не знати якої пільги. Матій перший приступив до молодого парубка.

— Що ж ти, небоже, гадаєш робити? — спитав він м'яким, співчуючим голосом.

Прийдеволя глянув на нього з виразом непевності на лиці.

— Або ж я знаю, що робити та й що діяти? — відказав він зломаним голосом. — Смерть собі зроблю, як не зможу бодай пімститися на своїх ворогах!

— Скаржь їх до суду, най злодії хоть посидять! — дорадив Матій.

— До суду? — обізвався понуро Андрусь. — Ну, також добра рада! До суду! І хоть би їх там і позасуджували, то що? Посидять по пару місяців та й вийдуть і ще вдвоє будуть мститися над людьми. Але чи їх позасуджують? За що буде їх скаржити в суді, коли сам не знає, що вони там дівці зробили? А хоть би й сто раз знав, то де має на се свідків, як їм докаже? А може, дівка сама, з власної волі, зробила собі смерть, або, може, бог знає, яка на то інша була причина? Ех, Матію,

Матію! з твоїм судом!.. Ту треба іншого суду, іншої правди!..

На ті слова Матій, мов справді побитий, схилив сумно голову і зітхнув важко, немов помимо своєї волі і охоти мусив признати їх правду. А Прийдеволя ще пильніше глядів на Андруся і ледве чутно промовив:

— Так, побратиме, і я так гадав, що свідків нема ніяких!.. Ще коби хоть вона жила, господи, коби вона жила!.. Але ви знали, яка вона була горда та неподатлива, ніякої ганьби, ніякого згірдного слова не могла стерпіти!.. Ну, але що ж мені робити, що діяти?..

Андрусь взяв його за плече і відвів до кута, моргнувши Матієві, щоби відступився, — і відтак зачав йому щось стиха шептати до вуха. І видко, що немалої ваги мусили бути Андрусеві слова, коли молодий парубок від них зразу поблід ще дужче далі почервонів, а вкінці, тремтячи всім тілом, немов у темниці, злим голосним плачем і, гаряче стискаючи Андрусеву руку, викрикнув:

— Так, твоя прімр, братчику, іншого виходу нема! Так і зроблю, і най діється зо мною божа воля!

— Тільки зручно, розважно і сміло, а нічого нема боятися! Всі ми під божим судом ходимо, божий суд на всіх рівний справедливий, тільки людський суд не такий! А тоді ... тоді побачиш, що полегшає! Ну, а тепер іди вже, добраніч! Прийдеволя мовчки поклонився і пішов. Андрусь перейшовся кілька разів по хатині, силуючись надати свому лицю спокійний вираз, хоть, очевидно, і сам був до глибини зрушений. Далі приступив до Бенедя і випростувався перед ним в цілій своїй велетній поставі.

— Ну, ви бачили нашу роботу?

— Бачив.

— І що ж на все те скажете?

Бенедьо звісив• голову, мов хотів зібрати докупи розсипані думки..

— З усього бачу, що ви щось страшне і велике задумали, хоть сам собі не можу вияснити, відки се у вас взялося.

— Відки взялося? Е, се довга гісторія, котра, впрочім, і не належить до річі.

— А відтак, чи буде у вас досить сил, щоби зробити те, що думаєте?

— Ми сіємо, а чи сім'я зародить утроє чи вдесятеро, сього не знаєм!

— А відтак... ще одно. (Бенедьо запинався в мові). Чи подумали ви...

— Над чим?

— Над тим, що саме найголовніше?

— Ну?

— Яка користь і для кого користь буде з вашої роботи?..

Андрусь пильно поглядів на Бенедя, а далі засміявся гірким сміхом:

— Ха-ха-ха, користь? А конче мусить бути користь?

— Ну, я так гадав, — відповів спокійно Бенедьо, — що коли що робиться, і розважно робиться, то тре й погадати, чи і для кого буде з того користь?

— Гм, вольно вам і так гадати! А я так гадаю:

отеє мене тіснить ворог з усіх боків, виходу мені нема ніякого. Я набиваю стрільбу. Чи заб'ю нею ворога, чи себе самого, то мені все одно.

— Ні, ні, ні, — підхопив живо Бенедьо, — ее так з вас говорить сліпа, безвихідна розпука, а не розвага! Бо чи ж дійшло аж до того, що нема ніякого другого виходу? А хоть би діло й так стояло, то чи гадаєте, що се все одно — забити себе або забити ворога? Себе заб'єте — ворогові радість, ворогові легше та простовільніше!

Тепер на Андруся прийшла черга звісити важку голову і збирати думки докупи.

— Твоя правда! — сказав він вкінці до Бенедя. — Ту треба подумати. Хочеш. бути нашим побратимом і думати разом з нами?

— Вашим побратимом, але не сліпим знарядом вашої волі.

— Ні!

— І щоб вільно було кождому думати, що хоче, і другим говорити, що думає...

— Се у нас і тепер вільно. Адже ти чув нині...

— Так-то так, але я ще раз собі те вимовляю. Собі і кождому.

— Добре.

— А на таке, то буду вашим побратимом, буду думати разом в вами над тим, чи нема для нас виходу з великої, всенародної кривди!

Андрусь, а за ним Матій радісно обняли Бенедя, як брата.

Наші побратими так були заняті собою і своїми думками, що й не чули, як хтось закалатав у сіняні двері, отворив їх з легким скрипом і ввійшов до сіней. Аж коли рипнули й хатні двері і новий гість станув на порозі хати, тоді побачили його. Се був високий, рудий, пейсатий жид з недобрим позором сивих очей і з недобрим виразом на піганистім лиці, хоть те лице в тій хвилі трохи роз'яснене було якоюсь зловіщою радістю.

— Дай боже! — муркнув жид, припіднявши дрібку капелюх на голові.

— Дай боже! — відповів Матій, котрому якось недобре зробилося на вид нового гостя. Бо той новий гість то був його найбільший ворог, Мортко, наставник при кошарах у Германа Гольдкремера. Матій немало здивувався, чого хоче Мортко тепер, в таку пізню добу, в його хаті, але привичне нашим людям пошанування для кождого входячого в хату казало Матієві скрити в глибині душі свою ненависть і всі відживаючі на вид Мортка болючі споминки. Він привітав жида холодно чемним видом:

— Сідайте, Мортку! Мортко кивнув головою і сів.

— Що там чувати, що так пізно гостите до нас?

— А що ж би? Все добре чувати! — відповів із злорадним усміхом Мортко, а по хвили додав: — Був у Вас нині возний з суду?

Матій здригнув при слові «суд», немов уколотий.

— Ні, — ледве видушив він, чуючи щось недоброго, — не був.

— Ну, то, певно, завтра буде. У мене був нині.

— Ну, і що ж там вам приніс нового? — спитав Матій, тремтячи всім тілом.

— Наша справа скінчена.

— Скінчена!

— Так!. І так скінчена, як я вам казав. Бо пощо то було вам мішатися до чогось, що вас не обходить?

— Не обходить! — скрикнув болісно Матій. — Жиде, сього мені не говори, бо хоть ти і в моїй хаті, але, знаєш, чоловік не святий!

— Ну, ну, — відказав Мортко, — не маєте за що гніватися. Я не то хтів сказати. Я хтів лишень сказати, що ви задарма на мене вергли підержіння (підозріння) і що я в тій справі, бог свідок, нічо не винен! Сам прокуратор у Самборі того признав і сказав, що против мене нема ніякого доказу, то він не може мене оскаржити за тоту річ, що ви на мене звалили. Впився небіжчик Півторак, упав у яму, — що ж я тому винен?

При тих словах Матій, мов оглушений ударом довбні, понурив голову і не міг сказати ані слова. «Пропало, пропало! — шептало, шипіло, вертіло щось в його голові. — Погиб чоловік, та й слід по нім застив, а той...»

В тій хвили Андрусь Басараб, що досі мовчки слухав усеї тої розмови, звернувся сам до жида:

— Що се за справа така, Мортку? Яку ви справу маєте з Матієм?

— А нащо вам то знати? — відповів уразливо Мортко.

— Вже ти не питай, нащо мені то знати, — відказав Андрусь. — Але тобі, — що тобі шкодить сказати?

— Т-та шкодити не шкодить, але... Жид поглядів на Андруся пильно, немов боявся нажити собі в нім нового ворога.

— Говори ж, коли не шкодить! — сказав Андрусь і став над Мортком, мов чорт над грішною душею.

— Та що ту й говорити — пуста справа, puste Geschдft, та й годі! Тямите, от уже два роки тому з ями видобули кості чоловіка. По перстню пізнали, що то був Іван Півторак, чоловік тої Півторачки, що тота хата є!. Він перед роком, десь був пропав. Ну, а Матієві відкись влізло в голову, що я щось тому винен, що він впав в яму, та й ну ж на мене подавати до суду. Він гадав, що мене зараз озьмуть та й повісять... Коли-бо то в суді так не йде: скаржиш кого, то вперед докажи! А ту як мож доказати? Ну, але, богу дякувати, вже справа скінчилася! Слухайте, Матію, я ще раз кажу: що вам було в того вдаватися та тратитися на процес? А тепер, коли-сте програли, забудьте о всім і будьмо собі знов добрі, як перед тим! Ну, подай руку, старий!

Жид простягнув Матієві руку.

— Я, тобі? — скрикнув Матій. — Я мав би свою руку класти в тоту руку, що мого Іванчика зо світу зігнала? Ні, не діждеш того!

— Ну, видите, — сказав жид, обертаючись до Андруся, — він усе своє. Слухайте, Матію, ви собі з таков бесідов дайте спокій, бо тепер, коли суд сказав, що я не винен, ніхто мені того не сміє казати. Тепер я вас можу скаржити за образу!

— Ну, скарж, скарж, — крикнув Матій, — най мене повісять, що мали тебе повісити. А я, хоть би й десять судів не знайти що казало, все буду свої, що ніхто інший, тільки ти пхнув Івана в яму! Та й годі. А тепер іди мені з хати, бо як ми терпцю не стане, то готово що неладне бути межи нами!

Мортко стис плечима і пішов. Але в дверях ще раз обернувся, поглянув з погордою на Матія і сказав:

— Дурний гой! Він гадав, що мені що зробить процесом, а то би треба не так рано встати, щоби мені що зробити!

І з тими словами Мортко пішов. А Матій усе ще сидів на припічку, блідий, розбитий, тремтячий, сидів без мислі і руху, а в голові його, мов млинове колесо, торохтіло одно темне, пусте, холодне слово: пропало! пропало! пропало!..

Андрусь Басараб приступив до нього і положив свою дужу долоню на його плече:

— Побратиме Матію!

Матій підвів очі і поглянув на нього, мов потопаючий.

— Що се за справа така? Що за процес? Чому ми досі ніч о нім не знали?

— Ех, пропало, все пропало! — відказав Матій. — Що тепер і говорити о тім!

— Ні, ти розповідж, тобі самому лекше буде!

— Ой, вже, буде мені лекше! — сказав Матій. — Пропало, та й годі!

— Та хто ще знає, чи пропало, — вмішався Бенедьо. — Адже не раз можна раз програний процес зачати другий раз і виграти! А ту ще, як той жид казав, і зовсім так зле не є.. Адже ваш процес і в суді не був, а тільки прокуратор узнав, що доказів нема, кілько треба для оскарження. Значиться, якби докази були, то й оскарження буде.

Лице Матія прояснилося трохи при тих словах.

— Чи так? — спитав він, простуючись. Але якась важка думка живо знов насіла на нього і придавила додолу.

— Ні, ні, ні, нема що й говорити, — сказав він. — Сяк чи так, а все пропало. Три роки минуло, де я тепер возьму ліпших доказів? Годі, годі й думати о тім!

I він закрив лице руками, а з очей його полились гарячі наболені сльози, і потекли поміж пальцями, і закапали на землю. Бенедьо і Андрусь побачили, що нині годі з ним далі говорити, — удар був надто сильний і наглий і підтяв усю його твердість. Тож Андрусь мовчки стиснув Бенедьову руку, взяв капелюх і тихо вийшов. Бенедьо також тихо розібрався і ліг на лаві на своїм петеку. А Матій сидів на припічку, мов помертвілий, мов з каменя витесаний. Нафтова лампочка бліда і чимраз блідіше меркотіла на комині. По кутах хатини стояли стовбури сумерку, немов ждучи тільки хвилі — загаснення лампи, — щоб гульнути з кутів на хату, придавити і прикрити собою все згори донизу. Бенедьо скоро тільки ліг, так в тій же хвилі під тиском тисячних сильних вражень того дня заснув мертвецьким сном. Уже минула північ, загасла лампа, пітьма залягла хатину, а Матій все ще сидів на припічку, з лицем, закритим долонями, без руху, без слова, без думки, чуючи в серці тільки страшний біль, велику пустоту і немов якусь свіжу ще рану, завдану тою думкою, що і в судах уже нема правди для бідного робітника. Аж геть над раном сон переміг втомлене тіло, голова його схилилася додолу, руки опали безвладно, і, лігши на голий припічок, Матій заснув на годиночку, поки не роздалось по всім Бориславі ранішнє калатання та дзвонення, скликаюче робучий люд до праці.

V.

В понеділок рано виринало блискуче сонце з-поза рожевих хмарок, щоб через день знов палити та жарити нерозцвілу підгірську землю. В блискучій легенькій бричці на ресорах, тягненій парою бистрих піганистих коней, їхав Леон Гаммершляг з Дрогобича до Борислава. Веселий, рожевий був настрій його духу, блискучі надії виринали перед ним, розросталися, повніли, набирали тіла і крові. Мірне гойдання брички розкішно вколисувало його, а його власні мислі та думи золотили перед ним увесь світ. Але ж бо й напрацювався, налітався він через тих три неділі, назнався неспокою, тривоги, наволочився з усілякими людьми, Поки таки не добився свого, не вхопив серед тої сутолоки золоту нитку, котра чень заведе його й до клубка багатства! Його побут у Відні, сяк чи так кажучи, був справді одною з найсміліших і найщасливіших його спекуляцій! То була правдива ловля на золоту рибку! Ну, і вдалась же йому тота ловля так, що ліпше й годі! Леон передумував усі подрібності тої героїчної ловлі, обчислявся з часом і грішми, щоб усе в задуманій ним афері пішло правильно, вміло та справно, як у годиннику. Головна суть його гадок була ось у чім.

Проживаючий в Відні бельгійський хімік ВанГехт, що від кількох літ працював над аналізом земного воску, по довгих пробах винайшов спосіб чищення того воску до такої степені, що очищений віск тратив властивий неприємний запах нафтовий. Невеличка примітка воску пчолячого надавала йому запах, а знов інша хімічна примітка — барву звичайного, чистого пчолячого воску. Сей новий фабрикат він назвав церезином і вистарався о патент на виключне користання з своєї винахідки. Проби свого воску Ван-Гехт післав між іншими і до церковного синоду в Росії з запитанням, чи міг би такий віск найти вступ до православних церквів, і з заявленням, що в такім разі він міг би доставляти його в великій масі і по ціні далеко нижчій, ніж ціна пчолячого воску. Синод відписав йому по якімось часі, що предложений віск випробувано, що він сказався нічим не гіршим від пчолячого і що в кожній православній церкві в Росії свічки з того воску можуть горіти без ніякої уйми для хвали божої. В разі, коли б він, Ван-Гехт, міг достачити багато такого воску і по дешевій ціні, синод заповнює йому великий відбут у Росії. Маючи той важний дозвіл і патент на семилітню власність своєї винахідки, Ван-Гехт задумав добитися ними мільйонового маєтку. Він досі був бідним техніком, з тяжкою бідою отягнувся на уладження в Відні власної невеличкої лабораторії хімічної, в котрій працював сам при помочі тільки одного асистента-помічника, німчика Шеффеля. Тож і не дивно, що тепер він рішився якнайдорожче продати здобуток своєї праці. В тій цілі він оголосив у торгових та біржових часописах віденських свою винахідку і створені для неї обширні відбутові ринки запрошуючи «р. t. панів предприємців, фабрикантів та капіталістів, котрі при його співуділі хотіли би зробити корисну спекуляцію, до порозуміння, чи то особисто, чи то посредством агентів, з винахідчиком Ван-Гехтом». Се оголошення зробило відразу чималий розрух серед капіталістів віденських, а особливо серед галицьких жидів, що віддавна вжг гріли руки при бориславській нафті та при бориславськім воску. Довкола убогої Ван-Гехтової лабораторії, поміщеної в наймленій вогкій квартирі в сутерені, почали тишком та крадькома забігати різні агенти: один другого уникав, а нікотрий не приступав прямо до діла, тільки вітрив з боків, мов собака. Ван-Гехт бачив усе те, і хоть потрохи нетерпився в ожиданці бажаного мільйона, то, з другого боку, й радувався, знаючи, що в капіталістичнім світі вже воно так ведеться, що коли йде о якесь важніше діло, то насамперед нюхається і мацається на всі боки, що ніхто нікому не довіряє, кождий кождого боїться, і хоть кождий рад би випередити своїх собратів у погоні за зиском, а по змозі ще й одного та другого собрата повалити на землю, то, з другого боку, кождий старається ві в чім не подати виду другим, хоть, може, внутрі і згоряє всепожираючою гарячкою. Ван-Гехт знав те добре і старався й собі не подавати ніякого виду. Він по-давньому працював з своїм помічником у лабораторії, заходив часом на біржу, але все держався збоку, смирненько, мов і зовсім не той. Але проте він добре замічав, що його низенька, підсадкувата і трохи обрезкла фігурка починає звертати на себе увагу в тім світі моцарів капіталу.

Та воно й не диво було. Адже се діялось при кінці 60-х років, в добі великого розгону промислового в Австрії, в добі великої спекуляційної гарячки, великого «Aufschwindl»-у ! Адже в той сам час, коли в газетах появилося Ван-Гехтове оголошення, клались основні камені під славнозвісну «ротунду» — головний будинок віденської всесвітньої вистави 1873 р.! А що рівночасно з тим біржовим та спекуляційним «Aufschwindl-ом і невідлучно від нього сіялись сімена віденського «краху» 1873-го року, сього в добі гарячки ніхто не прочував, а Ван-Гехта се й зовсім не обходило.

Але вже, певно, нікого так не розворушило Ван-Гехтове оголошення, як наших знакомих, бориславських тузів, Германа Гольдкремера та Леона Гаммершляга. Вони віддавна вже метались на всі боки, щоб здобути для бориславського воску який ліпший і певніший відбут, ніж досі. Та й сама природа їх копалень перла до того, що прийшла пора налягати головно ва видобування воску, що віск мав тепер статися підвалиною бориславського багатства, а нафта — тільки більше або менше сильною підпорою. Бо треба знати, що в першій добі розвитку бориславських промислів було якраз навідворіть: нафта становила головне джерело доходів, а віск, коли де здибались у перших неглибоких ямах його поклади, або зовсім обминався, лишався в землі, або хоть і вибирався, але мало. Брали його захожі ріпники, брали заїжджі люди, що приїздили до Борислава дещо продавати, — і навозили його до домів не раз цілими великими грудами. Жиди мало стояли о віск, особливо дрібні властивці, що мали по одній, по дві ями. Але тепер настало друге діло. Нафта в великій часті ям вичерпалась, джерела, про котрі жиди думали, що будуть плисти віковічно, почали висихати. Та й ще ті кляті американці не тільки що почали свою нафту спроваджувати до Європи, а доказали ще й того, що їх нафта показалась і ліпше чищеною, і дешевшою від бориславської! Тож не диво, що головна вага бориславського промислу мусила з нафти перевалитись на віск. Жиди кинулись розбирати плиткі ями і слідити за тими жилами, котрі полишались давніше; від головних прямових шахтів почали брати склесні, бокові штольні, прості і круті, як до потреби. Почали також запускатися далі вглиб; що вперед найглибші ями були 30 — 50 сажнів, тепер пішли до 80 — 100 сажнів; чим далі вглиб, тим поклади воску ставали грубші, жили ставали багатші та видатніші. Одне тільки закарало бориславських тузів — се дорогітня очистки того воску; його дестиляція при дійстві квасу сіркового і другі процеси, потрібні для вироблення з тої жовтої, землянистої маси білого парафінового воску, коштували багато; ціна парафіну, хоть значно висока, не могла-таки приносити фабрикантам великих і швидких зисків. Аж ось у тій потребі, мов помічний ангел з неба, являється вигадливий бельгієць із своєю винахідкою! Вироблювання церезину, — пише він у своїм оголошенні, — стоїтиме дешевше, ніж вироблювання чистого парафіну. Далі церезин має запевнений відбут в Росію. А ще винахідник — бельгієць! А бельгійці, звісно, народ статечний, дільний, на котрого можна спуститися, — не те що вітрогони французи або швіндлери німці! Значиться, зиск і швидкий, і великий, і певний!

І Герман, і Леон, прочитавши Ван-Гехтове обвіщення, сейчас написали до своїх агентів, щоб старалися розпізнати се діло, розвідатись о условини, і обіцяли в разі корисних видів самі приїхати до Відня і довершити торгу. Та тільки ж агентом Германа був якийсь солідний німець-гешефтсман, що хоть лупив з Германа добрі гроші, зате вже і вмів походити коло його діл у Відні. Він, одержавши Германове припоручення, пішов з ним прямо до Ван-Гехта, розпитав його о условини, поторгувався дещо і, випросивши у нього, що задержить в тайні їх вступну умову, обіцяв йому, що найдалі за тиждень, за два приїде й сам предприємець і довершить з ним згоди. При тім агент запевнив Ван-Гехтові, що Герман чоловік солідний і ґрунтовний і, роблячи з ним згоду, він може бути певний свого. Звісна річ, агент згори старався вибити з голови Ван-Гехтові гадки про будущий мільйон, але все-таки впевняв його, що на півмільйона може мати надію і що його припоручник краще, ніж хто другий, здужає сповнити ту надію. Ван-Гехт, хоть і з жалем в серці, пристав на все: нехай і півмільйона, то все ж і се красний маєток, о якім він колись і снити не міг. Агент ще раз наліг на те, щоб Ван-Гехт задержав в тайні їх угоду, а бельгієць, не догадуючись, о що тамтому ходить, пристав і на те. Швидко відтак агент зателеграфував Германові, як стоїть діло, і просив його якнайшвидше приїздити до Відня для довершення угоди з Ван-Гехтом. Ми бачили вже, в якім настрої духу і серед яких обставин застала його тота телеграма.

Але тим часом і агент Леона Гаммершляга не спав. То був проворний, хитрий віденський жидок, знакомий Леонові вже віддавна. Він за невеличку плату служив йому агентом, бо Леон, як і всі так звані німецькі жиди-ліберали, хоть любив поверховно перед людьми ясніти та блищати, зате в скритості, в приватних ділах ніколи не міг позбутися властивої купецько-жидівської скнарості та брудноти. Тож він волів держати й леда якого паршивенького агента, щоб тільки менше йому платити. Правда, агент той умів досі завсігдн хитромудро уладжувати Леонові діла, «за його рукою» велося

Леонові, і він уже кілька разів посилав йому надзвичайні додатки на знак свого признання. От той-то агент і сим разом уладив се важне діло на велику радість Леона. Своїм звичаєм, він не брався до діла просто, як німець, але колесив, крутився, нюхав, провідував через десяті руки. Аж ось розійшовся слух, що Ван-Гехт ставить нечувано високі жадання. Сам німець, агент Германа, розповідав у крузі своїх товаришів, що ходив до бельгійця (замовчуючи, в чім ділі) і що той поставив такі условини: що прийняв би ся керувати фабрикою церезину, коли предприємець запевнить йому семилітню безперервну службу і 5000 ринських плати на тиждень, та й ще в двох послідніх роках 5 % дивіденду з чистого зиску від проданого церезину. Такі важкі условини мусили, певно, налякати кождого; Леоновому агентові відпала й охота йти до Ван-Гехта. Але він пронюхав іншу стежку в горох. Перед кількома днями, іменно по умові з німцем, Ван-Гехт замкнув свою лабораторію, стараючись спродати її, відправив також свого помічника, Шеффеля, котрий тепер, без місця і заробку, жив при одній з тісних вуличок віденського Vorstadt-у *(Передмістя (нем.).* — Ред.. До того-то Шеффеля й пішов Леонів агент і почав випитувати та вибадувати його. Він « дізнався, що Шеффель знає докладно секрет фабрикації церезину, зумів би уладити відповідні кітли і прилади, одним словом, зумів би вести фабрику. Правда, Шеффель, чоловік бідний, несмілий і совісливий, був би наразі відтрутив кождого, хто би йому був сказав: ходи сюди і фабрикуй церезин! Але хитрий жидок не скасав йому сього, но зато сейчас по розмові з Шеффелем написав лист до Леона, щоб приїздив, бо хоть Ван-Гехт і ставить дуже високі жадання, то прецінь з іншого боку чень ся справа дасться далеко корисніше і легше уладити.

А поки що жидок-агент прийнявся обробляти Шеффеля на своє копито. Він запризнився з ним при пиві, заходив кілька разів до його хати і приглянувся його бідному життю. Шеффель жалувався йому на своє убожество, на недостачу заробку, а жидок, мов наперекір, розводив перед ним широкі, блискучі картини зисків, маєтку та достатку, натякаючи чимраз виразніше, що і для нього зовсім не заперті брами до того золотого раю. Бідний Шеффель зітхав і знов починав розводити свої жалі. Щоб його ліпше прив'язати, жидок кілька разів делікатно випозичував йому невеликі суми грошей, раз у раз обіцюючи, що постарається для нього о місце, та й то о таке корисне, що буде його, певно, повік дякувати. Шеффель недовірливо хитав головою, але жидок так уперто товк своє, що бідака звільна немов туманів, немов безвладно давався уносити течії блискучих жидкових обіцянок. Досить того, що до приїзду Леона Шеффель уже був майже чисто приспособлений до того, що з ним задумав агент.

Леон причвалав до Відня, не знаючи, як його агент думає уладити справу. А коли почув його думку, то зразу немов звергся. Але- се не був опір; попри довшій бесіді з агентом він пристав на все і казав йому привести Шеффеля до свого готелю. Тут по недовгій боротьбі, пертий, з одного боку, нуждою свого теперішнього положення, а з другого боку, блискучими Леоновими обіцянками, Шеффель уляг. Він прирік Леонові, що поїде з ним до Борислава і буде вести таємну фабрикацію церезину, та й то за відповідно невелику плату. А щоби будову і ведення нової фабрики прикрити чиїсь іншим і відвести людські очі, Шеффель, несвідомий галицьких обставин, порадив Леонові голосити, що се будується невеличкий паровий млин.

Леон, як ми бачили, й зробив се, не розваживши добре, до чого ся рада могла довести.

Уладивши діло з Шеффелем, Леон не спочив. Він кинувся вишукувати для будущого свого церезину відбуту. При помочі свого агента йому удалось по якімось часі найти кількох російських жидівкапіталістів, пробуваючих переїздом у Відні. Вони радо прийняли на себе посередництво в справі достачування церезину, і дійсно, по трьох тижнях Леон уже заключив з свіжоутвореною в Росії «Восковою спілкою» контракт на доставу в піврічнім протягу 200 тисяч сотнарів церезину з такими корисними условинами щодо ціни і перевозу, що вже наперед міг обчислити чистий зиск з того одного діла на яких 100 тисяч ринських. От тоді він, ухопивши з собою золотодайного Шеффеля, пудом подув у Галичину, щоб, як стій, узятися до діла. Воску готового у нього в Бориславі було 10 тисяч сотнарових брил в магазинах. Два або й чотири рази тільки він мав надію сейчас же за власні гроші і по дешевій ціні закупити на місці у дрібних властивців ям, пізніше мали його контрагенти прислати в Борислав своїх людей, щоб доочне переконатися, чи, кілько і якого воску вироблено, а тоді мав Леон одержати таку часть угодженої суми, яка була після контракту вартість приготованого воску; за тоту суму він надіявся постачити цілу решту, умовлену контрактом, так що прочі гроші були б його чистим зиском, відлічивши хіба плату Шеффелеві та кошти вибудування фабрики.

І Шеффель за той час не дармував. Він, щоб зарекомендуватися свому «хлібодателеві», виладив докладний план нової фабрики, позамовляв ураз із агентом кітли, рури та прочі потрібні металеві приллади у віденських фабриках, вимовляючи собі якнайскорше їх приготування. Таким світом під час свого тринедільного побуту в Відні Леон безперечно досить потрудився коло уфундування свого багатства і своєї фортуни. Весь той час він бігав, мов у гарячці, з ніким не бував, не забавлявся, не вступав до знакомих, ба навіть не вітався з Германом Гольдкремером, котрого кілька разів стрічав на вулиці в натовпі пішоходів. Загальна спекуляційна гарячка обхопила його, — світ мінявся перед його очима, і в нім Леон не міг уже добачити ні друга, ні брата, ні правди, ні кривди, — нічого, крім золота, багатства і блиску. Тота гарячка не покидала його й по повороті до Дрогобича. Ми бачили, що ще того самого дня, коли приїхав з Відня, він загодив будовничого і Бенедя, а в понеділок, з початком тижня, і сам полетів до Борислава, щоб власними очима допильнувати закладин нової фабрики. Його мов перло, гнало щось, щоби якнайскорше зробити се діло, тож він по повороті з Відня рішився, хоть і не дуже радо, спинити на час будову свого пишного дому, щоб мож тим способом більше грошей і більше сили повернути на якнайшвидше довершення нового, зискового діла.

«Адже ж дім мій, щастя моє, сила моя, проте, не перестане будуватися, рости під небо! Ні, іменно успішне довершення сього діла — то буде одна з найголовніших підвалин мого дому».

Отакі споминки і такі мислі, на тисячні лади переливані, забавляли Леона під час скорої їзди до Борислава. Міцне гойдання брички розкішно вколисувало його, а його власні мислі та думи золотили перед ним увесь світ.

Ось він уже минув Губичі і, не доїздячи Борислава, казав візникові зупинитися на гостинці. Виліз з брички і півперек толоки рушив на річку, де мала будуватися фабрика. Але, ще заким підійшов ід тому місцю, почув тамка якийсь гамір. Озирнувся і побачив з немалим дивом велику купу народу, що стояла довкола плацу, товплячися та цікаво роззираючись. Були се по більшій часті жиди, властивці ям бориславських, хоть досить також було безробітних ріпників, жидівок з дітьми, жиденят і всякого другого зброду. «Що за прислів'я? — подумав собі Леон. — Що могло ту статися, що така товпа народу ту згромадилась?»

Діло вияснилось зовсім просто. Ледве товпа цікавих його побачила, коли сейчас жиди-властивці рушили супротив нього і засипали його питаннями: що? як? чи справді він паровий млин будує? відки так нагло прийшла йому подібна думка? пощо наражується на неминучі страти, так як паровий млин у Бориславі, певно, не буде приносити йому ніякого доходу?

Леон дуже змішався тими запитаннями. Він аж тепер одним разом зрозумів, що, голосячи, немов то він будує паровий млин, він не то що не відвертає людські очі від свого предприняття, але, противно, заострює тільки людську цікавість. Тож він на всі запитання своїх товаришів по гешефті всміхнувся силуваним сміхом, не знаючи наразі, на яку відповідь здобутися. Аж ось і робітники, жидівки та весь бідний люд обступили Леона, одні — просячи його о роботу при будові, при млині, другі знов — дякуючи йому за те велике добродійство для бориславської бідноти, котрій чень тепер легше буде о хліб святий. Леон ще дужче змішався. Він побачив, що тут уже ніяк уйти уваги людської.

— Але ж, люди добрі, — сказав він одумавшись, — хто се сказав вам, що ту млин паровий будуєся?

— А от пав будовничии, що нині рано приїхав шукати робітників до нової будови!

— Е, то пан будовничий зажартував собі з вас! — сказав Леон. — Се не млин паровий, се проста нафтарня будується! Де мені до парового млина!

— А-а-а! — вирвалося з уст усіх присутніх, мов знак здивування та розчарування. І біднота сейчас почала розходитися, а жиди-властивці якось мов свобідніше почали балакати з Леоном, випитуючи його, пощо будує нову нафтарню? чи, може, буде потребувати нафти та воску і яке діло буде в ній провадити? Деякі цікавіші запитували його навіть, чи не зробив з ним якого контракту?

— Ми чули, — говорили деякі жиди, — що там, у Відні, зав'язується велика «Erdwachs Exploitations-Compagnie» (Спілка визискування земного воску). Ви, певно, з нею в зносинах?

— У Відні? Спілка визиск...? — дивувався Леон. — Ні, я про ніяку таку спілку не чув і в зносинах з нею не стою!

— Чи можлива річ? — дивувались і собі жиди. — Адже ви були в Відні, то аби там бувши, та й не чути навіть про зав'язання великої «Спілки визискування»?

— Та де, — відпекувався Леон, — я в Відні був в приватних ділах, на біржу навіть не заглядав!

Ледво-не-ледво Леон спекався своїх товаришів. Правда, він обіцяв з деким ще нині побалакати о закупленні воску земного, котрого буде потребував до нової нафтарні. А позбувшися непожаданих цікавих гостей, він пішов на плац, де вже наймлені робітники рівняли ґрунт, звозили каміння й цеглу і де будовничий з Бенедьом розмірював план і випальковував місце, куди мали копатися фундаменти. Будова мала бути за місяць скінчена, — іменно на час, в котрім віденські фабриканти обіцяли прислати замовлені Шеффелем прилади.

Будовничий був дуже маркітний і раз у раз воркотів щось під носом. Бенедьо тільки десь-колись чув уривані слова, як «дурний жид», «ошуст», «хоче циганити, а не вміє». Коли Леон наблизився і голосно сказав робітникам «добрий день» і «дай боже щастя», Бенедьо перший підійшов ід ньому.

— Пане, — сказав він, — правда, що ви жартували, говорячи, що се має бути паровий млин?

— Або чому ти мене о се питаєш?

— Бо ми ту з паном будовничим не могли погодитися щодо того плану. Я прецінь робив уже при паровім млині в Перемишлі і знаю, як він має ставитися. А ту, скоро-м іно поглянув на план, так зараз пізнав, що се буде нафтарня, не млин. Я вже і вперед так догадувався, бо пощо ж би ви ту, в тій пустині, ставили млин? А от пан будовничий на жоден спосіб не хотіли примірювати сей план, говорячи, що се, певно, помилка, що треба задержатися, аж поки він сам не зробить такий план, який випадав під паровий млин...

— Але ж розуміється, що я то на жарт говорив! — сказав голосно Леон, стараючись покрити знов сміхом своє замішання. — Чень же я ще не вдурів — будувати паровий млин у Бориславі!

Тепер і будовничий, почувши ті слова, підійшов ід Леонові, що, все ще всміхаючись, роззирався довкола.

— Пане Гаммершляг, — сказав будовничий прикрим, терпким голосом, — хто тепер з нас двох зістане брехуном?

— Брехуном? — повторив Леон і відступився о крок назад, міряючи будовничого задуфалим поглядом Правда, під тим задуфальством крилось усе-таки змішання, і Леон був би не знати що дав, щоб будовничий утих і не збільшував того змішання. Але будовничий не гадав утихнути.

— А так, брехуном, — сказав він. — Бо чи ж ви не говорили мені вперед, що хочете ставити тутка паровий млин?

— Я жартував.

— Ви жартували? Ну, я ще не видів, щоби хто так на серйо жартував, як ви! Признаюсь вам, я вашого жарту не порозумів. Я на конто того жарту й робітників назбирав, і розруху наробив у цілім Бориславі...

— То дуже зле! — сказав Леон.

— Певно, що зле, бо тепер я перед усім тим народом брехачем став.

— То ваша річ, не моя!

— Моя річ? Але ж ваше слово!

— Але ж я вам дав план! Що ви за такий будовничий, що не зуміли з плану розпізнати паровий млин від нафтарні?

Ті слова дуже вкололи будовничого.

— Е, що там ваш глупий план! Я на нього й не дивився!

— Ну, то ваша вина! — відрізав Леон. — За що в мене гроші берете?

Сварка ся велась голосно і ставала чимраз голоснішою. Леон почервонів як рак, а й будовничого товсте лице налилось кров'ю. Між тим робітники і деякі посторонні люди, чуючи передрачку між «панами», поставали і ззиралися цікаво на се видовище.

— Мій пане. — кричав роз'ярений будовничий, — я, чень, не по то прийшов сюда, щоб слухати ваші імпертиненції.

— Ані я по то, щоб слухати ваші дурниці!

— Пане, ви мене ображаєте!

— Не дуже страшний проступок!

— Ви шкодите моїй славі!

— Ви пошкодили моїм інтересам!

— Так? То прошу заплатити мені за мій труд, і я ще нині вертаю собі до Дрогобича.

— О, і овшім! Будьте ласкаві подати мені рахунок, і то не лиш за тутешній труд, але й за дрогобицьку будову! Постараємось обійтись без такого геніального будовничого! — І Леон гордо відвернувся на знак, що бесіда скінчена. А будовничий, з кипучою злістю внутрі, кинув, що мав у руках, і, натисши шапку на вуха та сплюнувши, пішов до Борислава, опроваджений голосним сміхом слухаючого робучого люду.

Робота пішла далі своїм ладом. Леоп довго ходив по плацу, роззирався, важко відсапуючись, поки не уляглось його зрушення. Аж по якімось часі він став перед Бенедьом.

— — Ну, що тепер будем робити? Будовничого не маєм.

— Коли позволите, то я й сам поведу сю будову після плану.

— Ви самі?

— А чому ж би ні? Штука невелика. До місяця все буде готове.

— Ну, про мене! Я виджу, що ви чоловік добрий і щирий. Будуйте! Навіть кавції від вас не хочу, а вже сам буду дещо наглядати. А про плату не бійтесь, — я вашої кривди не схочу!

Бенедьо, правду кажучи, і рад був потроху, що позбувся гордого будовничого. А тут ще й несподівана добродушність Гаммершляга, котрий дозволив йому і без кавції вести будову, і надія на ще вищу плату — все те немов роз'яснювало перед ним світ, будило багато нових думок. Він почав уганяти і кидатися коло роботи, мов коло своєї, не зважаючи, що другі робітники косо та зависло гляділи на нього, а, може, дехто і вважав його жидівським підлизнем. Що його то обходило! Думку його занимало таке діло, для котрого, певно, варто було знести й крихту людської зависті!

VI.

Червень місяць добігав уже до кінця. Починалася косовиця. Широкі мокрі луги підгірські зеленілися та пишалися стобарвним рясним зіллям. Мов широкі озера між скалистими сірими берегами, вони хвилювали пахучою зеленню, дихали свіжим, повним життям. А круг них сіро, мертво, понуро! Зорані сугорби сірілися перепаленими, сухими скибами; ріденьке жито кулилося та жовкло на сонці, не вспівши й відцвісти гаразд. На овес і надії не було: ледве на п'ядь відріс від землі, та й таки вже й заков'яз на пні, пожовк і похилився, мов огнем прив'ялений. Картоплі жовкли, не здужавши ще й зацвісти Все складалося на те, щоб відібрати й посліднюю крихту надії у бідних хліборобів. Передновинок, що сього року зачався був надто рано, тепер тягнувся надто довго, — уже Петрове пущення минуло, а ані губ в лісі, ані ягід, ні черешень не було. Між народом ішов один однотяглий стогін та плач. «Чорніші чорної землі» ходили люди по дорогах та польових стежках, збираючи гірчицю, лободу, щавник та всяке зілля, риючи пирій, котрий сушили, терли на порох і мішали з отрубами та добутою за остатнє мукою і пекли з тої мішанини хліб. Щодень, щонеділі можна було видіти по дорогах церковні процесії; з слізьми в очах, припавши лицями ниць до землі, народ благав дощику. Але небо стояло, мов замуроване, а сонце своїм широким, безвстидно блискучим лицем мов насміхалося з сліз і молитов бідного люду.

Між народом зачали промітуватися недуги: заразливі гарячки, тифус та пропасниця. Попухлі з голоду діти мужицькі, голі та сині, цілими чередами лазили по толоках та сіножатях, шукаючи кваску; вони, не находячи кваску, пасли траву, мов телята, обривали листя з черешень та яблунь, гризли його, западали на животи і мерли цілими десятками. Села, лунавші колись від гамору та співу дітей погідної літньої днини, тепер стояли тихо і понуро, мов чума перейшла здовж їх порошнистих улиць. Тота незвичайна, мертва тиша важким каменем налягала на груди навіть посторонвього чоловіка. Ідеш селом, на улиці ні душі живої, хіба худа, нужденна скотина бреде самопас попід плоти та де-не-де на обрії пересунеться, мов сновида, скулений, опустившийся чоловік. Вечором в хатах темно: в печах не топиться, ніщо варити ані пекти, — кожде спішить запхатись в свій кут, щоб хоть через ніч не чути стонів, не бачити муки других. Ся страшна, мертва тиша в підгірських селах — то був знак, що народ зачинає опускати руки, тратити надію і попадати в той стан безучасного остовпіння, в котрім чоловік з надміру болю перестає почувати біль і гине тихо та безжалісно так, як тихо та безжалісно в'яне похилена трава на жарущім сонці.

І косовиця, тота доба самої оживленої і самої поетичної польової роботи, не внесла ні життя, ні поезії в загальний мертвий вигляд підгірських осель. Звільна, мов за похороном, волоклися виголоджені парубки та чоловіки на косовицю: коси ледве держалися на їх вихудлих плечах. А поглянути збоку на їх роботу, то аж жаль глибоко хапав за серце: такі натомлені, болісні та повільні були рухи тих косарів. Ні звичайних косарських пісень, ні голосного сміху, ні жартів та прикладок не чути. Сей та той перейде один-півтора перекоса, кине косу на землю, зітхне важко-важко та й лягає на вогку холодну кошеницю, щоб дрібку освіжитися, спочити, набрати нової сили з землі в ослабле тіло. Жаль хапав за серце: так і бачилось, що се не робота, а розпука.

Тими селами, полями та лугами летіла парою баских коней запряжена легка бричка Самбірським трактом до Дрогобича. Коні гладкі, пасені і здорові, візник крепкий, ситий і гарно зодягнений, бричка нова, чорно лакирована, та й сама подоба пана — статного, підсадкуватого мужчини, в силі віку і здоров'я, червонолицього, з густим чорним заростом на лиці, в гарнім, багатім строю, — все те дивно відбивало від нужденної подоби окружаючого краю і народу. Але, певно, вигляд їдучого пана і його повозу не був в більшій суперечності з виглядом заниділого, голодною смертю мручого Підгір'я, як суперечні були думки і замисли того пана з думками, пануючими довкола, висячими, немов у воздусі, над тими бідними селами. Тут безпомічна розпука, чувство безвихідної загибелі, напівнесвідоме бажання хоч як-небудь і чим-небудь продовжити ще хоч на кілька день те нужденне, мучене життя, а там... Що за думки, що за замисли роїлися та снували в голові їдучого пана, — сього кождий легко догадається, скоро пізнає, що той пан — наш давній знакомий, Герман Гольдкремер, і що він по довшім побуті у Відні й у Львові вертає оце до Дрогобича. Вид безмірної нужди та погибелі доокола навівав на нього вдоволений, ситий супокій, трохи не радість. «Се для мене робиться! — думалось йому. — Сонце — то мій вірний отаман. Висушуючи ті поля, висисаючи всі живі соки з землі, воно працює для мене, воно згонить дешевих і покірних.. робітників до моїх ям, до моїх фабрик!» А тих покірних та дешевих робітників тепер якраз треба було Германові якнайбільше, бо тепер він уложив нове блискуче і велике предприняття, котре мало його видвигнути ще вище по драбині багатства.

Але щоб докладно і вірно оцінити всі чуття і мислі Германа при повороті до Дрогобича, треба нам розповісти, що діяв і чого зазнав він послідніми часами, відколи ми бачили його при закладинах у Гаммершляга, а відтак в його домі, де несподівано дійшла до нього страшна і потрясаюча вість о тім, що син його Готліб щез кудись без сліду.

Крайнє розстроений і приголомшений на дусі Герман їхав до Львова, щоб розвідатись докладно, що сталося з його сином. Він бився з гадками, стараючись вмовити в себе раз то, що Готліб не вмер, а жив, раз знов згромаджуючи в своїм умі всі свідоптттщ, стверджуючі правдоподібність його смерті. Але тота внутрішня боротьба шарпала його сили і бурила в нім кров, так що швидко він до того втомився, що не міг ні о чім виразно думати і що замість складних думок перед його уявою пересувалися і мигали якісь неозначені марева, якісь пошарпані зароди образів та думок. Він силувався спати під мірне гойдання брички, але й сон його не брався; духова утома і нервове роздразнення доводили його до якогось майже гарячкового стану. Але звільна довга і нудна подорож, одностайні, понурі види наддністрянських болотистих рівнин, через котрі переїздив, притупили вразливість і втишили потрохи нервове роздразнення; Герман зібрався з силами не думати про сина, а щоб піддати думкам інший предмет заняття, він видобув одержаний перед від'їздом телеграм від віденського агента і почав пильно по десять разів перечитувати немногі слова — перший і незначний на вид вузол будущої великої золотої тканини. Він вдумувався в кожде слово, строїв плани, і то розвело потроху його гарячку, освіжило його.

Так він приїхав до Львова і сейчас побіг до поліції. Слідів не було ніяких, вістей ніяких. Він зложив сто ринських для того, хто би перший вислідив щось певного про його сина, а може, п'ять раз більше роздав усяким поліцейським та потратив на утоптування комісарів, щоб ті докладали старання і всіх сил, щоб швидше дізнатися дещо про сина. Його обіцянку пущено в газети, і Герман дві неділі ще просидів у Львові, ждучи кождого дня, що ось-ось прибіжить післанець з поліції і зазве його до директора. Але післанпя як не було, так не було, і Германові самому приходилось протоптувати туди стежку. І все задарма. Крім найденої над ставом одежі, нічого не було. По двох неділях поліціяни і комісари сказали йому одноголосно, що тутка, в обрубі Львова, Готліб не згиб. Але чи ж міг Герман тим успокоїтися? Не згиб тутка, то чи не міг згинути деінде? А хоть і не згиб, то де ж міг подітися? Все те ще дужче мучило Германа. Він просив поліцію розписати гончі листи за Готлібом, а сам поїхав до Відня — уладжувати інтерес.

У Відні ждав уже на нього з великою нетерплячкою його агент і зараз на другий день завів його до Ван-Гехта. Два чи три дні тяглися умови та перемови, — Герман торгувався уперто, і бельгієць, котрого ожидания та надії зразу так високо грали, мусив під тиском сухих, чисто ділових, жидівських обрахунків Германа хоть туго і звільна, а все-таки подаватися. Ван-Гехт опускав з ціни, і вкінці оба супірпі стали на тижневій платі 500 ринських в протягу семи літ, з тою вимовою, щоб Ван-Гехт за той час сам вів фабрику, і на 5 % дивіденду з чистого зиску за спроданий церезин, вироблений в двох послідніх роках їх контракту. Звісна річ, Герман не дуже з легким серцем підписував такий контракт і обіцював технікові таку, нечувану в Бориславі, суму; він потішався тою думкою, що чой зможе в Галичині яким світом прикрутити Ван-Гехта, витягти з нього як можна більше, а заплатити менше. І те йому опісля вдалось!

Фабрикувапня церезину мало розпочатись аж з новим роком. Восени мав Ван-Гехт приїхати в Галичину до Дрогобича, щоб надзирати за будовою фабрики. До того часу Герман обіцявся давати йому невеличку місячну плату по 100 ринських, бо зобов'язання контрактове починалось аж з новим роком.

Але, крім того одного діла, Герман по дорозі уладив ще друге, і далеко більше. Сходячися на біржі з многими знакомими спекулянтами і капіталістами, вів часто заходив з ними в бесіду про бориславські копальні, їх багатство, про чищення воску і кошти, про відбут парафіну і т. д. Він зразу дивувався, чого ее так пильно його випитують о всі подробиці люди, котрі донедавна мало показували до них цікавості. Він ще більше здивувався, коли переконавсь, як багато деякі з них і самі знають про Борислав, про видобування і багатство його підземних скарбів і про всі практики при очищуванні і фальшуванні церезину. Аж перегодя дізнався він, що в віденських «капіталістичних кружках» зародилась і дозріла думка зав'язати велику «Спілку визискування земного воску». Зразу його не тішила тота думка. Він боявся, щоб «Спілка визискування» не стала на заваді його інтересам, не ввійшла з ним супір і не-підорвала його багатства. Але, передумавши, він аж засміявся з свого страху. Віденські капіталісти, а «Спілка» в Бориславі! Се смішна нескладиця. Хто буде вести в Бориславі діла «Спілки»? Коли який-небудь віденський, загалом європейський чоловік, а не галицький жид, — то загибель «Спілки» неминуча, і то загибель в дуже короткім часі. Не так був зложений і не так шитий Борислав в тім часі, щоб європейський продприємець з напівпрямим поступуванням, з напіввідповідними поняттями о фабрикації, без вічних брудних жидівських крутарств та шахрайств, без фальшування, без ошуки на робітниках, надзорцях і всіх, кого тільки можна було ошукати, — щоб, кажу, такий чоловік міг удержатися в Бориславі. Правда, і європейські фабриканти-предприємці не дуже сторонять від усіх тих гарних жидівських прикмет, не дуже чистими руками фабрикують, але все-таки до такої степені брудноти та безвстидного, рабівницького (вже не легального, як на Заході) визискування не доходять. При тім же, в Європі привикли більше до порядку, до систематичності, до докладної бухгалтерії, а в Бориславі тоді ті привички були ще слабі і далеко не загальні. Більша часть предприємців вела свої діла якось по-злодійськи, без порядку, щоб тільки від робітника видавити якнайбільше, обірвати йому, що дасться, з платні, а й те, як можна, то й зараз витуманити від нього назад. Тому-то понятно, що при тащи роботі європейські предприємці, особливо систематичні і до пунктуальності привиклі німці, не могли в Бориславі устоятися.

Все те роздумав швидко Герман і старався ближче розвідатись, як, на яких основах і ким зав'язується «Спілка визискування». Все, що дізнався про те задумане діло, втішило його ще дужче. До «Спілки» приступило чимало знатних капіталістів, основний фонд мав бути дуже значний, трохи не цілий мільйон. «Значиться, можна буде гарний кусник влупити», — се був невідлучний внесок, що чимраз ясніше визначувався в Германовій голові. Капіталісти перед зав'язанням «Спілки» посилали зручного віденського інженера на місце, до Борислава і до сусідніх нафтарень, щоб вислідив докладно копальні і фабрикацію, ціни ям, ціни воску сирого і все, що потрібне для уложения будущого плану дійства «Спілки». Інженер саме що вернувся по двомісячнім побуті в Галичині, і відповіді його були вдоволяючі для капіталістів, стверджувались і тим, що говорив Герман, — тож консорціум, зав'язуючий «Спілку», порішив приступити до діла.

Вже Герман закінчив умову з Ван-Гехтом і сидів у Відні без діла, неспокійний і втомлений, чогось дожидаючи, надіючись. Він надіявся звістки від львівської поліції, дожидався, що станеться з «Спілкою». Аж ось одного дня він дістав запрошення на збір основателів. Його просили деякі вступити також членом до «Спілки», прийняти повномочність до ведення діл «Спілки». Герман завагувався. Він розраховував в своїй голові, яка з того була б користь для нього. Ведучи діла «Спілки», поперед усього йому прийшлось би більше занедбувати свої власні діла, а за се чи виплатив , би йому виск зо «Спілки»? Вступаючи членом, треба б сейчас на вступі вложити значну суму до основного фонду. Акції «Спілки» хто знає ще як будуть іти, а з самого заряду користі йому буде також немного, та й ще нетяжко впутатись чи кримінально, коли б «Спілка» збанкрутувала (се Герман уважав неминучим), чи й матеріально. Герман зважив усе те жаво і рішився ані не вступати в члени, ані не приймати заряду, щоб ні в чім не бути зв'язаним зо «Спілкою». А тільки зараз по її зав'язанні він зробив контракт на доставу сирого воску для «Спілки». Контракт був корисний. Сто тисяч сотнарів мав постачити Герман ще до падолиста — перевіз і відбір приймала на себе «Спілка». До того часу, а найдалі до нового року, мала уладитися нафтарня для чищення воску. По відобранні тих сто тисяч «Спілка» мала заключити з ним новий контракт. Крім того, Герман обіцявся посередничити між «Спілкою» а другими бориславськими предприємцями о доставу воску або й о закуп ям та закопів.

Уладивши все те, Герман погнав назад до Львова. Вістей про Готліба не було ніяких. Германові похолоділо коло серця. Яким лицем він стане перед жінкою? Що він скаже їй? Йому вже наперед чулися її страшні крики та прокляття. Він переждав ще тиждень — нічого не чувати. Тоді він рішився їхати домів, тим більше що діла кликали його до Борислава. І, їдучи до Дрогобича битою підгірською дорогою, він так само бився з гадками, переходячи від чуття ситого, самовдоволеного супокою до тихої радості фабриканта-гешефтсмана на вид безмірної бідності та розпуки підгірського народу, на вид більшаючого числа «дешевих і покірних робітників». Але чим ближче він наближався до Дрогобича, тим частіше і грізніше перемигувала перед його уявою розлучена і заплакана жінка, тим густішою хмарою налягав на його душу неспокій.

Але яке ж було зачудування Германа, коли, приїхавши додому, застав свою жінку в такім незвичайнім для себе настрої, що й сам не знав, що з нею сталося. Замість сподіваних сліз та проклять і вибухів скаженого гніву, його стрітила якась злорадна насмішливість. Рифка, мов сорока в кістку, зазирала йому в лице, пильно добачувала всі зміни, всі нові борозди, які повиорювала на нім грижа і непевність. Правда, Рифка випитувала його про Готліба, ахала, коли Герман говорив, що, мимо всяких трудів, не міг його відпитати, але у всім тім виднілась радше її охота подразнити мужа, ніж дізнатися справді щось від нього. А притім же її лице, рум'яне, здорове, і оживлене, її сірі очі, палаючі якоюсь незакритою радістю, її живі рухи та жести і навіть хід її легкий та голос дзвінкий — все те дуже не надавалося до смуткування та охання, все казало догадуватись, що час їх розлуки, так важкий для Германа, зовсім не був важким ані сумним для його жінки. Герман зразу стовпів, дивуючись.

— Гм, — сказав він до жінки, коли вони по обіді (Рифка їла обід разом з ним і їла багато і з великим апетитом, чого Герман давно не видав) засіли поруч на м'якій софі і Рифка, насилу кривлячи лице, ще раз почала розпитувати його про Готліба, — гм, — сказав Герман, — а ти, як бачу, за той час ані ду-ду собі. Та й весела стала, мов доньку заміж віддала!

— Я? Господи боже! Я очі свої проплакала, ну, але тепер, як ти приїхав, по тількім часі...

— Так-то воно так, — говорив недовірчиво Герман, — але мені щось не здався, щоби то для мене така радість та й така нагла зміна. Ану, скажи правду, що тому за причина?

Він усміхався, глядячи їй в лице. Вона розсміялась також:

— Причина? Чи ти одурів? Яка ж би мала бути причина?

— Готліб прибув?

— І-і-і, а тобі що? Готліб?.. Мій бідний Готліб! — І вона знов плаксиво скривила лице. — Коби він прибув, не така б я була!

— Ну, то що ж тобі такого? Радість світиться в твоїх очах, сліз ані сліду на лиці не знати. Говори, що хочеш, а в тім мусить щось бути.

— Іди, дурний, іди, так тобі здається! — І Рифка вдарила його вахлярем по плечі і, всміхнувшися, вийшла до своєї спальні і замкнула двері за собою. Герман сидів-сидів, дивувався, догадувався, а вкінці, плюнувши, пробуркотів: «Що то бабська манерія!» Далі встав, походив трохи по світлиці і взявся до своїх бориславських діл.

І Рифка, скоро до спальні, також пройшлася кілька разів там і назад, отворила вікно і віддихнула глибоко, мов по тяжкій утомі, її серце билося жпво. на лице виступив ще живіший рум'янець, коли з-під корсета витягла невеличкий, недбало зложений і запечатаний лист. Саме нині, перед Германовим приїздом, вона одержала його через післанця — малого коминарчука, що приходив буцімто питатися, чи не треба вимітати комини, і непостережено всунув їй в руку зачорнений сажею лист. Вона ще й досі не мала часу прочитати його, але одно те, що лист був від Готліба, — комінарчук був його звичайним післанцем, — радувало її, а нетерплячка довідатись, що пише Готліб, так і підкидувала нею, коли сиділа і розмовляла з Германом.

— Фу, добре, що-м розв'язалася з ним! А біда моя, що нічого не скрию на лиці, така натура погана. Зараз старий біс догадався. Але чекай, чорта з'їш, поки від мене правди дізнаєшся!.. — Вона сіла відтак на софу, отворила лист і почала читати, звільна слебізуючи грубі, недбало намазані букви.

Від виїзду Германа до Львова справді нове життя зачалось для Рифки. Несподіваний поворот сина, та й ще в такім незвичайнім способі подіяв на неї, як набій електричної батерії. Мов безумна з радості, вона по відході Готліба бігала по покоях, без думки і без цілі переставляла крісла та столи, цілувала Готлібів портрет, мальований в його шкільних часах, і ледве-ледве утихомирилась. Але хоть і вспокоїлась на вид, то все-таки в нутрі її кипіло та клекотіло, кров плила живіше, її розбуджена фантазія блудила та носилася летом ластівки, стараючись розгадати, де то тепер її син, що робить, коли і як побачиться з ним. Ожиданка день поза день держала її в напруженні. Вона турбувалась, відки добути для Готліба грошей, радувалась, коли він часом в своїм вуглярськім уборі прибігав до неї, розпитувала його, як він жиє і що діє, але Готліб такі питання збував усе двома-трьома словами, загрожуючи зато матір, щоб мовчала о нім перед вітцем і перед усіми та щоб старалася для нього о гроші. І в тім ненастаннім напруженні та роздразненні найшла Рифка те, чого не ставало їй досі, — найшла заняття, найшла невичерпаний предмет до праці думок — і ожила, похорошіла.

Частенько Готліб, замість щоб мав прийти сам, присилав листи. Ті листи, хоть короткі і нескладні, були новим предметом заняття і роздумування для Рифки. Вони тим були цінніші для неї, бо слово, написане, оставалось на папері, було раз у раз мов живе перед нею, вона могла читати і перечитувати Готлібові листи по тисяч разів і все находила в них чим любуватися. Ті листи вона відбирала і читала з такою дрожжю, з таким зрушенням, як молоді дівчата відбирають і читають любовні листи. Потреба любові і сильних зрушінь, невдоволена в молодих літах а розвита аж до нервової гарячки пізнішим життям в достатку а без діла, виливалася тепер, мов довго здержуваний потік, котрий вкінці здужав розірвати греблю.

— Що то він тепер пише, голубчик мій? — шептала Рифка, отворивши лист і напуваючись ще перед читанням розкішною ожиданкою, І відтак зачала півголосом читати, зупиняючись та з трудністю розбираючи слова:

«Мамцю! Грошей маю ще досить, — треба ми буде аж на другий тиждень. Але не о тім хотів би я нині вам написати. Чув-єм, що тато мають приїхати. Пам'ятайте, не виговоріться, бо я готов наробити великої біди. Але й не о тім хотів би я вам нині написати. Розповім вам щось цікавого. Часу тепер маю досить, ходжу собі куда хочу улицямп, полями. Знаєте, оногди побачив я на проході дівчину, — відколи жию, не видав такої. І ще не знаю, чия вона. Куди йшла, я слідком за нею, а тремтів цілий, як у горячці. І нараз на скруті щезла, — кілька домів великих та пишних обіч, не знаю, в котрий увійшла. І від того часу сам не знаю, що зо мною сталося. Ходжу, мов сам не свій, все вона мені привиджується і в сні, і наяві. Я вже рішився, скоро її другий раз побачу, приступити просто до неї і питати її, чия вона, але досі ще не удалось мені бачити її другий раз. Все ходжу тою вулицею, на котрій мені щезла з виду, гляджу у всі вікна, але дарма, — не показуєся. Коби-м хоть знав, у котрім домі вона жиє, то би-м питав сторожа або кого. Але я не попущуся, мушу вивідатись, хто вона, бо від першого разу, коли-м її побачив, почув я, що без неї жити не можу. Так, мамцю, вона мусить бути моя, най вона собі буде хто хоче! Скоро що дізнаюся, нараз напишу вам».

Яке дійство зробив той лист на Рифку, сього ні словом сказати, ні пером списати. Вона ціла задрижала, мов від пропасниці. Перший раз в житті вона держала лист, справді тикаючий чуття, любові, і хоть у грубій формі, все-таки ясно висказуючий любов глибоку і живу, трохи, може, надто неплатонічну, грубу, але зато сильну і сліпу, — а така любов найбільше мусила подобатись Рифці, малообразованій, нервовій і кровистій, Рифці, котра в своїм житті ніякої любові не зазнала. Як рада б вона була тепер бачити свого Готліба, міцно-міцно притиснути його до „рерця, слідити за кождим його кроком, жити його думками, палати його чуттям. Адже він любить! І з нею першою поділився тайною свого серця! І відколи вона знала те, вона два рази сильніше полюбила Готліба, іменно за те, що він любить. Правда, коли б тут коло неї була і жила тота дівчина, котру він любив, коли б тота дівчина і з свого боку любила його, Рифка непремінно зненавиділа б її, строїла б її життя — за її любов!..

Минав день за днем гарячкової ожиданки. Рифка з превеликим трудом удержувалась, щоб не зрадити перед Германом пекучої тайни. На її щастя, по трьох днях Герман виїхав до Борислава, де мав побути пару день. Оставшись сама дома, Рифка почула в домі якусь тісноту, якусь душність, — кров її гарячим окропом бурлила в жилах. Вона вийшла з покою. Стояв жаркий літній день. Просторний сад за домом так і манив до себе розкішним холодом, темною зеленню, живим запахом та легесеньким, таємничим шепотом листя. Вона мимоволі пішла туди. Садівники якраз обривали вишні та великі, вчасно достигші веприни. Два хлопаки з кошичками в руках стояли на тонких вишневих гілках, одною рукою придержуючися за щаблі, а другою зриваючи спілі вишні. А старий садівник в більший кіш збирав веприни, причякнувши перед розлогим вепринником і підіймаючи гілку за гілкою. Хлопці на дереві сміялись, жартували та перемовлялися, а старий мурликав стиха якусь пісню. Коли побачив паню, підійшов до неї з уклоном, пожалувався, що вишні сьго року зродили слабо, зато веприни гарні і дуже добре платяться. Він вибрав кілька пригорщів самих достиглих веприн, великих, як тернослива, і просив Рифку перекусити. Вона взяла їх у хусточку. За той час позлазили хлопці з вишні з повними кошиками. Спілі, повні ягоди блищали на сонці, мов яке дороге каміння, крізь їх тоненьку прозірчасту шкірку сонце прокрадалося в їх нутро, мінилось і переливалось в червонавім виннім плині, немов вишні були налиті кров'ю. Хлопці нарвали також темно-зеленого вишневого листя, вистелили ним дно невеличкого прикадка і обережливо почали в нього складати вишні. Рифка стояла і гляділа, втягуючи в себе всіма порами тіла милий холод, розкішну вогкість та свіжість саду і упоюючий запах свіжонарваних вишень, їй було любо і приємно, як ніколи. Вона мовчала.

Коли втім тихесенько, немов украдком, рипнула хвіртка, ведуча з подвір'я до саду, Рифка озирнулася. Малий обмурзаний коминарчук стояв у хвіртці; поглядом звав її до себе. Вона полетіла радше, ніж пішла.

— Пані, ту для вас листок! — шепнув коминарчук.

Рифка з більшою, ніж звичайно, дрожжю прийняла пом'ятий незапечатаний листок. Коминарчук пустився, було бігти геть.

— Постій, постій, — сказала Рифка, а коли той завернувся, висипала йому в шапку одержані від садівника веприни. Коминарчук, урадуваний, побіг, кусаючи та висисаючи веприни, а Рифка пішла до своєї спальні, дрижачи всім тілом, з голосно б'ючим серцем, замкнулася, сіла на софці, відітхнула глибоко, щоб успокоїтися, і зачала читати:

«Я видів її! Господи, що за краса, що за лице, що за очі! Мене тягло до неї, я не міг опертися. їхала в бричці кудись на Задвірне передмістя, — я стрівся з нею несподівано. І я відразу мов одурів, так, одурів. Я кинувся перед коні — пощо, нащо, і сам не знаю. Я, бачиться, хотів зупинити бричку, щоб розпитати її, хто вона. Але коні перепудились мене і шарпнули вбік. Вона скрикнула, поглянула на мене і поблідла. А я, учепившися за васаг брички, волікся по дорозі по камінню. Я не чув болю в ногах, а тільки дивився на ню. «Я люблю тебе! Хто ти?» — сказав я їй. Але втім обернувся візник і вдарив мене пужівном по голові так сильно, що я з болю пустив бричку і упав насеред дороги. Бричка поторохтіла далі. Вона знов скрикнула, озирнулася, — більше не тямлю. Я, правда, схопився ще на ноги, щоб бігти за нею, але забіг тільки два кроки і знов упав. Мої ноги порозбивались о каміння, з них текла кров, голова боліла і напухла, — я трохи не зомлів. Надійшла баба, дала мені води, перев'язала ноги, і я поволікся до хати. Лежу і пишу до тебе. Зладь на завтра і передай коминарчуком троха грошей, десять ринських, — чуєш? Тепер коло мене чужі люди ходять, — могли б доміркуватися...»

Рифка, не дочитавши до кінця, впала зомліла на софку.

VII.

Було то вечором. Матій і Бенедьо повертали з роботи і сиділи мовчачи в хаті при млавім світлі невеличкого каганця, в котрім горів, шкварчав і порскав нечищений бориславський віск. Бенедьо вдивлявся в план, розпростертий перед ним, а Матій, сидячи на своїм малім стільчику, латав свої ходаки. Матій від того вечора, коли Мортко сказав йому, що «їх справа скінчена», був мовчазливий, мов прибитий. Бенедьо хоч і не знав докладно, що се за справа, все-таки дуже жалів Матія і рад був допомогти йому, але, з другого боку, не смів зачіпати його, щоби не розворушати в нім наболілого. Скрипнули двері, і до хати ввійшов Андрусь Басараб.

— Дай боже час добрий! — сказав він.

— Дай боже здоров'я! — відповів Матій, не підводячися з місця і витягаючи драт.

Андрусь сів на лаві під вікном і мовчав, роззираючися по хаті. Очевидно, він не знав, від чого би то зачати бесіду. Далі звернувся до Бенедя:

— А що у тебе, побратиме, чувати?

— От, увійде, — відповів Бенедьо.

— Щаститься тобі якось в нашім Бориславі, — сказав трохи гризько Андрусь. — Чув я, чув. Та ти тепер великі гроші береш денно при своїй фабриці!

— По три ринські денно. Не надто то багато як на майстра, але як на бідного помічника, то певно, що досить. Тре буде дещо післати мамі, а решту, — ну, та вже о решті поговоримо пізнійше, як усі зійдемся. Я думав дещо троха над нашою долею...

— Ну, і що ж ви видумали? — спитав Андрусь.

— Будемо говорити о тім на зборі. Але от тепер стараймося деяк потішити побратима Матій, — адіть, який ходить! Я вже й сам хотів дещо балакати, але що, бачите, замало ще його знаю...

— Та я, власне, для того прийшов, — сказав Андрусь. — Побратиме Матію, пора би тобі розказати нам, що у тебе за справа була з Мортком і чому вона тебе так обходить?

— Е, та що вам розповідати? — знехотя відказав Матій. — Що говорити, коли справа скінчена? Тепер дарма говорити, — не повернеш!

— Та хто знає, хто знає, чи скінчена, — сказав Бенедьо. — Розповіджте лишень, все три голови потрафлять більше дещо вигадати, ніж одна. Може, найдеся ще яка рада. А якби вже і справді все пропало, то бодай вам буде легше, коли з нами поділитеся своєю грижею.

— Ая, ая, і я так кажу, — потвердив Андрусь. — Все-то сам-один чоловік — дурень напротив громади.

— Ой так, так, побратиме Андрусю, — відповів сумовито Матій, відложив набік скінчену роботу і закурив люльку, — може, то й але, що чоловік дурень: прив'яжеся до другого, і відтак гризися вже не йно самим собою, але й другим, і третім! Та й ще, правду тобі скажу, за другим чоловік дужче гризеся, ніж за собою. Таке й моє. Нехай і так, розкажу вам, яка зі мною гісторія була і яка у мене справа з Мортком.

Буде вже тому щось зо штирнайцять літ. Саме п'ять літ по моїм приході до того заклятого Борислава. Ще тоді ту не так було. Ями йно що починалися, — все ще якось подобало на село, хоть і тоді вже жидівні назлазилося було сюди, як хробів до стерва. То тоді ти, небоже, ту пекло було, аж сумно погадати. Жидівня крутилася та гомоніла коло кождої хати, пестилася, як ті пси, до кождого господаря, насилу тягла до коршмів або й таки в хатах поїла людей, видурюючи по кусникові грунту під закони. Що я тоді навидівся, аж серце нукало! А скоро, собачі діти, обдурили чоловіка, виссали з нього все, що можбуло виссати, — тоді гей же на нього! Тоді він і пияк, і лайдак, і псяпара, тоді його і з коршми витручують, і з власної хати виганяють. Страшно збиткувалися над людьми!

От раз іду я рано на роботу, дивлюся: повна вулиця людей, збилися в купу, гомонять щось, серед купи крик і плач, а збоку в невеличкій, соломою критій хаті жиди вже розгаздувалися, як у себе дома, виметують ісередини все: миски, горшки, полиці, скриню... «Що такого?» — питаю я. «А що, — відповідає один чоловік, — довели нехристи бідного Максима до послідного. Статний був газда, ніщо й казати, а людяний, чемний...» — «Ну, та й що з ним сталося?» — «А не видиш, — каже чоловік, — видурили у него грунт, худоба розтратилася, а нині ось прийшли та й з хати го вивергли, кажуть, що то їх, що вони собі купили. Той в крик — жиди не питають. Той дірвався до бійки, а їх злетілося в одній хвилі, як тих гавронів, та й давай бити бідного Максима! Зробився крик, зачали збігатися й наші люди і ледво вирвали Максима з жидівських рук. А той обкервавленій, аж страшний, та й кричить: «Люди добрі, ви видите, що ту діє ся? Чого стоїте? Ви гадаєте, що то лиш зо мною так сталося? І з вами буде так само! Ходіть, беріть, що хто має, в руки — сокири, ціпи, коси, — беріть і виженіть тото паршивство з села. Вони вас розточать живих, так як мене розточили!» Люди видивилися на него, стоять, гомонять... А ту оден жид, — он той, що он визирав з вікна, — пірвав камінь та й луп Максима в голову. Той на місці перевернувся, лиш захарчав: «Люди добрі, не дайте моїй дитині загибати! Я вмираю!..»

Я не дослухав того оповідання а почав протискатися до середини здвигу. Насеред улипі лежав чоловік, може, де сорока літ, в подертій сорочці, окровавлений, посинілий. З голови ще капала кров. Коло него припадала і лебеділа мала дівчинка. Мене аж морозом обхопило, коли позирнув та тото, а люди обступили доокола, стоять стіною та гомонять, але й з місця не рушаються. А Максимову хату обступила жидівня, аж зачорнілося довкола, — вайкіт та гаркіт такий, що й слова власного не чути.

Я стою, як остовпілий, дивлюся сюди-туди, не знаю, що діяти. Аж ту виджу, з вікна виставився той сам жид, що забив Максима; вже геть-геть, видно, осмілився і кричить, поганець: «Так му треба, пиякови одному! Так му треба! А ви чого ту поставали, свині? Марш додому оден з другим!»

В мені кров закипіла.

«Люди, — заревів я не своїм голосом, — чи ви постовпіли, чи поцапіли? Та не видите, що чоловіка забили перед вашими очима і ще сміються? А ви стоїте та й нічо? А грім же би вас божий побив! Бий злодіїв жидів!»

«Бий! — заревіло в тій хвилі з усіх боків, аж земля здилькотіла. — Бий злодіїв, п'явок!»

То так, як би іскра в солому впала. В одній хвилі весь мир став як не той. Я ще й не озирнувся, а ту вже ціла хмара каміння дррень на жидів. Лиш тільки ще я видів, що той жид, що забив Максима, як стримів у вікні, так в одній хвилі підскочив, хопився за голову руками, скрутився, спищав та й бовть на землю. Більше я не видів, не чув нічого. Крик, гвалт піднявся такий, як на судний день. Люди ревіли без пам'яті, тислися наперед, рвали, що кому впало під руки: кілля з плотів, хворост, жердки, поліна, каміння — і валили на жидів. Зчинився такий писк та вайкіт, немов ціла бориславська кітловина западеся під землю. Часть жидів пирсла, мов порох. Але кількох заперлося в Максимовій хаті. Крізь вікно видно було, що у них в руках сокири, мотики, вила — похапали, що могли. Але видячи, що мир обступає хату довкола, мов ревуча повінь, вони перестали кричати, ніби закаменілії зо страху. Народ попер до дверей, до вікон, до стін. Затріщали дошки, дилиння, задзеленькотіли вікна, — грюкання, гвалт, писк, а нараз страшенний грохіт, хмара пороху... Люди по кусневі розірвали стіни, — зруб і повала грохнули на жидів, порохи вкрили все те страшне позорище...

Але в мене за той час що іншого було на гадці. Видячи, як народ, мов звір, пре на жидів, я хопив малу дівчину, Максимову сироту, на руки і нирпинирци почав продиратися крізь здвиг. Ледво вирвався з товпи в тій хвилі, коли там бевхнула хата. Я погнав загородами, півперечною стежкою додому, бо боявся, щоби де розлютовані жиди не перехопили мя на дорозі. Допавши хати, я запер двері і положив зомлілу дитину на тапчан, зачав відтирати. Але довго я не міг єї добудитися, вже-м собі гадав, що, може, й її заголомшив який камінь. Але, бог дав, — прийшла до себе, і я так тим утішився, немовби то моя власна дитина ожила передо мною.

Матій замовк на хвилю. Люлька погасла в його зубах, і на лице, оживлене і палаюче під час оповідання, почала звільна набігати давня сумовита і безнадійна хмара. По хвилі він почав говорити далі:

— За сим, та тим, та за хлопотами коло дитини, я й зовсім забув про бійку і аж пізніше дізнався, що вона скінчилася на нічім. Розваливши Максимову хату, люди немов самі себе злякалися і розлетілися кождий в свій бік. Жиди, також переполошені, не показувалися зо своїх нор, — аж десь над вечором деякі сміліші повилазили, почали роззиратися... До Максимової хати — а там щось пищить. Розривають звалища, видять: три жиди неживі, а п'ять покалічених. Пропало. З'їздила, правда, комісія, позабирали були кількох до арешту. от так наздогад, та й повипускали швидко на волю.

А Марта лишилася у мене. Чесні бориславці мали, видко ся, багато свого діла і не втручалися до бідної сироти. Лиш часом деякі жінки приносили їй се та те їсти, випрали рубатку, облатали, та й тільки всього, їй було тоді дванадцять літ. Не аби ладна абощо, але розумна була дитина, а щира така, як своя душа. Зразу плакала за вітцем, ну, але відтак сама видить, що робити? Привикла. І так вам привязалася до мене, як до рідного вітця.

А я також, нема що казати, пантрував єї, як ока в голові, така ми стала дорога та люба. Другі ріпники не рлз, бувало, сміються з мене, питають, коли буде весілля або, може, хрестини вперед будуть, але я на то байдуже. Говоріть собі, говоріть!

Росла тота дівочка в мене, ховай боже, тихо та ладно. Хоть то я щб — ріпник, давній пастух громадський, але, знаєте, зазнав чоловік лиха на своїм віці. А лихо — велика школа. То й гадаю собі: «Чень-то хоть їй бог деяк ліпше пощастить». Шанував я її — ні роботи тяжкої, ні слова поганого... Шити навчилася, не знаю, де і коли, так ладно, що чудо. Усе, бувало, баби несуть до неї, — ну цілими днями сидить у хаті, робить. Та й що то, до всього вона, до всякої роботи. І побесідувати, і пожартувати, і порадити розумно — до всього...

Пізнався з нею оден парубок, туй-таки бориславський, також такий сирота нещасливий, як і вона. Ріпник, зарібник, Іван Півторак звався, — та ти, Андрусю, знав його добре... Зачав ходити. Виджу я, що дівчина до нього липне, розпитую, розвідую про Йвана, говорять: «Що ж, бідний, ну, але хлопець чесний, робучий, розумний». Якось раз так при неділі прийшов він до нас, гадав, що Марта дома, а Марти не було, десь вийшла. Хоче він геть іти, а я кличу, що-ді постій, Іване, щось ти маю казати. Став він, запалів троха, далі сів на лаву.

— Ну, що там такого? Кажіть! — повідає. Я посидів троха, — мовчу і позираюся на него. Не знає чоловік, як би то зачати, щоби нібито і просто з моста, і щоби дечим не вразити хлопця.

— А як ти, — кажу, — Іване, гадаєш? Марта от наша — нічого дівчина?

— А вам що до того, як я гадаю? — відрізав він, а сам ще дужче паліє.

«Ов, — гадаю собі я, — з тобою треба остро держатися, коли ти так ріжеш».

— Ну, — кажу, — багато мені до того не є, але виджу, що тобі щось до неї, га? А ти, чень, знаєш, що у неї вітця нема, а я тепер для'неї і отець, і опікун, і сват, і брат. Розумієш? Як скоро би-м ігобачив щось, знаєш, не теє... то вважай, що я за чоловік! Зо мною ж.арту нема.

Іван аж затремтів на тоту бесіду.

— А най же вас, — каже, — бог має! Десь також щось — грозити, а не знати, пощо і за що. А вам хто набрехав, що я щось злого гадаю? Не бійтеся, Матію, — каже відтак поважливо, — я хоть молодий, а знаю потроха, як що повинно бути. Ми нині з Мартою мали умовитися, як і що робити, а тоді вже й до вас, як до опікуна, удатися по пораду і благословенство.

— Ну, вважай же ми! — промовив я, але сам іючув, що щось ми так гий запаморочилося в голові, і сльози бризнули з очей... Ет, дурень чоловік, та й по всьому!..

Ну, нічо. Зробили ми умову — піьбралися вони. У Івана по батькові якимось чудом лишився отсей кусник грунту. Досить того, що він таки тої весни виставив, — уже то ніби ми оба, — тоту ось хату, та й ту й обоє зачали жити. Правда, господарства ту ніякого не мож було заводити на тій голотечі, але Марта зразу заробляла по-давньому то шиттям, то пряденням, а далі, як того почало не ставати, то мусила й вона, бідна, йти на роботу до воску. Що було діяти?.. Я відділився від них, жив осібно, а коли тільки що міг, то доносив їм, — звичайне, чоловік уже привик, зжився...

Аж от якось так в пару місяців здибає мене Іїван та й каже:

— А знаєте, — каже, — Матію, яка у нас з Мартою рада стала? Я цікавий, що ви на то скажете?

— Ну, яка рада? — кажу. — Говори, яка?

— А така. Ми хочемо відтепер зачати дещо складати набік із зароблених грошей. Знаєте, літо йде, чень троха ліпше будуть платити. То ми так урадили, що коби дещо троха прискладати грошей, уже хоть би чоловік і тісніше за той час жив, гий той каже, хоть би ремінь на великопістну пряжку підтягнув, але чень би то мож було... А знаете, в Тустановичах оден там продав би кусень грунту з хатою, — я вже говорив з ним. «Продам», — каже. Тре дати 250 ринських. Грунт гарний, дало би ся виторгувати на 200. А я би свою оде псю буду з тим клаптиком землі продав, — може би, було хоть 50 ринських. Чи як ви гадаєте?

— Та що, — кажу я, — як так, то й так. Дай вам боже щастя! Певно, що не зле би було вам вирватися з тої проклятої ями.

— Ба, — каже Іван, — не на тім копець. Мені здаєся, що нам двійм до осени тяжко буде наскладати двіста ринських, — на то би тро зо два роки. А якби троє, як гадаєте, може би, борше?

Я видивився на него.

— Ну, — каже він, — що ж ви так дивитеся на мене? Ту проста річ: пристаньте й ви до нас. Перейдіть до нашої хати жити, не будете потребувати платити окремо комірне, та й їда нас менше винесе. Будемо робити разом, чень зложимо хоть що-то.

Виджу я, що хлопець розумно говорить, а ту ще чоловіка й самого знесла охота видобутися а тої западні, а ще більше — їм допомогти, чим сила. Пристав я на тоту раду.

Зачали ми робити. Добре нам іде, тішимося, що ось-ось перейдемо жити на своє. Іван звивався так, як той пискір, сюди й туди, — рад би птахом вилетіти з Борислава. Робота того року була добра, — у нас грошей призбиралося ладних: і на грунт би стало, і ще дещо лишилося би на розгосподарювання. «Господи! — говорить, бувало, Іван вечерами. — Коби-то вже раз!» Але не знати, чи бог не судив му, бідному, діждатися виходу, чи лихі люди не дали!..

Дурницю ми одну зробили. Робили ми разом і не брали грошей від жида. «Йай, — кажемо, — у нього лежать, в єго касі безпечніше, ніж у нас за пазухов, а в книжці якраз записано на нас, то й сам чорт відтам не викусить». Так ми й зробили — брали лиш часом по кілька шусток, щоби яко-так продихати.

Минуло так літо, ба й осінь, ба й зима, — настали свята. По святах мали ми забиратися геть з Борислава. В цвітну неділю пішов Іван до Тустанович, щоби довершити згоду, — таки на другий день мав дати тамтому чоловікові завдаток, а як перейдемо вже до Тустанович, то мав дати му решту грошей. Пішов мій Іван. Змеркаєся — нема Івана. «Ну, нічо, — гадаємо собі, — може, там де на могоричі абощо». Але Марта якась неспокійна весь день ходить, нудить, сама не знає чого. Ніч минула — нема Івана. На роботу приходимо — він не приходить. Наставник Мортко питався мене, де він. Я му розповів усе, а той ще крикнув:

— От, десь, драбуга, впився та й спить, а на роботу не йде!

Гадкую я сюди й туди, — де би Іван був? Вечором по роботі приходжу до хати — нема. Гадаю собі:

«Піду по шинках, пошукаю, порозпитую». Заходжу до головного шинку, — там повно ріпників, — заздрів я межи ними й Мортка, але котрі саме були знаком! ріпники, того не тямлю. Якісь штири незнакомі, вже ніби п'яні, стоять насеред хати і співають: один святовечірньої, другий страсті, третій підскоцької, а четвертий думки, ще й мене питаються, чи гарно пасує разом?

— Ідіть собі до чорта! — крикнув я на них. — Там будете акурат пасувати!

Вони до мене. Вчепилися, той за руку, той за полу, кличуть горівки. Спересердя лигнув я душком кватирку. Вони в регіт, другу кличуть. Ані суди боже від них відпекатися. А ту бачу, що Мортко усе підморгує на них, дістодіто: не випускайте з рук! Випив я другу кватирку. Зашуміло в голові, хата з людьми ходором заходила. Тямлю ще, що ввійшли якісь два знакомі ріпники, що-м з ними вітався і частувався, — але кілько вже намучив свою дурну стару голову, а не можу пригадати собі й досі, хто то такий був.

— А що ж тобі тото так доконечно треба знати? — перебив його оповідання Андрусь.

— Ах, чи доконечно! Мені так, дурному, здаєся, що я через тото й справу програв!

— Що? Через тото? А то яким світом?

— Ба, послухай лишень! Я аж тепер, по невчасі, як зачав пригадувати собі все до крихіточки, що і як тоді було, аж тепер нагадав собі, що були якісь два знакомі, лиш не знати котрі. Коби дізнатися, були би зараз свідки.

— Свідки? Нащо? До чого?

— Послухай лишень! П'ю я, в шинку гамір, а ту в ванкирі обіч хтось злупотів склянкою, — мій Мортко тілько миг, побіг до ванкира. Чую: там говорять — Мортко потихо, а хтось другий голосно. Що за неволя! Якийсь знаємий голос, так як Іванів! Знати, що п'яний, язиком путає, але голос єго. Я пруднувся до дверей ванкира і нехотячи потрутив одного з тих, що мене частували. Той гримнув собою до землі. Другі прискочили до мене.

— Гов, свату, гов! — ревуть, — Що бо ти людей тручаєш та розмітуєш? Га?

— Та я нехотячи!

— Еге, нехотячи! — рипить один, — Знаємо ми таких!

В тій хвили створилися двері ванкира і в дверях показався, — присяг би-м нині, що показався мій Іван, держачися за одвірок. За ним стояв Мортко і держав го за плечі. Я знов пруднувся до него.

Але в тій хвили він щез, двері заперлися, а один ріпник пірвав мене за груди.

— Ану, я тебе, свату, нехотячи межи очі заїду, — крикнув він і як зацідить мене межи очі, аж мені сто тисяч свічок в очах заярілося і все в голові перемішалося. Тямлю ще тільки, що-м одному вчепився в волосся і що другі обскочили мене, мов кати, і збили під ноги. Очевидна річ, що вони були підмовлені, бо я їх ані не знав, не видав, ані не зробив їм нічого. Що сталося далі зо мною, де дівся Іван, де ділися тоті два знакомі ріпники — не тямлю нічого. Все затьмарилося в моїй голові.

Я прокинувся в хаті, на постелі. Марта коло мене сидить і плаче.

— А що, де Йван? — се було моє перше питання.

— Нема.

— Але чень же був дома?

— Не був.

Дивлюся я, вона така змарніла, стурбована, що тільки снасть єї. Що за нещастя?

— Але ж я, — кажу, — вчора вечір видів его. Вона всміхнулася крізь сльози і похитала головою.

— Ні, — каже, — ви вчора вечір ніяк не могли його видітп. Ви вчора вечір лежали ось ту без пам'яті.

— А що ж, то нині не вівторок? — спитав я.

— Ні, нині вже п'ятниця. Ви від понеділка ночі лежите осьде як мьртвий, у горячці та манколії.

— А Івана не було відтоді?

— Не було. Вже куди я не ходила, кого не розпитувала, — ніхто не знає, де він і що з ним.

— Але ж я го в понеділок видів у шинку. Марта нічо па то, тільки здвигнула плечима і заплакала. Певно, бідна, подумала собі, що се мені так з перепою привиділося.

— Але ж аби-м так світ божий видів, як-єм його я видів достотку своїми очима!

— Ба, та-бо якби він був тоді в Бориславі, то був би прийшов додому, — сказала Марта.

— От тож-то й мені дивно. А в Тустановичах був, не знаєш?

— Був. Я ту розпитувала тустанівських парубків. Був, кажуть, згодив поле з хатою і вечором забавився на могоричі геть поза північ. Там-таки й ночував, а в понеділок пішов перед полуднем, щоби в Бориславі взяти від жида гроші. Тільки всього я могла дізнатися.

Мені немовби клин у голову вбив. Хоть який я був ослаблений і збитий на всім тілі, треба було вставати, рушатися, розвідувати. Але що з того?..

— А як, — питаю Марти, — не знаєш, чи дав завдаток на грунт в Тустановичах?

— Не знаю.

— Га, то треба піти до жида, спитатися, чи відобрав він відтам гроші. І так нині виплата. Коли він узяв гроші, то, може, пішов з ними назад до Тустанович або до Дрогобича.

Пішли ми обоє до канцелярії Германа Гольдкремера, — ми в него робили. Питаємося. Той до книжки... «Взяв ваш Іван Півторак гроші». — «Коли?» — «В понеділок вечором». От тобі и на! Поліз я до Тустанович, питаю: завдатку не дав, від понеділка не був, хоть обіцяв, що прийде найдалі в вівторок з полудня. Дивуюся, що такого? Чи згода зірвана, чи що? Я розповідаю, що гроші від жида взяті і що нема ні грошей, ні Івана. Ніхто ні о чім не знає.

Іду я до Дрогобича, питаю де в яких знакомих: ніхто 'не видав Івана. Пропав неборак. Ані сліду нема. Питаю Мортка, де він подівся з шинку і що там робив. «Ні, — каже, — неправда тому, я й на очі не видав Івана. Ти, — каже, — п'яний був, серед бійки тобі рідна бабуня привиділася, а тобі здавалося, що то був Іван». Починаю розвідувати, хто тоді ще був в шинку, що то за якісь були, що мене биля, — ага, немов чорт злизав усякий слід! На тім і стало.

Ну, вже вам того не іре й казати, який у нас великдень був. Що там бідна Марта наплакалася, — господи! Вся надія пропала. Минув місяць, другий, — про Івана ані вістки, ані чутки. Далі чуємо, декотрі ріпники посмішковуються, жартують: «Розумний хлопець, той Півторак: гроші забрав, бабу лишив, а сам в світ за очі!» Зразу говорили тото на жарт, а далі декотрі почали й напевне говорити Знов я розпитую: хто чув? хто видів? Не знати. Той каже: «Никола видів»; Никола каже: «Проць ни казав»; Проць каже: «Семен відкись чув»; Семен не пригадує собі, відки чув, але здає му ся, що від Мортка-наставника. А Мортко всьому перечить і кождому в очі плює.

Аж десь по двох роках, он торік весною, — видобуто з одної старої ями кості. Пізнали ми по перстені на пальці та по ремені, що то був Іван. Ремінь був порожній, очевидно, ножем розрізаний. Застрягла мп тогди в голову гадка, — і досі мя не помітує. Погана гадка, дуже грішна, коли несправедлива. Зуваживши все, я сказав сам собі: «То ніхто, як тільки один Мортко наперед підпоїв Івана, підмовив якихось, щоби мене довели до безпам'яті і набили, а відтак обрабував його, бідного, і вкинув в яму». Почав я знов розпитувати сюди й туди, а як щось за два дні з'їхала комісія обзирати кості, пішов я і почав казати все, як на сповіді. Пани слухали-слухали, записали все в протокул, кликали сего й того; Мортка, Іваниху, шинкаря, знов списували протоколи, а далі взяли та й арештували... мене. Я не знав, що зо мною хотять робити, пощо мене тягнуть до Дрогобича, але гадаю собі: «Що ж, може, так і треба». Тішуся, дурний, своєю бідою. Потримали мене щось з місяць, прикликали щось два рази на протокул, а далі випустили. Вертаю сюди: що чувати? Нічо. Кликали ще раз Мортка, Іваниху, тустанівськнх щось трое. Кажуть, що віддали все до Самбора, до висілого суду. Ну, і вже той суд тягнеся більше року, а ще му кінця нема. Що я за той час натовк собою по всіляких панах! У Самборі був щось два рази, а в Дрогобичі кілько!.. Адвокатові щось зо п'ятнайцять ринських дав. «Та що, — каже, — небоже, можлива річ, що той злодій Мортко спрятав Івана, а гроші сам узяв. Але в суді треба доказати докладно, а всього того, що ти ту кажеш, іще не досить. Ну, але, — каже, — треба трібувати. Як там який розумний суддя возьме тоту справу в руки, то, може, ще дечого більше дошукався, ніж ти знаєш». Ну, видно, не дошукався! Якийсь той самборський суддя видався мені такий непотрібний та непорадний, що а! Питає щось п'яте через десяте, — видно, що не знає, з якого кінця до того взятися, а втім, хто го там знає, може, й умів, та не хоче!..

А ту в Бориславі притихло все, мов горшком прикрив. Мортко зразу, очевидно, був страшно перепуджений, ходив блідий як смерть, а до мене й не турався. Аж опісля вже осмілився, почав сміятися і доїдати мені так, що я далі мусив покинути Гольдкремерові ями і перенестися от ту, до Гаммершляга. Хоть то, розумієся, оба вовчі горла!.. Та й так Мортко й вийшов чисто. За ним, бачите, стоїть і Гольдкремер сам, а то багач несосвітенний, — де бідному ріпникові супроти него право найти... А ми що! Іваниха, бідна, з дитиною на службі, а я ту товчуся по тім пеклі і вже, видно, й довіку з него не вирвуся. Та й не того мені жаль! Що там я! Але то мене коле, що от — погиб чоловік, пропав ні за цапову душу, і тому злодієві нічо — ходить собі і сміеся! То мене гризе, що для бідного робітника нема правди на світі!

Матій замовк і, важко зітхнувши, похилив голову. Андрусь і Бенедьо також мовчали, придавлені тем простим, а так безмірно важким оповіданням.

— А знаєш ти, побратиме Матім, що я тобі скажу? — сказав перегодя Андрусь якимось, немов гнівним, зрушеним голосом.

— Та що такого?

— Що ти дурень великий, от що! Матій і Бенедьо видивилися на него.

— Чому ж ти сего досі мені не говорив?

— Чому не говорив? — повторив неохітно Матій. — А пощо було говорити?

— Тьфу, до сто чортів на такий розум! — розгнівався Андрусь. — Провадить процес з жидом, — процес той, якби був виграний, міг би подати велику заохоту для бідних ріпників, міг би їм показати, що не мож робучого чоловіка безкарно кривдити, — до виграння того процесу потребує свідків, а він мовчить тихо, не голоситься, а тільки тишком собі в куті в кулак трубить, — ну, скажи мені, добрий се розум?..

Матій задумався і засумував.

— Гай-гай, двох свідків! — сказав він. — Я ж тобі, Андрусю, кажу, що аж тепер нагадав собі за тих двох свідків, аж тепер, по невчасі. Бо раз, — хто тепер винайде тих свідків...

— Я винайду! — перервав гнівно Андрусь.

— Ти? — скрикнули Матій і Бенедьо.

— Так, я! Бо я ж то сам із старим Стасюрою бачив тебе тоді в шинку.

— Ти? І Стасюра? То ви були? — скрикнув Матій.

— Так, ми були.

— І бачили Івана?

— Як же ж би не бачили — бачили.

— І п'яного?

— П'яного.

— З Мортко.м?

— З Мортком. Як зачалася з тобою бійка, ми оба кинулись було тебе боронити, але старого Стасюру оден гримнув так, що 'той умлів. Ніколи мені було тебе боронити — я взяв старого і заніс до ванкира, де був Мортко з Іваном. Відтер я старого, а за той час Мортко все коло Івана танцював, усе підсував йому то горілки, то пива, заговорював його, щоби не балакав зо мною, а далі потяг його кудись з собою. Відтоді вже я не бачив Івана. А коли ми оба з Стасюрою вийшли до шинку, ти лежав уже закровавлений, без пам'яті на помості. Я не міг помагати нести тебе додому, а тільки просив якихось двох ріпників, розповів їм, де жиєш, а сам попровадив Стасюру до єго хати. Отеє все, що я знаю. Але чи міг же я сам духом божим знати, що се може бути важне для твоєї справи?

— Господи боже! — аж скрикнув Матій, — так се ж значить, що тепер би мож виграти процес?

— Хто знає, — відповів Андрусь, — але все-таки надія більша. От що було би добре — винайти тих, що тоді билися з тобою! Ти, кажеш, видів, що Мортко їх підохочував?

— На се присягнути можу!

— От була би й запинка. Зараз би мож потягнути їх на слова, чи Мортко підмовляв їх. А як підмовляв, то, значиться, в якій цілі?

Лице Матія при тих виводах чимраз більше прояснювалося. Втім, нова думка знов засмутила його.

— Е, але як же ж їх віднайти, тих, що тоді почали зо мною бійку? Я їх зовсім не знаю і не міг опісля ніколи пізнати.

— І я їх не знаю, та й не звертав на них тоді уваги. Але, може, Стасюра? Мені здаєся, що з одним він щось говорив тоді.

— Господи боже, — знов би було огниво більше! Знов близьке до доказу. Та й ще хто знає, що визнали би ті ріпники! Ходім, Андрусю, ходім до Стасюри!

Швидко зібрався і обувся Матій, живо повертався під впливом нового проблиску надії, немов разом десять літ скотилося з його плечей. Так глибоко в серці того старого, горем з давніх літ битого чоловіка вкорінена була любов до єдиного близького йому чоловіка, так гаряче бажав він, щоби правда про його таємну погибель вийшла на світло денне!

Бенедьо сам оставса в хаті по виході обох побратимів. Він сидів і думав. Не процес займав його в цілім тім ділі, — хоть, розуміється, і процесові він бажав доброго виходу. Його найбільше занимало оповідання Матія про бійку людей з жидами і про крик небіжчика Максима: «Виженіть жидів з Борислава!» «А що, — думалось йому, — чи й справді се було б добре, якби вигнати жидів? Попред усего: куди їх вигнати? Підуть на другі села, і там почнеся то само, що ту дієся. А подруге: самі не підуть, а що ту надерли грошей, заберуть з собою і в других місцях повернуть на то само, на що ту повертали. Ні, се не вратує робучих людей!»

Пізненько вночі вернув Матій додому. Він був дуже змінений проти попереднього: веселий, говіркий. Їх надії на Стасюру оправдалися. Одного з тих, що завели були в шинку бійку з Матієм, Стасюра справді знав, прочі були з того самого села, що й тот один, — але всі вони вже від трьох літ не робили в Бориславі і сиділи на господарстві. Андрусь Басараб і Стасюра готові були свідчити в суді. Тож і рішився Матій завтра-таки йти до Дрогобича до адвоката і зарадитися його, як і що діяти.

— Ну, тепер не уйде, чень, той злодюга Мортко! — приговорював Матій. — Тепер ми його за руки й за ноги такими доказами обкрутимо, що й сам не отямиться! Хоть то ніби пан біг не каже бажати другому лиха, але такому злодієві, бачу, не гріх бажати не то лиха, а й усякого безголов'я! З таким побожним бажанням Матій і заснув.

VIII.

Звільна, важкою ходою повзли одностайні робучі дні в Бориславі. Бенедьо працював цілими днями при своїй фабриці, витичував плани будинків, заправляв робітниками, наглядав за вчасним довозом цегли, каміння, вапна і всього потрібного, — а при всім тім обходивса з робітниками так побратерськи, так щиро та приязно, немов хотів на кождім кроці показати їм, що він їм рівний, їх брат і такий же бідний робітник, як усі вони, немов хотів перепрашати їх за те, що оце не по своїй волі став над ними наставником. А вечорами, по роботі, він не раз до пізньої ночі ходив у важкій задумі по болотистих улицях Борислава, заглядав до брудних шинків, до тісних хат та комірок, де жили робітники, заходив в бесіду з старими й ма-лими і розпитував їх про їх життя й бідування. Тяжко ставало йому, коли слухав їх оповістей, коли дивився зблизька на нужду і погань їх життя, але ще тяжче ставало йому, коли бачив, що коштом тої нужди і погані збагачені жиди гордо їздять в пишних повозах, строяться в дорогі шати і бризкають болотом на темну похилену товпу.

Звільна, важкою ходою повзли дні за днями, і життя в Бориславі для робучих людей ставало чимраз тяжче і тяжче. Здалека і зблизька, з гір і з долів, з сіл і з місточок день у день сотні людей пливли-напливали до Борислава, як пчоли до улія. Роботи! Роботи! Якої-небудь роботи! Хоть би й найтяжчої! Хоть би й найдешевшої! Щоб тільки з голоду не згинути! — се був загальний оклик, загальний стогін, що хмарою носився понад головами тих тисячів висохлих, посинілих, виголоджених людей. Небо і землю запер бог на залізні ключі, — вся надія мужиків-хліборобів вигоріла разом з їх житом та вівсом на порудлих від спраги загонах. Худоба гибла за недостачею паші. Не осталося нічого, як іти на заробітки, а заробітків-то якраз і не було тоді ніяких в нашім Підгір'ї — крім Борислава. От і поперлися туди бідні люди з усіх сторін, хапаючися за посліднє, так, як той потопаючий хапається за стебелинку. Небо і землю запер бог на залізні ключі, а бідні люди думали, що боріславські багачі будуть милостивіші від бога і отворять їм брами своїх багатств!..

А бориславські багачі тільки того й бажали! Вони віддавна потішалися надією, що аж порядний голод причиниться до великого зросту їх «гешефтів». І ось вони не помилилися! Дешеві і покірні робітники рікою напливали до них, з сльозами напрошувалися на роботу, хоть би й за яку дешеву ціну, — і ціпа справді пішла чимраз дешевша. А між тим хліб ставав чимраз дорожчий, — до Борислава його довозили дуже мало і дуже неправильно, і робітникам не раз і з яким-таким грошем за пазухою приходилось мліти голодом. А вже ж певно те, що новоприходячим поліпшення було дуже мале, а тим, що жили раз у раз в Бориславі, погіршало дуже значно. Щотижня жиди-властивці вривали їм плату, а супротивних зацитькували згірдннми, насмішливими словами: «Не хочеш тільки брати, то йди собі та здихай з голоду, — тут на твоє місце десять аж напрошується, та й ще за меншу ціну!»

Оце все передумував Бенедьо не раз і не два рази на своїх проходах по Бориславі. «А що, — думалось йому, — якби всі ті тисячі людей та змовилися разом: не будем робити, поки нам плату не прибільшать? Адже, чей, жиди НЯ витерпіли би довго: у кого контракти на певний час, у кого вексії, що не будуть сплачені без продажі нафти й воску, — мусили би податися!» Думка його, роздразнена всіма безконечними образами бориславської нужди, ціпко вхопилася за сесю стебелинку і не попускалася її. Але чим докладніше він розбирав сей спосіб рятунку, тим більше трудностей, ба й непоборимих перепон він добачав в нім. Як .довести до такої змови і єдності всю тоту величезну громаду, в котрій кождий дбає тільки за себе, журиться тільки тим, як би з голоду не вмерти? А хоть би се й удалося, то знов певна річ і те, що багачі відразу не подадуться, що треба би не тільки грозити, але й сповнити грізьбу, — покинути всяку роботу. А чи тоді багачі не спровадять собі з других сіл других робітників і таким способом не знівечать цілий труд? А хоть би й удалося не допустити до того, то з чого ж будуть жити ті тисячі безхлібних та незарібних людей тут, в Бориславі, за час безроботиці? Ні, нікуди нема виходу! Нівідки не сходить зоря рятунку! — І Бенедьо, доходячи до таких безнадійних виводів, стискав п'ястуки, притискав їх до чола і бігав улипями, мов несамовитий.

При всім тім він нетерпеливо ждав найближчих сходин побратимства, надіючися при тій способності дійти до якоїсь більшої ясності в тім, що треба робити в теперішній хвилі. Він часом в своїх проходах по Бориславі стрічався з одним або другим із побратимів і бачив, що всі вони якісь придавлені, мов прибиті до землі, що всіх гризе якась важка і неясна ожиданка, — і те додавало йому надії, що чей же й з-поміж них хто прийде на яку добру думку. Дома Бенедьо мовчав. Старий Матій надто занятий був своїм процесом, щовечір стиха шептав то з Андрусем, то з Стасюрою, то з другими якимись ріпниками. Далі всі вони забралися до Дрогобича і не вертали кілька день, і самота ще тяжчим каменем налягла на Бенедьову голову. Важка і незвична для нього праця думок кинула його мов у гарячку, висисала прудко його сили. Він похудів і побляд, тільки довгобразе його лице ще дужче протяглося, тільки очі, мов два розжарені углики, неспокійно, гарячкове палали глибоко в ямках. Але при всім тім він не покидав своїх думок, не тратив віри і прихильності до тих бідних людей, що безучасно, холодно і безнадійно з кождого закамарка позирали на неприязний світ і тихо, без опору, готовилися вмирати. Бачачи їх, Бенедьо нічого не міг думати, а тільки глибоко, всім серцем і всіми нервами своїми почував: треба їх рятувати! Але як рятувати? О те як, мов о остру неприступну скалу, ламалася його думка, розбивалися його духові і тілесні сили, але він не тратив надії, що тоту трудність мож буде побороти.

Одного вечора Бенедьо пізніше, ніж звичайно, вернув з роботи додому і застав під хатою Сеня Басараба, Андрусевого брата. З звичайним виразом ненарушимого спокою на червонім, трохи обрезклім лиці сидів він на призьбі під вікном і пикав люльку. Привіталися.

— А що, нема Матія?

— Нема. А Андрусь?

— Також ще не прийшов. Ані Стасюра.

— Видно, щось неабияке розпочали там, у Дрогобичі.

— Будем видіти, — бовкнув Сень і замовк. — Ти чув, що сталося? — спитав він по хвилі, входячи з Бенедьом до хати.

— Ні, або що такого?

— Причта.

— Яка?

— Ба, яка! Не стало одного жидка. Знаєш, того, що то на него так наш Прийдеволя жалувався, того касієра, — тямиш?..

— Тямлю, тямлю! Та що з ним сталося?

— А що ж би таке! Від кількох день десь подівся, а нині видобули го з ями. Вже й комісія приїхала, — будуть бідне тіло краяти, нібито воно скаже, яким світом до ями дісталося, ще й за ребро на паль зачепилося!

Бенедя мороз пройшов за сим оповіданням.

— Якраз так, як з Матієвим приятелем, Іваном Півтораком! — прошептав він.

— Еге, якраз, та й не якраз, — відказав Сень. — Тамтого жид трутив, а сего...

Не доказав, але Бенедьо не допитувався далі — він ясно розумів Сеневі слова.

— Ну, і що ж? — спитав він по хвилі важкої мовчанки.

— Як то що? Носив вовк, понесли й вовка. А кінці в воді.

— А що люди на то?

— Які люди? Комісія? Комісія наїсть, нап'є, тіло покрає, пошкаматує та й поїде собі.

— Ні, я не про комісію, а так, ріпники що кажуть?

— Ріпники? А що ж мають казати? Постояли, подивилися на небіжчика, головами похитали, дехто стиха шепнув: «Злодій був небіжчик, бог би го побив!» — та й далі до роботи.

— Значиться, діло страчене, і праці шкода! — процідив крізь зуби Бенедьо.

— Як? Страчене? Шкода? — зачудуваний, допитував Сень.

— Другим від того не легше буде.

— Але одним злодіякою менше на світі.

— Ну, не бійся, на єго місце завтра вже новий настане.

— Але буде бодай боятися.

— Овва, не знати чого! Як не відкриють, хто се зробив, то оголосять, що припадком поховзся абощо. А відкриють, ну, то возьмуть чоловіка і запакують, і кого буде злодій боятися?

Сень аачудуваний слухав тої бесіди. Він надіявся, що Бенедьо буде тішитися, а натомість стрітив закиди.

— Ба, то чого ж би ти жадав?

— Я би хотів, щоби як що робиться, а ще й такий великий гріх на душу берося, то щоби вже робота була до чогось пригідна, щоби принесла якийсь хосен не для одного, а для всіх. А інакше, то я не знаю, пощо й зачинати.

— Еге-ге! — покрутив головою Сень, попрощався і пішов. Ще тяжчі думи насіли на Бенедя по виході побратима. «Що ж, — думалось йому, — може, воно й так… може, й ліпше, що одним лихим чоловіком менше на світі?.. Але чи від того ліпше добрим людям? Зовсім ні! Чи від того легше стане хоть би тим самим ріпникам, що тішаться його загибеллю? І то ні. Прийде другий касієр на єго місце і буде так само або й ще дужче кривдити їх. От якби так за одним разом та всіх злих людей не стало… Але ні, се де-де-де!.. Що й думати о тім! Радше о тім думати, що у нас перед носом, що ми можемо зробити!»

Побратимство ріпників, до котрого так несподівано зістав прийнятий Бенедьо зараз на вступі в бориславське життя, живо заняло відразу його мислі і надавало їм певний, хоть зразу не дуже ясно витичений напрям. Вже в першій сходині, коли так глибоко поразили його уяву оповідання ріпників і їх домагання виступити вже раз з якимось видним ділом, — тоді вже в мислі його промелькнув образ такого побратимства, великого і сильного, котре би могло злучити докупи дрібні сили робітників, могло би здвигнутися тою сполученою силою і охоронити кождого кривдженого і страждущого робітника далеко ліпше, ніж се може зробити одинокий чоловік. Серед ненастанної праці думок, підсичуваної щораз новими, страшними, поганими та хапаючими за серце подіями, образ такого побратимства чимраз більше вияснювався і зміцнювався в Бенедьовій голові. Йому здавалося, що тільки таким сполученням своїх власних сил до спільної помочі і оборони робітники зможуть на тепер добитися бодай якоїтакої пільги для себе. І він постановив собі будьщо-будь виступити з своєю гадкою на найближчім зібранні побратимів і впертися цілою силою, щоби побратимство Андруся Басараба спровадити з небезпечної стежки — ненависті і пімсти, котра на тепер, при їх малосильності, могла тільки кождому пошкодити, а не могла нікому помогти, — а повернути увагу і силу побратимства на таку ширшу і спокійнішу, та, як бачилось Бенедьові, разом з тим і кориснішу роботу.

Схід побратимів назначений був на неділю вечір. В полуднє тої неділі повернули з Дрогобича Матій, Андрусь, Стасюра і ще деякі ріпники. Матій був дуже веселий, говіркий і щирий, але коли Бенедьо питався його, що чувати і що робили так довго в Дрогобичі, — він тільки поцмоктував і відповідав:

— Усе добре, небоже, все добре!

Ще не стемнілося гаразд, і Матій іно що засвітив на припічку каганець, наповнений земним воском, коли до хати ввійшли гурмою побратими. Попереду всіх вшмигнувся, мов ящірка, Деркач, мовчки звітався з Матієм і Бенедьом і почав по-свому нипати з кута до кута, засукувати руки та зиркати на всі боки. Далі повходили другі: брати Басараби, понурі і мовчазливі, як звичайно; Стасюра дуже щиро стиснув Бенедя за руку, всі прочі також обходилися з ним, як з рівним, як зі «своїм чоловіком». На самім послідку ввійшов Прийдеволя Його молоде лице було якесь бліде і мов зіссане, косим поглядом він позирав довкола і все мимоволі держався в темнім куті близ порога. В цілім товаристві якось менше було руху, менше гамору, ніж звичайно. Всіх немов щось давило, хоть ніхто й не признавався до того. Всі чули, що, хоча чи нехотя, вони наближаються до якоїсь важної події, в котрій прийдеться їм виступити одверто і сильно. Недавній случай з убійством жидка-касіера був — усі почували се — передвісником нового звороту в діях Борислава. Але який се мав бути зворот, що за нові події наближалися і як їм стати супроти них — сього наші побратими не знали, хоть кождий надіявся, що чей же на спільній нараді подекуди все те проясниться. Не диво, отже, що нинішні сходини зачалися понурою, важкою, ожидаючою мовчанкою, що побратими зійшлися всі в повнім числі і ще навіть перед звичайним часом: кождий знав, що супроти чимраз тяжчого життя в Бориславі, супроти день у день більшіючої нужди та напливу незанятих, шукаючих праці рук мусить щось зробитися, — але що і якими силами, сього ніхто не вмів собі сам виясити, і сього іменно виясення кождий ждав від спільної ради.

Один тільки Андрусь Басараб немов не почував нічого надзвичайного. Він засів на своїм місці коло стола під вікном і окинув оком товариство.

— Ну, всі зібрані, — сказав він, — можемо зачати своє діло. Ану, Деркачу, за палицями!

Деркач, послушний і звинний, уже протискався крізь стоячих насеред хати побратимів, коли втім старий Стасюра встав і просив о голос.

— Ну, що там такого, — сказав неохітно Андрусь, — говори, побратиме Стасюро, хоть, я думаю, все-таки ліпше би, щоби у Деркача палички тоті були під руками. Не завадить закарбувати, скоро що пікавійшого.

— Ні, — сказав твердим голосом Стасюра, — я не буду нічого такого говорив, що би здалося до карбування.

— Ну, а що ж такого? — спитав Андрусь і знов зирнув по всіх побратимах. Він побачив, що ті сиділи або стояли з похнюпленими лицями і не дивилися на Стасюру, а тільки немов готовились слухати його бесіди. Андрусь покмітив, що вони змовилися.

— Тото, побратиме Андрусю, — говорив сміливо старий ріпник, — що пора би нам найти собі яку іншу, ліпшу роботу, аніж тото карбування. Що ж то ми діти, чи що? У побратима Деркача цілі в'язанки покарбованих палиць, а який з них хосен? Кому що тото карбування помогло?

Андрусь зачудуваними очима дивився на старого. Справді, в такий спосіб ніхто ще тут не говорив, і йому самому в голові повернулося питання:

«Та й справді, до чого здалося карбування?» Але позаяк на таке питання він зразу не находив достаточно відповіді, то й рішився стояти далі на своїм, щоби викликати ближчі об'яснення.

— Кому помогло? — сказав він звільна. — Ну, але чи для якої помочі ми се робимо? Чи ти забув, що ми се робимо для пімсти?

— Для пімсти, так, так! Але як же ти тими палицями будеш мститися? Як мститися, то я гадаю, що треба іншого способу, а не тратити дармо час на дитинячій забавці. Як мститися, то треба сили, а з тих палиць тобі, певно, сили не прирості.

— Так, — відповів Андрусь, — але ж ми хотіли, як прийде пора, зробити суд правдивий над своїми кривдниками, щоби мати чисту совість.

— Пуста наша робота, — сказав на те Стасюра. — Чисту совість ми й тепер можемо мати, бо кождий чує аж надто добре, кілько, і що, і як терпить. А що ми пімститися, щоби зарадити лиху, треба, крім чистої совісті, ще й сили, а у нас що за сила?

— Га, а відки ж нам сили взяти? — спитав Анарусь.

— Треба припускати більше людей до свого побратимства, треба громадити всіх докупи, вказати всім одну ціль, — відізвався Бенедьо.

Всі зирнули на нього якось недовірливо і боязко, тільки один Стасюра притакнув радісно:

— І я так кажу, і я так кажу!

— Але ж бійтеся бога, побратими, чи ви подумали, що з того вийде? Перший-ліпший заволока видасть нас, прискаржить в місті, і нас усіх пов'яжуть і засадять до Самбора, як розбійників! — сказав Андрусь.

Морозом перейняли ті слова побратимів, і всі вони неспокійно і цікаво позирнули на Бенедя, мов ожидаючи, що він на те скаже.

— Може, то й правда, — сказав Бенедьо, — але як правда, то що се значить? Значить, що з такими цілями, з якими ви досі носилися, не мож показуватися межи людей. Що, хотячи згромадити їх докупи, треба їм показати не саму пімсту, бо пімстою ніхто ситий не буде, але треба їм показати якусь користь, якусь поміч, якесь поліпшення!

— Еге-ге, все він свою поміч тиче! — відізвався від дверей грубий голос Сеня Басараба за той час, коли Бенедьові з великого зрушення не стало духу в грудях і він замовк на хвилю. Він чув, що кров його зачала розгріватися, що мислі, котрі досі так уперто йому не давалися, тепер мов чудом якимось пліїлії і розвивалися в його голові. Слова Сеня Басараба, напівгнівні, напівзгірдні, були для нього тим, чим острога для біжучого коня.

— Так, я все про поміч говорю і не перестану говорити, бо мені здаєся, що тільки ми самі можемо собі помочи, а більше ніхто нас не поратує. Адже ж ані нашим жидам, ані панам не йде о то, щоби робітникові ліпше жилося. Вони ще якби могли, то би погіршили его жите, бо їм аж тоді добре, як робітник до послідннього доведений, не має чого хопитися і мусить здатися на їх ласку й неласку. Тоді вони присилують його до всякої роботи і заплатять, що самі схочуть, бо для него, голодного та голого, нема вибору! Ні, тільки ми самі мусимо помагати собі, як не хочемо довіку от так пропадати. А мститися — вважайте самі, до чого то доведе. Від ніякої пімсти нам ліпше не буде, хіба би-сьмо схотіли яку війну в цілім краю зробити абощо! А так: покараєте сего або того кровопійцю, на его місце другий уже давно наострився. Та й навіть пострахи не буде на них, бо прецінь будете все мусили робити потаємно, то й ніхто не буде знати, хто се і за що зробив. А як дізнаються, ну, то ще гірше, бо беруть чоловіка і кинуть, і гний! Я гадаю, що треба нам добре застановитися і шукати іншого виходу.

Знов замовк Бенедьо, мовчали і всі побратими. Бенедьові слова невдержимою силою втискалися до їх переконань, але, на нещастя, вони валили то, що там досі стояло: надію на пімсту, але натомість не ставили нічого нового. Один тільки Сень Басараб, сидячи на порозі з люлькою в зубах, похитував недовірливо головою, але не говорив уже нічого. Сам Андрусь, хоч, очевидно, весь той новий оборот в думках деяких побратимів був, бачилося, для нього дуже неприємний і непожаданий, — а й він склонив свої потужні плечі і опустив голову: Бенедьові слова заставили і його задуматися.

— Добре би то було, то певно, — сказав він вкінці, — але як се зробити, як помагати собі самим, коли у нас. сили нема й натілько, аби кождий сам собі поміг.

— Отож-то й е, що у одинокого нема сили, а як їх збереся багато, то й сила буде. Ти один сотнарового каменя не підоймеш, а кілька нас підоймо го як ніч. Велика річ для ріпника при якім-такім заробку дати на тиждень шістку складки, а най збереся сто таких, то вже маємо десять ринських тижнево і можемо бодай в наглій потребі запомочи кількох нещасливих! Чи правду я кажу, побратими?

— Гм, та воно-то правда, розумівся, так, так! — почулося з різних боків, лиш там, в куті, коло дварей, понуро мовчав Прийдеволя і невдоволено воркотів Сень Басараб.

— Добре йому, міському чоловікові, говорити о складках! Ану, трібуйте, чи на весь Борислав найдете десять таких, що вам схотять давати ті складки!

— Ну, — відказав на те живо Бенедьо, — се вже ти. побратиме, так собі, на вітер говориш. Ось нас ту в дванадцять, і я думаю, що кождий з нас радо до того пристане.

— Пристанемо, пристанемо! — загули деякі побратими.

— Тільки треба добре над тим обрадитися, на що складався ті гроші і що з ними робити! — сказав з повагом Андрусь.

— Ну, розумівся, так-таки зараз і обрадьмо! — підхопив Стасюра.

— Ба ні, — сказав Бенедьо, — поперед усего треба знати, чи взагалі маємо складати складки, чи ні. Ту, бачу, деякі побратими не раді тому, хотіли би, щоби все осталося так, як досі...

— Ти-бо також крутиш, — перервав його мову напівгнівний Матій, котрий досі мовчки сидів коло Андруся, зразу немов думаючи о якихось посторонніх речах, але чим далі, тим цікавіше і уважніше прислухувався до всього, що говорилося в хаті, — ти не питай, чи то кому приємно, чи неприємно слухати. Знаєш щось доброго, і розумного, і для всіх хосенного — то виїжджай з тим на пляц, говори просто з моста. Як побачимо, що твоя рада ліпша від других, то приймемо, а як твоя буде гірша, то аж тоді можеш нас перепрашати, що дурницями час нам забираєш!

По такій досадній заохоті Бенедьо зачав говорити «просто з моста».

— Бо то, — зачав він, — знаєте, як маємо піти на складки для своєї помочі, то вже треба зовсім усе змінити, не так, як досі було. Карбування всяке набік, головництво набік (при тих словах Бенедьові здалося, що гарячково палаючі очі Прпйдеволі з темного кута зирнули на нього і пропалюють йому лице своїм їдким, палким поглядом, і він сполонівся і похилив лице додолу), — зовсім інакше треба говорити до людей. Не пімсту їм показувати, а ратунок. Розумієся, кривди і злодійства не закривати, але наводити людей на то, щоби в'язалися докупи, бо против богачів та силачів один одинокий робітник не встоїть, а всі як зберуться докупи, то, певно, борше зможуть устояти.

— Зможуть устояти? — відозвався знов невірний Сень. — Рад би я знати, як зможуть устояти? Чи всилують жидів, щоби більше за роботу платили, чи що?

— А що ж, не могли би всилувати? — підхопив живо Бенедьо. — Ану, якби так усі змовилися і сказали: не підемо робити, поки нам плата висша не буде? Що би тоді жиди зробили?

— А! А й справді! От гадка добра! — скрикнули побратими в один голос. Навіть Андрусеве лице трохи роз'яснилося.

— А що би зробили, — відповів Сень, — напровадили би з усіх світів нових робітників, а нас би нагнали.

— А якби ми стали лавою, і не пустили тих нових, і просили їх, щоби заждали хоть доти, доки наша справа не виграє? Мож би в такім разі повисипати своїх людей і по околичних селах, щоби там оголосили: до такого а такого часу не йдіть ніхто до Борислава, поки наша війна не скінчиться!

— Гурра! — закричали побратими. — То ми рада! Війна, війна з жидами і здирцями!

— Ну, і я гадаю, що така війна ліпша, ніж усяка друга, — говорив далі Бенедьо, — раз тому, що то війна супокійна, безкровна, а по-друге, й тому, що можемо підняти її зовсім одверто і сміло, і ніхто нам за ню нічого не може зробити. Кождий, скоро що до того, може сказати: не йду на роботу, бо замало платять. Заплатять тільки й тільки, то піду, та й годі.

Радість побратимів була дуже велика, коли почули тоту раду, а й сам Бенедьо тішився не менше від других, бо тота рада прийшла йому до голови зовсім несподівано, в жарі суперечки з Сенем Басарабом.

— Ба, добре ти кажеш: війна, перестати робити! Але хоть би й усі пристали на тото, то скажи ти мені. будь ласкав, з чого вони будуть жити за той час безроботиці? Адже тяжко й погадати, щоби богачі зараз першого дня та пом'якли і згодилися добровільно давати нам більшу плату. Може, прийдеся сидіти без роботи й тиждень або й ще довше, ну, то з чого тоді виживити тільки народа?

Закид був справді важкий, і лиця робітників знов посумніли, їх свіжорозбуджена надія на таку новітню війну і побіду над багачами була ще дуже слаба і непевна і зараз за першим закидом почала бліднути.

— Отже ж то на те треба зробити складки, щоби забезпечитися на таку пригоду. Аж якби з тих складок набралася вже сума порядна, така, щоби вистачила, возьмім, на тиждень або на дві неділі, то тоді мож робити змову. Розумівся, тих, котрі би не хотіли належати до змови і йшли відтак на роботу, тих зараз, чи по волі, чи по неволі, за карк та й фуч з Борислава, най не псують нам діла. Так само під час безроботиці могли би наші-таки люди найматися де на іншу роботу — до лісу, до теселькі, або де, тільки щоби не до нафтових робіт. Таким способом ми швидко зламали би тоту жидівську пиху і добилися певно ліпшої плати.

— Добре говорить! Так треба робити! Добра рада! — відзивалися ріпники. Почався живий гамір в хаті, всі нахвалялися, що прикрутять жидів-дерунів нога попри ногу, кождий давав свої ради і не слухав чужих, кождий доповнював і лицював Бенедьову думку, прикроюючи її до своєї вподоби. Один тільки Сень Басараб сидів мовчки на своїм місці і з жалем дивився на тоту рухливу громаду.

— Що з ними зробиш, — воркотів він, — коли вони готові бігчи за кождим, хто їм два-три красні слова покаже! Ну, про мене, най біжать за тим медівником, будемо видіти, як їм посмакує. Але я своєї стежки не покину! А ти, побратиме? — обернувся він до Прийдеволі, що все ще стояв в темнім куті і непевно позирав то на Бенедя, то на гамірливих, оживлених ріпників.

Він стрепенувся, коли Сень заговорив до нього, а відтак швидко сказав:

— І я, і я з вами!

— З котрими вами? — спитав гризько Сень, — Бо ту ми тепер, як бачиш, двоякі. Чи з ними-от, чи зо мною і братом?

— Так, з тобою і братом! Ти чув, що сей про головництво говорив? Мов розпеченим ножем мене в серце шпигнув.

— Е, але ти знов так дуже тим не турбуйся! — уговорював його Сень тихим голосом. — Що ж такого великого сталося? Адже той собака певно заслужив на те. Ти забув про свою...?

— Ні, ні, ні, не забув! — перервав Прийдеволя. — Певно, певно, що заслужив! Сто раз заслужив!..

— Ну, так чого ж ту гризтися? Хіба суду боїшся? Не бійся, комісія поїхала в тій добрій вірі, що він сам упав до ями; ще жида на кару засудять, чому яіïу не заткав!

— Ні, ні, ні, — знов якось гарячково-болісно перехопив Прийдеволя, — не боюся комісії! Що комісія? Мені здася навіть, що якби комісія... теє... впкрша, то мені би лекше було!

— Тьфу, най бог боронить, ти що таке торочиш?

— Послухай лишень, Сеню, — шептав Прийдеволя, нахилившися до нього і судорожно стискаючіï своєю крепкою рукою його плече, — мені здася, що той... жидок, знаєш... той, що в ямі погиб, що він не був винен, що то котрийсь другий усе зробив, абощо!

— Як? Як? От також щось! Хіба ж він не був при тім?

— Так, так, був і сміявся навіть, але чи вже за тото смерть, що сміявся? А може, він не робив нічого, а тільки тамтоті?

— Але відки тобі такі думки до голови приходять, хлопче? — запитався зачудуваний Сень. — Впав батько згори, дідько го бери! Погиб той, ну і добре!

— Але як він не винен? Знаєш, як я здибав його, і вхопив у руки, і він почув, до чого се воно йде, то так спищав: «Даруй життя, даруй!» А як я в тій же хвили пхнув його... знаєш... то він тільки зойкнув: «Не винен, не винен!» Відтак задудніло, затріщало, — я полетів геть. Але той голос єго все за мною, все в мені, так і чую його! Господи боже, що я зробив! Що я зробив!

Бідний парубок заламував руки. Сень дарма старався потішити його. Йому все здавалося, що вкинений в яму касієр був не винний.

— Ну, як той був не винний, то ти поправся, — сказав вкінці роззлоблений Сень, — і пішли й винних тою самою дорогою! Най не винний дармо не покутує!

Ті слова були мов удар обуха для Прийдеволі. Оглушений ними, він похилив голову і знов затисся в свій кут, не говорячи й слова.

А між тим побратими кінчили нараду.

— Головна річ тепер, — говорив Бенедьо, — вербувати людей до нашої кумпанії. Хто з ким на роботі стоїть, або в шинку здибляся, або на вулиці розбалакаєся, зараз і нав'язувати о тім! Все розказувати: яка плата нужденна і який ратунок можливий. І складки збирати. Я гадаю, щоби кождий збирав між своїми знакомими, а назбиране щовечора віддавав головному касієрові, котрого ту нині треба вибрати.

— Добре, добре, треба вибрати касієра! — гукали всі. — Ану, кого би ту на касієра?

Радили то сього, то того, вкінці стало на тім, що нема ліпшого касієра, як Сень Басараб.

— Що, — сказав неприязно Сень, почувши се, — я мав би бути вашим касієром? Ніколи! Я віднині й зовсім не хочу належати до вас! Ані я, ані мій брат.

— Не хочеш належати? А то чому? — скрикнули всі.

— Бо ви зступаєте з тої дороги, на котру раз стали при здоровій застанові. Я своєї дороги не попущуся!

— Але хто ж яку дорогу зміняє? — сказав Андрусь. — Ту зовсім нічого не зміняєся!

— Що? І ти з ними? — відповів понуро Сень.

— Такі з ними!

— А присягу забув?

— Ні, не забув.

— А ногами топчеш, хоч і не забув.

— Не топчу! Послухай лишень і не фурячся! І Андрусь приступив до нього і почав щось стиха говорити йому до вуха, що зразу, бачилося, не припадало йому до смаку. Але чим далі, тим більше випогоджувалося Сеневе лице, і вкінці майже радісно скрикнув він:

— А, коли так, то добре! А я, дурний, і не догадався! Здорові, побратими, буду вашим касієром і надіюсь, що не пожалуєтеся на мене!

— А тепер ще одно, — сказав сильним, радісним голосом Бенедьо, котрий нині раптом з звичайного побратима став немов головою і провідником усіх. — Побратими-товариші! Ви знаєте, я простий робітник, як усі ви, виріс в біді і нужді, — бідний мулярський помічник, і більше нічого. Несподівано й непрошено впала на мене жидівська ласка, і мене Гаммершляг поставив майстром, а далі й будовничим коло нової нафтарні. Дякувати му не маю за що, бо я го не просив о ласку, а тільки йому ж з того користь, що не потребує окремо будовничого платити. А мені дає по три ринські денно, — як на мене, бідного робітника, то се сума дуже велика. У мене в Дрогобичі бідна стара мати, — їй мушу післати щотижня часточку з свого заробку, нехай два ринські, другі два ринські спотребую через тиждень для себе, — значиться, лишаєся за кождий тиждень ще штирнадцять ринських. Усе те я обіцяюсь давати до нашої каси!

— Гурра! — закричали побратими. — Най жиє побратим Бенедьо!

— Я також обіцяю по ринському на тиждень!

— Я по п'ять шісток!

— Я по п'ять шісток!

— Ось мої три шістки!

— Ось мої!

— Ось мої!

Бенедьова бесіда, а ще більше його приклад розбудили у всіх запал і охоту. Сень Басараб туй-таки зібрав на початок дещо грошей, а Прийдеволя, котрий знав крихітку письма і котрого Сень упросив собі за помічника, попризначував столярським оловцем на кусику бібули з тютюну, що хто дав.

Весело розійшлись побратими, радісні надії вирипали в їх головах з-поза темних теперішніх сумороків і пестили їх щирі серця, мов схід сонця рожевим блиском красить пусті, камянисті і сумовиті вершини Бескиду.

IX.

Восени, коли цвіти вже повідцвітали, спадь не паде і жниво пчоляче скінчилося, починається на якийсь час голосне, гамірливе життя в уліях. Пчоли, так як і хрещений народ, скінчивши свою нелегку роботу, люблять погуторити, зібратися купками перед очками та коло затворів, погомоніти та потріпати крильцями. Зразу зовсім ще не можна порозуміти, що воно таке і до чого йде. Ще в улію не сталося нічого нового. Ще кілька пильніших робітниць уперто вилітають щодень на поле, щоби по цілоденнім шуканні вернути вечором домів з невеличким здобутком на лапках. Ще ситі трути гордо побренькують собі, проходжуючися поміж наповнені медові комори та виходячи що день божий в полудне на верх улія погрітися на сонечку, подихати свіжим воздухом, розправити і розмахати неробучі крилечка. Ще бачиться цілковитий супокій, примірна згода в улію. А між тим уже в улію іншим духом повіяло. Пчоли-робітниці якось таємничо шепочуть поміж собою, якось підозренно похитують головками, якось зловіщо стрижуть своїми щипчиками та пручають своїми лапками. Хто його знає, до чого се все і що таке готовиться в пчолячім царстві? Труги, певно, того не знають і по-давньому, ситенько наївшися, гордо побренькують собі, проходжуючися поміж наповнені медові комори та виходячи що день божий в полудне на верх улія погрітися на сонечку, подихати свіжим воздухом, розправити і розмахати неробучі крилечка...

От таке саме почало діятися і в Бориславі в кілька день по

описаній вище нараді. Хто його знає, відки й як, досить того, що новим духом повіяло в Бориславі. І коли звичайно нова хвиля свіжого воздуху найперше і найсильніше замітна в горішніх верствах, то тут сталося зовсім противно. Спідні густі і сірі верстви перші почули новий повів, перші стрепенулися від нього. І хто його знає, відки й як воно почалося! Ні з сього ні з того при корбах, при млинках, при магазинах воскових, по шинках при горілці — усюди почалися між ріпниками розмови о тім, як то всім тяжко жити, яка тяжка робота в Бориславі і як жиди без суду, без права, по своїй волі уривають чимраз більше з платні, кривдять, і туманять, і поштуркують, і ще й висміюють обдурених робітників. І ніхто не був би міг сказати, від кого почалися ті бесіди, бо у кождого всі ті важкі історії здавна глибоко закарбовані були на власній шкірі і стверджені власним досвідом. Раз почавшися, розмови ті вже не втихали, а ширилися чимраз далі, ставали чимраз дужчі і голосніші. Всі люди немовби аж нині побачили своє сумне, безвихідне положення, не хотіли и говорити о нічим другім, і кожда їх розмова кінчилася болючим, важким питанням: «Господи, чи вже ж так нам вічно мучитися? Невже ж нема для нас виходу? Невже ж не можна тому ліху порадити?» Але поради не було нівідки. А розмови, проте, не втихали, противно — ставали чимраз голосніші і різчі. Люди, котрі зразу говорили о свій біді рівнодушно, мов о неминучім засуді божім, дри ближчій розвазі і по довших розмовах з знакомими, щирими приятелями та старшими ріпниками або взагалі бувалими людьми, почали переконуватися, що так воно не є, що лиху можна би помогти, але, не видячи і не знаючи, як би можна помогти, почали нетерпитися, ставали роздразнені, ходили і говорили, мов в гарячці, хапали пильно кожде слово, котре могло їм прояснити їх безпросвітне положення. Аж до найдальших хаток, до найтемніших закамарків доходили ті розмови, розбігалися на всі боки, мов огонь по сухій соломі. Малі хлоп'ята-лип'ярі, дівчата та молодиці, що в кошарах вибирали віск з глини, — і ті заговорили о бідності свого положення, о тім, що конче треба їм деяк радитися з собою і шукати для себе рятунку.

— І ти тої самої співаєш? — говорили не раз старші ріпники, всміхаючися та слухаючи нарікання молодих хлопаків.

— От так, нібито нам не така сама біда, як і вам? — відповідали молоді. — Та-бо нам ще гірше, ніж вам! Вас і не так борзо відправлять від роботи, вам і не так живо з платні урвуть, а хоть і вривають, то все-таки вам більша плата, ніж нам. А їсти ми потребуємо так само, як і ви!

— Але хто ж вас навів на такий розум, що треба собі який ратунок давати?

— А хто нас мав наводити? Нібито чоловік і сам не знає, що як пече, то треба прикладати зимного? Та й ще якби-то не так дуже пекло! А то видите, дома голод, не зародило нічого, тато й мама там десь пухнуть та мруть з голоду, гадали чей хоть ми ту дещо заробимо, що самі прожиємо і їм хоть щото поможемо, а ту от що! І на тілько не можемо заробити, щоби самим прожити в тій проклятій ямі! Народу натислося, за роботу тяжко плата мала і чимраз ще меншає, а ту ще злодіїжиди хліба не довозять, дорожню от яку зробили: до хлібця докупитися тяжко!

Ну, кажіть самі, чи можна так жити? Радше вже або зовсім відразу згинути, або деяк поратуватися!

В таких словах велися звичайно розмови між ріпниками, і такі підносилися жалоби з усіх боків. Слова такі мусили трафляти до переконання кождому, хто мав і на своїх плечах двигати чималий тягар власної своєї нужди. Особиста кривда, особиста нужда і грижа кождого робітника переказувалася другим, ставалася часткою загальної кривди і нужди, доливалася, мов краплина до бочки, до суми загальних жалоб. І все те, з одного боку, давило і путало людей, непривичних до важкої праці мислення, але, з другого боку, дразнило і лютило їх, розрушувало нерухливих та рівнодушних, розбуджувало ожидания і надії, а чим вище настроєні були ожидания і надії, тим більше уваги звертали люди на своє положення, на кожду, хоть і як маловажну, подію, тим більше ставали вразливі на кожду нову несправедливість і кривду. Сварки між робітниками а жидами-надзірцями ставали тепер чимраз частіші. Жиди ті привикли були віддавна вважати робітника за худобину, за річ, котру можна втурити, де хочеться, копнути ногою, викинути, коли не сподобається, супроти котрої смішно навіть говорити о якімсь людськім обходженні. А й робітники самі, звичайно вибірки з найбідніших, відмаленьку прибитих та в нужді заниділих людей із околичних сіл, зносили терпеливо тоту наругу, до якої призвичаювало їх тяжкими товчками від дитинства їх убоге життя. Правда, часом лучалися і між ними дивним способом уцілівші, міцні, неполамані натури, як от братії Басараби, але їх було мало, і бориславські жиди дуже їх не любили за їх непокірливість і острий язик. Але тепер нараз почало все змінюватися. Найсмирніші робітники, хлопці й дівчата, котрих досі можна було без найменшої унімності кривдити і ганьбити, — і ті, замість давніх жалібних мін, просьб і сліз, ставилися тепер до жидів остро та грізно. А що найдивніше, то те, що в кошарах, де попереду кождий терпів, робив і журився сам про себе, якимось чудом вродилася дружність і співучастя всіх за одним, одного за всіми. Ненастанна, жива обміна думок, почуття власної недолі, зміцнене і піднесене почуттям недолі других, вародило тоту дружність. Скоро тільки жид причепився несправедливо до робітника, почав ні з сього ні з того лаяти та ганьбити його, — вся кошара обрушувалася на жида, притишувала його то лайкою, то насміхами, то погрозами. При тижневих виплатах почалися тепер чимраз бурливіші та грізніші крики. За одним покривдженим вступалося десять товаришів, до них не раз прилучувалося ще других десять з других кошар, і всі вони юрбою вваліювалися до канцелярії, обступали касієра, кричали, допоминалися повної виплати, грозили і, звичайно, ставили на своїм. Жиди зразу кидалися, кричали, грозили й собі ж, але, видячи, що ріпники не уступають і не пуджаються, але, противно, чимраз більше роз'ятрюються, уступали. Вони наразі ще не признавалися самі собі, що положення стало вже не те і може статися грізне, — вони ще, а особливо дрібні і великі властивці, походжали собі гордо по Бориславу, спишна позирали на робітників і радісно затирали собі руки, чуючи, що голод по селах змагається, видячи, що людей з кождим днем більше прибуває до Борислава. Ще вони й не подумували ні о чім, як тільки о своїх спекуляціях, ще й не снилося їм, що робітники можуть яким-небудь способом перебуркати їм їх плани і допімнутися серед тої погоні за золотом також і свого кусника. Ще вони спали спокійно і не чули чимраз голоснішого гомону внизу, не чули понурої духоти в воздусі, котра звичайно залягає перед бурею.

І скоїлася тота важна переміна серед бориславських робітників несподівано швидко. Аж самі наші знакомі побратими, котрі дали перший товчок до тої переміни, аж самі вони здивувалися, видячи, яким голосним відголосом лунають по Бориславу їх слова. Навіть самі недовірливі з-поміж них, котрі нерадо гляділи на переміну в цілях і роботі побратимства, навіть брати Басараби, видячи, як пильно хапають ріпники їх слова і як живо розвивають їх далі по-свому, почали щиріше приставати до нового руху. Вони виділи, що Бенедьо і Стасюра праду говорили, кажучи, що треба вийти з дотеперішнього тісно-кружкового побратимства і понести своє слово і свою думку між широку громаду, а тепер переконалися, що серед тої громади грунт добре приготований під засів такого слова і що слово тото через розширення в громаді не то що не стратить нічого, але, противно, набере великої сили. Впрочім, брати Басараби, а за ними й деякі другі завзятіші побратими, не ставали оконечно на тім, що радив Бенедьо, а думали так, що коли б не вдалася Бенедьова рада (а в її удачу вони й тепер ще мало вірили), то тоді можна буде повернути цілу величезну силу збентеженої робітницької громади на інше діло — на те діло, для котрого вони в першім початку зав'язали своє побратимство. Тому-то вони по довшій розвазі не тільки не банували на Бенедя за те, що своїми радами відвів побратимство від його первісного напряму і попровадив його за собою по іншій стежці, — а противно, вони були йому вдячні за те, що, мимо своєї відомості, він прийнявся єднати для їх цілей більшу силу і прийняв на себе провідництво туди, куди вони досі не осмілювалися ступити. Вони, прото, взялися щиро працювати для Бенедьових думок, знаючи, що коли б удалося ті думки вповні перевести, то по дорозі зробилось би й те, чого вони бажали; а коли не вдасться Бенедьова думка, то сповнення їх первісної цілі буде тоді ще певніше. Значиться, сяк чи так, а Бенедьо, працюючи для всіх робітників, працював і для них.

Зато яке життя, який рух пішов тепер у невеличкій хаті край Борислава, де жили Матій і Бенедьо. Щодень вечорами приходили побратими, по два, по три, розповідали, як іде діло, як приймають ріпники їх слова, як домагаються ради, як виступають проти жидів. Наради тривали не раз досить довго, і перед очима наших знакомих чимраз ясніше виднілася дорога, котрою далі треба ступати. Ще в самім початку, коли наші побратими рішили вербувати до свого побратимства широку громаду бориславських ріпників, вони цілі два вечори нараджувалися над тим, як се почати, щоби й найлегше доказати свого, і не звернути передчасно на себе увагу. Тоді ще в живій пам'яті були переслідування і арештування поляків — учасників повстання 1863 р. , і деякі побратими виразили свій страх, щоби в разі викриття поліція не насіла на них і не обвинила їх о який бунт, — а в такім разі і вся робота пропала би за ні за що. Вкінці Бенедьо порадив так: в першім початку піддавати робітникам свої думки немов збоку, случайно, повільно, а уперто, в кождій розмові, будити у всіх почуття свого бідного, нужденного положення і заразом показувати всім в дальшій далечині можність поправи. Таким способом, — говорив Бенедьо, — між людьми прокинеться неспокій, роздразнення, бажання поправи, — одним словом, витвориться серед маси ріпників напруження, котре, зручно піддержане і побільшуване, дасться у відповідній хвилі повернути раптом і з великою силою в діло. Тота рада дуже вподобалася всім побратимам, і вони прирекли за нею поступати. Не пройшло й двох неділь, а ціль тота була майже вповні осягнена. Робітники по роботі юрбами ходили по Бориславі, гомонячи та нараджуючись; шинки пустіли чимраз більше, а роздразненя і несупокій між народом чим далі змагалися, і нетерпеливі побратими чимраз голосніше домагалися, щоб уже раз виступити їм одверто і взяти на себе провідництво в широкім робітницькім русі. Але Бенедьо, а за ним і брати Басараби стояли на тім, що треба ще трохи підождати, поки вище і бурливіше не битимуть хвилі робітницького роздразнення.

А хвилі ті, двигані правдивою нуждою і притиском, піддувані зручно пекучо-правдивими словами побратимів, били чимраз вище і бурливіше. Простий чоловік — ворог усякого довгого думкування та міркування. Правда, власним розумом не швидко він доходить до ясної оконечної думки, томиться довго засівшою йому в голову гадкою, — але коли вона усядеться і прояснеться у нього, зложиться в оконечний, твердий і ясний образ, — тоді вже йому не до забавки, не до міркування, тоді він усею силою свойого єства преться зробити думку свою ділом, тоді конечна боротьба між ним а противниками його мислі. От так само було й тут. Бачилось би, і невелика річ чоловікові, терплячому щоденну нужду та кривду, прийти до почуття тої нужди і кривди, — а прецінь як пізно прийшли до того почуття бориславські робітники! І бачилось би, що такого великого в тім почутті, самім безвідраднім та сумнім! А між тим якого несупокою наробило, яку бурю підняло воно в головах усіх робітників! І швидко з безвідрадного та сумного чуття виродилося грізне завзяття, мимовільна дружність і непокірливість своїм кривдникам. Від слів почало доходити до діл. От одного дня пронеслася по Бориславі вість, що там а там робітники потурбували в якімось завулку касієра, котрий замість звичайних двох центів положив собі був брати у робітників по чотири центи «касієрного» від одної шахти, то єсть від одного 12-годинного робучого дня. Тота вість була немов знаком, за котрим швидко по собі слідувало більше подібних случаїв. За кождою вісткою о подібнім случаї росло завзяття і відвага ріпників. Вони вже прямо в очі всяким касієрам, надзірцям та контролерам почали нахвалятися, що не будуть довше терпіти над собою кривди. Страх почав падати на всякі п'явки людські. А коли одного дня пронеслася по Бориславі чутка, що коли один надзірець несправедливо зарахував якусь високу кару ріпникові, а касієр при виплаті хотів йому потрутити тоту кару з платні, то ріпники підняли при касі великий крик і гамір, почали жадати перед себе надзірця, щоби витолкувався, за що се таку кару наложив на їх товариша. Надзірець сховався десь, касієр жартом, щоби їх позбутися, сказав їм: «Ідіть і шукайте його, а як знайдете, то приведіть його сюди за вухо!» Ріпники з оглушаючим криком кинулися на всі боки і по хвилі найшли надзірця, почали з ним шарпатися і таки силою, справді за вуха, притягли його до касієра, розуміється, привели потовченого, подряпаного і з понадриваними вухами. І хоть кількох ріпників за те арештовано і заперто в громадськім арешті, то прецінь між ріпниками вість тота наробила великого голосу і шуму, а на жидів кинула чималий пострах. Ріпники того самого-таки вечора величезною юрбою, під проводом братів Басарабів, пішли до бориславського війта і випросили у нього на волю всіх арештованих, — і величезний сміх радості пішов поміж робітниками. Пісні і погрози загули по вулицях Борислава, увільнених спроваджували від шинку до шинку і поїли, і по тисячу разів допитували їх, як то вони провадили надзірця за вуха до каси.

Поки гула п'яна радість по вулицях Борислава, в убогій Матієвій хатині сиділи побратими і радилися, що діяти. Всі годилися на те, що тепер пора, що треба взятися до діла.

— Скликати збір! Скликати збір! — говорили всі.

І урадили, не видаючи свого побратимства, скликати збір усіх ріпників за Бориславом на толоці. В неділю по хвалі божій мали там усі зійтися на нараду.

Мов громова іскра, так пронеслося на другий день з уст до уст, від ями до ями, від кошари до кошари, від нафтарні до нафтарні не чуване досі слово:

— В неділю по хвалі божій! На толоку коло Борислава! Нарада! нарада! нарада!

Ніхто не знав, що се буде за нарада, над чим будуть радити, хто скликає? Та й ніхто й не питався о то. Але всі почували, що се буде велика хвиля, що від неї много буде залежати, — і всі покладали великі, хоч і неясні, ожидания на тоту хвилю. Нарада! Нарада! Нарада! Се слово, мов' чари які, прояснювало вив'ялі збідовані лиця, кріпило мозолисті руки, напростовувало здавна похилені плечі. «Нарада! Наша нарада!» — неслося то голосно, то шепотом по всіх закутках, і тисячі серць з нетерплячкою билися, дожидаючи неділі і наради.

З нетерплячкою ожидали її й наші побратими, а особливо Бенедьо і Андрусь Басараб.

X.

Буря збиралася над Бориславом — не з неба до землі, але з землі проти неба.

На широкім болонню, на бориславській і банській толоці, збиралися грізні хмари: се ріпники сходилися на велику робітницьку раду. Всі цікаві на нову, досі не чувану появу; всі повні надії і якогось таємного страху; всі згідні в роз'яренні і ненависті на своїх гнобителів. З гамором або шепотом, більшими або меншими купками, з горішнього і долішнього кінця або із середини Борислава плили-нвпливали вони. Чорні, зароплені кахтани, лейбики, сіряки та гуні, такі ж сорочки, переперезані то ременями, то шнурками, то лиюм, бліді, пожовклі та позеленілі лиця, пошарпані та зароплені шапки, капелюхи, жовнярські «гольцмини», бойківські повстяні крисані та підгірські солом'яники — все те густою, брудною, сірою хмарою вкривало толоку, товпилося, хвилювало, гомоніло, мов прибуваюча повінь.

— Що ту довго радити? — гомоніли в одній купі. — Ту рада одна: жиди світ зуймили, жиди нам жити не дають, жиди голод навели на нарід!

— Треба нам узятися докупи, не піддаватися жидам! — викрикували в другій купі.

— Добре вам казати: не піддаватися. А як голод притисне, зарібку

115

жид не дасть, тоді й ви опустите хвіст і піддастеся сухій вербі, ие то жидові.

Голод — велике слово. Мов грізна змора, стояв він у кождого за плечима, і на згадку про голод притихли голосні, смілі крики.

— До ями кождого, хто над нами збиткуєся! — гомоніли в другім кінці.

— Та що то з того, — угомонював старий Стасюра. — Раз, що хто верже другого до ями, той піде гнити до криміналу...

— Овва, ще хто знає, чи піде, — сказав сумовито Матій. — А от злодій Мортко верг мого Іванчика, ще й гроші його забрав, і донині ходить по світі та насміваєся з хрещених людей!

— Е, то жид, то жид! — закричали деякі. — Жидові все ввійде. А най би хрещений чоловік зробив щось подібного, — ну-ну!

— А по-друге, — говорив далі Стасюра, — сто збиткуєся над нами, а тисяча обдирає нас по праву, так що й не можна сказати, щоби збиткувався; і чемно, і ладно з вами: на тобі, що тобі належиться, — а прецінь при тім чув чоловік, що з него шкіру міхом друть. В тім наша біда!

— Правда, правда! — гомоніли ріпники.

— Та що то, — говорили другі, — на то вже, відай, нема ради.

— Як то нема ради, — сказав Стасюра, — на кожду слабість зілля є, треба тільки пошукати. А що ж, хіба ж би на наше горе не було ліку? Треба пошукати. На то нас нині, богу дякувати, зійшлася тілька громада, щоби о тім поговорити. Адже ж знаєте: громада — великий чоловік; де один своїм розумом нічого не вистачить, там громада все-таки борше ладу дійде.

— Дав би то бог, щоби ми нині до якого ладу дійшли, — говорили ріпники. — А час уже великий, біда до кості догризає!

Такі і подібні розмови велися по всіх кінцях і по всіх купках. Побратими розділилися і підготовували всюди народ до своїх думок, додавали їм віри в можність поліпшення і поправи їх нужденного життя, зміцнювали їх надію на громадський розум і громадську силу. А поки що все ще нові громади напливали і напливали. Сонечко стояло вже серед неба і пекло немилосердно, піднімаючи хмарою густу, вонючу замороку нафтову понад Бориславом. Понад синіючим високою стіною Ділом мерещали хвилі розігрітого воздуху. Від річки віяло лагодячим холодом.

— Ну, що ж, пора зачинати раду, зачинати раду — вже всі зійшлися! — загомоніли робітники з усіх боків.

— Хто має що говорити, нехай виходить всередину, на отсей камінь! — сказав своїм потужним, звучним голосом Андрусь Басараб.

— Ставайте довкола, зробіть місце довкола каменя, — гомоніли ріпники, обступаючи.

На камінь виступив Бенедьо. Він не привик говорити перед такою великою громадою і був трохи змішаний: в руці обертав свою шапку і позирався на всі сторони.

— Се що за один? — закричали з усіх боків ріпники.

— От робучий чоловік, муляр, — сказав Бенедьо.

— Ну, то говори, що маєш говорити!

— Я й небагато що маю говорити, — сказав Бенедьо, потроха осміляючись. — Я тільки то хотів наразі сказати, що кождий і без мене знає. Біда нам, робучим людям. Працюємо тяжко: ночі недосипляємо, вдень і відітхнути не маємо коли, мозолі на руках набиваємо: старі ще не злізли, а вже нові наросли, — і що нам з того? Кажуть: гірко заробиш, солодко з'їш; а ми чи багато солодко в'їмося? Гірко заробляємо — то правда, але ще гірші наші вжитки. Та й то більше мліємо голодом, ніж ситості зазнаємо. Та й ще коби хоть не збиткувалися над нами, не кривдили, не зневажали нас на кождім кроці! А то самі видите, яка нам повага. Робучий чоловік у них і за худобину не вартує!

— Правду говорить, правду говорить! За худобиною, за псом більше стоять, як за бідним чоловіком! Гей-гей, чи то бог дивиться на тото?

— Та й ще розважте, — говорив далі Бенедьо, — на кого ми працюємо, хто з нашої роботи користь має? Жиди! Властивці! Бідний ріпник сидить по шість, по вісім, по дванадцять годин у ямі, в замороці та смродах, мучиться, гепає та копле штольні попід землю, другі робітники стоять при корбі, при млинку і крутять, аж їм мозок у голові крутиться і послідні цомоги з них тягне, а властивці продають воскп й нафти, і збирають тисячні суми, і панують, будують доми муровані, вбираються та їздять в каритах та бризькають болотом на бідного чоловіка! І слова доброго від них він ніколи не почує. От на кого ми робимо і яку подяку маємо за тото!

— Най їх бог покарає за нашу працю і нашу нужду! — гукнули ріпники з усіх боків.

— Так-то воно так, — говорив далі Бенедьо по короткім передиху, — що най їх бог покарає. Але то ще хто знає, чи бог схоче їх покарати, чи ні, а по-друге, хто знає, чи нам від того буде легше, як їх бог покарає. А ту видимо, що бог якось більше любить нас карати, ніж їх! От і тепер покарав бог наші села голодом, а ту, в Бориславі, жиди принялися й собі ж нас карати: плату вменшують щотиждень, і ще як хто поважиться допоминатися, то ганьблять у очі: «Іди собі, — кажуть, — коли тобі кривда, я десять найду на твоє місце за таку саму плату». То погадайте ж собі самі, що ту нам поможе — здаватися на кару божу! Я гадаю, що ліпше так робити, як говорять наші люди: бога взивай, а рук прикладай. Кара божа — каров божов, а нам треба собі братися докупи і радитися, як би ту власним заходом з біди вигарматися.

— Ба, в тім-то й штука! Як вигарматися, коли ми бідні і помочі нівідки не маємо? — крикнули робітники.

— Ну, я на тото наказу не можу дати ніякого, — сказав Бенедьо, — але коли би ваша воля послухати, то я сказав би вам, яка о тім моя гадка.

— Говори, говори! Слухаємо! — загули ріпники.

— Ну, коли говорити, то буду говорити. Правду ви кажете, що помочі нам нівідки не надіятися, бо хто ж нині хоче помагати бідному робітникові, а впрочім, хоть би й схотів помочи одному, то не зможе помочи всім, такій величезній громаді. Ту тілько ми самі, дружною силою, можемо собі помочи.

— Ми самі? А то як? — далися чути недовірливі голоси.

— Правда то є, — сказав Бенедьо, — що на тепер не змтажемо собі цілком помочи. Бо яка поміч можлива, коли чоловік працює не на себе, робитьробить, а другий єго працею користуєся? Поки вся наша праця не буде йти на наш хосен, поти нам добра цілковитого не буде. Але дрібку, що то підратуватися чень зможемо. От а дивіть, кілько разів трафиться чоловікові остатися без роботи? Ходить чоловік, як загорілий, мечеся, мов у гарячці, сюди й туди, а роботи годі дістати. Мліє чоловік з голоду, іде до жида і напрошуєся на яку-будь, хоть би й на найпоганішу роботу, щоби тілько з голоду не згинути. Ну, видите, а якби так ми, кілько нас ту є, обов'язалися щотиждень по виплаті складати нехай по центові, нехай по два, то почисліть самі, яка би сума з того вийшла. Якби нас найшлося таких тисяча, то нікому би той цент не впався так тяжко і не затяжів би на кишені, а з того щотижня зібралась би така сума, що можна би на несподіваний случай запомочи десять людей.

— Правда є, правда в! — загомоніли робітники.

— Невелика то підмога, правда, — говорив далі Бенедьо, — але вважайте лишень, що се знов не буде й така мала поміч. Бо вже як так на якийсь час заратуєся чоловіка чи ринським, чи півтора, то він не буде потребував іти до жида, і кланятися ему, і набиватися до роботи на яку-будь мізерну платню, не буде мусив знижувати платню другим робітникам. А те, що єму дасться, він може поволеньки та потрошка виплатити назад, скоро тілько дістане ліпшу роботу. Таким способом наша робітницька каса не тілько що не вменшувалася би, але, противно, все би більшіла.

Ріпники стояли мовчки і розумували. Зразу діло видалось їм справді немов і хороше, і всі готові були відразу приступити до нього. Але швидко далися чутп закиди.

— Е, що з того, — говорили деякі ріпники. — Ну, нехай би й так: ми будемо складати, а хто з того буде користати? Буде так, як по селах, де є каси громадські. Богачі повизичують гроші, користають з них, а бідний тілько складати мусить, а хісна з них ніякого не має.

Або й ще одно: виберемо касієра, розумівся, також ріпника, як і всі ми, — то хто нам заручить, що він грошики не возьме і не втече?

Бенедьо слухав тих закидів супокійно.

— Думав я над тим також і от що видумав. Насамперед страху нема, щоби користали з наших грошей самі богачі, бо між нами богачів нема, усі ми бідні. А по-друге, ми не жиди, гроші на процент зичити не будемо, а будемо видавати тільки в разі правдивої нужди, слабості, безробітиці, — то, значиться, будемо помагати там, де вже для кождого очевидно, що помочі треба. Хто опісля зможе, той віддасть нам і надоложить видаток, а хто не зможе, ну то го також не повісимо.. А з касієром, я гадаю, найліпше буде ось як зробити. Якби нас найшлося багато таких, що би приступили до тої каси, то при кождій кошарі або при кількох сусідніх кошарах ви собі самі вибирайте свого касієра, такого, що вже ту, в Бориславі, робить раз у раз і котрого добре знаєте. Такий касієр міг би збирати гроші тільки з тих кошар, котрі його вибрали. А знаючи, кілько в них людей робить, а кілько обов'язалися платити, дуже легко кождий буде міг знати, кілько касієр має грошей у себе. Скоро би оден в чім не сподобався, можна вибрати другого. Ті самі кошари, що мають одного свого касієра, мали би обов'язок підпомагати потребуючих з-поміж себе: о тих вони й найліпше будуть знати, чи хто і кілько потребує.

— Так, то й але, — загомоніли робітники. — Так, то все буде касієр у нас під оком, а як їх буде багато, то у кождого сума буде невелика, то й менша покуса до циганства, і навіть якби вся тота сума пропала, то й се би страта була невелика. На то можна згодитися.

— Позвольте, ще не конець на тім, — говорив Бенедьо. — Хто знає, може, часом трафиться потреба такої підпомоги, на котру не вистачать средства з одної кошари. Може, трафиться зробити дещо такого, що би було придале для добра всіх бориславськпх робітників, — а на то треба би більше грошей, більшої каси. То я гадаю зробити ось як. В кождій такій частковій касі, що би була при одній або кількох сусідніх кошарах, усі гроші, які будуть впливати, поділити на три часті. Дві такі третини лишали би ся при кошарі на часткові запомоги, а одну третину давалось би до одної, головної каси. З тої каси вже не міг би видавати ані касієр, ані одна кошара, а тільки цілий збір борпславських робітників, розумівся, тих, що платять до каси. З неї видавати якнайменше, а громадити гроші для більшої спільної потреби.

— А яка ж би то могла бути така потреба? — питали ріпники.

— От як я собі о тім думаю, — сказав Бенедьо. — Як бачите, тепер жиди так дуже впевнилися, що нас багато, що голод зжене робітників чимраз більше до Борислава, що не питають, чи можна нам продихати, чи ні, а знижують нам плату раз у раз. І не перестануть ще далі знижувати, доки не впімнемся за собою.

— Ей, чи ми не впоминалися, що то поможе!

— Ба, постійте, най я вам скажу, як би то впоминатися! То певно, що говорити їм, чи добром, чи й погрозою, на ні на що не здасться, — не послухають. Ту треба не грозити, а зробити таке, щоби вони й не отямилися, відки се на них упало. От що треба зробити. Всі, кілько нас ту є, і ті, котрих ту нема, — одним словом, усі, разом, одного поранку, кождий при своїй роботі, приходимо і кажемо: «Годі, не будемо робити, не можемо робити за таку малу платню, волимо сидіти вдома. Доки не буде більшої платні, доти й пальцем не кинемо».

І, сказавши те, всі додому!

Ріпники аж роти порознімали з диву, почувши таку раду.

— Ба, та як же се — покинути роботу?

— На час, на час, доки жиди плату більшу не дадуть.

— Але ж се може потривати довго.

— Ну, дуже довго воно не потриває. Адже ж уважайте: жиди поробили з ріжними купцями контракти: на той а той час достачити тільки воску, тільки нафти, ну, а як на час не постачать, то їм втрата буде десять раз більше, ніж тота надвишка в нашій платні. А .самі до ям не полізуть, — потримаються, може, кілька день, та й мусять-таки до нас «прийдіте поклонімося».

— Але ж вони собі наспроваджують інших робітників!

— Га, то треба нам так зробити, щоби не поспроваджували. Вислати відси людей на всі околичні села і розпустити такий наказ: щоби на такий а такий час ніхто не йшов до Борислава, бо таке а таке там робиться.

— А як мазурів спровадять?

— То не пустити! Хоч намовою, хоч силою, а не пустити.

— Гм, та се-то би можна. Але як же нам прожити за той час безроботиці?

— Отож-то, на тото я би гадав зложити таку головну касу.

— А жиди змовляться і хліба не довезуть, схотять нас виголодити.

— Ми й куповати від них не будемо. Як у нас будуть свої гроші, то собі спровадимо самі з міста, ще за танші гроші!

— І гадаєш, що з того буде нам поміч, що підвисшать платню?

— Я гадаю, що мусять, скоро тільки ми видержимося твердо.

— Але таку громаду народа виживити, то треба величезної суми грошей!

— Можемо на час безроботиці одну часть людей відправити на села або де до міста, до других фабрик або де, щоби менше було тягару. Та й то, не пориватися до такого великого діла, поки у нас не буде досить грошей, щоби можна було продержатися хоть тиждень. І заки зачнем, то попереду уладити все порядно, і людей по селах розіслати, і хліба настарати, і всього. Але то о тім буде ще час поговорити. Тепер скажіть, чи пристаєте на тото, щоби у нас були каси: і часткові, і головна каса?

— Приставмо! Пристаємо!

— А на тото чи пристаєте, щоби дві третини лишалися в часткових касах, а одна третина щоби йшла до головної каси?

— Ні, най дві третини йде до головної каси! Волимо давати по два центи, а щоби тільки нам усім швидше яка полегкість вийшла!

— А до головної каси я би гадав вибрати до заряду трьох людей, котрих добре знаєте і котрим можете завірити. А головна річ, щоби каса була у такого чоловіка, що ту має яку свою посілість.

— Ба, а де ж ту такого найти, коли всі ми зайшлі, бідні?

— Я знаю такого чоловіка — старого Матія, що у нього ту своя хатина. Я би гадав, що найліпше касу у нього помістити. І то так, щоби кождий частковий касієр міг кождого часу прийти і перерахувати, що і відки є в касі, і оповістити о тім своїх людей. Два другі при головній касі мали би щотиждень ходити по кошарах і збирати гроші. Таким способом усе було би безпечніше, що ніхто ані не оци ганить нікого, ані собі грошей не присвоїть. Чи пристаєте на тото?

— Пристаємо! Пристаємо!

— А де є той Матій? Хочемо видіти его! — закричали деякі, котрі не знали Матія. Матій виліз на камінь і поклонився громаді.

— Ти що за один? — закричали до нього.

— Ріпник, люди добрі.

— У тебе є своя хата?

— Своя не своя, а так, як би своя. Моєї невістки хата, але вона в службі, не сидить тутка.

— А приймешся, щоби у тебе була наша каса і щоби ти мав нам за неї давати відповідь?

— Як перед богом і своїм сумлінням, так і перед вами. Коли ваша воля на то, я готов послужити громаді. А впрочім, вас ту з половина знає мене.

— Знаємо! знаємо! — озвалися многі голоси. — Можна покластися на него!

— Ну, а кого ж на других касієрів вибирати? — питали ріпники.

— Вибирайте кого знаєте, а наймім таких, щоби могли добре бігати, — сказав Бенёдьо.

— Будь ти!

— Ні, я не можу — слабовитий, як бачите, та й занятий надто при роботі, не зможу бігати. А що зможу, то й без вашого вибору буду робити.

За сим Бенёдьо подякував громаді за послухання і зліз із каменя. Почався шум і гамір між ріпниками. До Бенедя тислися ріпники, щоби стиснути його за руку, глянути йому в лице і голосним, щирим словом подякувати за добру раду.

Між тим робітники швидко згодилися вибрати за двох других касієрів Прийдеволю і Сеня Басараба.

— Дякуємо за вибір і за вашу добру віру! — гукнув Сень до громади. — Постараємся добре послужити нашій загальній справі! А тепер, хто що може, прошу скинути по центові, по два, щоби наша каса від початку не стояла пусто!

— Гурра! По центові до каси! — закричали робітники.

— Скидайте кождий по центові, але кождий, — сказав Матій, — то таким способом, порахувавши, будемо знати, кілько нас ту є!

Пристали й на то, і коли зібрано гроші, начислили 35 ринських.

— Півчверта тисяча нас зійшлося! — крикнув Сень Басараб. — В касі нашій тридцять і п'ять ринських! А чи тяжко нам прийшло скинути тільки суму?

— Що то за сила — громада! — говорили між собою ріпники. — Добре то якийсь сказав: «Громада плюне по разу та й одного потопить!»

Гамір змігся, але був се вже не понурий, тривожний гамір прибитої безрадної маси; се був веселий гамір пчіл, що і для них настала весна, і зацвіли цвіти, і ожила надія щасливішого життя.

XI.

Діла йшли дуже добре. Леон Гаммершляг ходив, землі не дотикаючи з гордості і радості. Все йому удавалося щасливо, і хоть се був тільки початок головного діла, то вже той початок віщував добре про вдачу цілості. І так поперед усього від «Воскової спілки» з Росії Леон одержав ось яку звістку: «Постачайте церезин, коли можна, ще й перед контрактовим терміном. Спілка уладила щасливу штуку. При помочі, знаєте, звісних тутешніх способів нам удалось заключити з св. синодом контракт на доставу церезину до церквів православних. 100 000 кавцій зложено. Ждемо від вас вісті, коли буде готов перший ладунок».

Прочитавши тоту звістку, Леон мов на крила піднявся. Значиться, діло угрунтоване міцно і тривко. Він зараз же за тим рушив до Борислава, щоб поглянути, як стоїть будова фабрики. По дорозі він дуже бідкував, що будова ще аж через тиждень має бути готова і що не можна так-таки від завтра зачати фабрикації воску. Що ціла тота фабрикація була, властиво, контрафакцією, обманством, — про се Леон ані крихти не думав. Почуття справедливості було у нього взагалі дуже неясне, а вже ж того почуття, що існуючі устави і приписи державні обов'язують в чім-небудь усякого горожанина, сього почуття у Деона, як і взагалі у наших жидів, ледве чи був і-слід який-небудь.

За уладжуванням усяких біжучих діл в Дрогобичі, особливо за клопотами при аакупуванні сирого воску земного від різних дрібних властивців, Леон уже більше як тиждень не заглядав до Борислава і не знав, що і як там діється. Він у всім поклався на Бенедя, переконавшися вже попереду, що діло своє він робить совісно і добре. Але як же здивувався Леон, коли, приїхавши до Борислава, побачив, що при новій будові робітників нема, крім кількох, що докінчували побивати дах; і коли Бенедьо вийшов супроти нього з заявлениям, що його діло вже скінчене, будова вповні готова і остається тільки йому оглянути все доочне і відпустити його, Леон сам не знав, що й казати на таку радісну несподіванку, і коли б Бенедьо був «пан» будовничий, а не простий робітник і недавній помічник мулярський, він був би обняв і вицілував його з великої радості. Значиться, щастя незмінно всміхається йому! Значиться, воно підслухує його таємні думки і бажання і, мов коханка, біжить наперед нього, щоби в миг ока сповнювати їх! Радість широко розлилася по Леоновім лиці. Він почав дякувати Бенедьові і пішов з ним оглядати будову. Вона стояла перед ним у всій своїй показності: довга-довга, низька, з невеличкими дверми і віконцями, позираючими де-де, мов присліпуваті злодійські очка.

Два височезні комини стриміли до неба. Довкола будови був досить обширний плац, обведений височезним парканом, з широкою брамою для в'їзду і вузенькою хвірточкою обіч для проходу. Плац був гладко втолочений, ями-вапнярки були позасипані, навіть обширна шопа для робітників і для складу нафабрикованого воску була готова. Стіни, не білені, ані тринковані, червонілися ясно-червоною краскою. Словом, усе було як треба, аж Леонові серце радувалося. А досередини він і не йшов оглядати. «До сього, — казав, — треба привезти мого майстра-нафтарника, він буде найліпше знати, чи так усе зроблено, як треба». Рури, і кітли, і всі прилади, замовлені в Відні, вже надійшли були і стояли на плацу в величезних паках. Леон не дав і відітхнути ні собі, ні коням — сейчас же югнав назад до Дрогобича, щоби привезти Шеффеля. Бенедьо за той час мав прилагодити робітників, котрі б за проводом Шеффеля нині ще поуставляли і повмуровували кітли та машини.

Приїхав і Шеффель. Оглянув нутро фабрики, розмірив, що. як і куди, і висказався дуже похвально о будові. Леон ходив слідком за ним та тільки поцмокував і руки засукував. Бенедьо тим часом з нанятими робітниками порався на подвір'ї коло машин, розбивав дошки та пачки, розмотував перевесла на шнури і приладжував дерев'яні вали та гереги, щоби затягнути все те, куди треба, досередини.

До пізнього вечора тривали в новій фабриці стукання та

брязкоти: се уставлювано і утверджувано машини. Де треба було проробити більшу дірку в мурованій стіні для вставлення рури, де треба було підмурувати котел до належного становища, — Шеффель примірював і запоряджував, а Бенедьо заспів з робітниками виконував його запорядки. Вкінці з настанням сумерку все було готове.

Леон і Шеффель ще осталися всередині фабрики. Світло невеличких воскових каганців мигкотіло та сарахтіло, відбиваючися сотнями іскор в блискучім череватім кітлі з полірованої міді. З кутів піднімалися бовдури пітьми, звисали з дерев'яної голої стелі, немов грозячи привалити собою тих кілька слабо блимаючих точок.

— Так завтра зачнете? — спитав з задуми Леон, поблудивши очима по тих темніючих просторах, по тім гнізді, в котрім мали вигрітися і виклюнутися його золоті сни.

— Зачнеться, — сказав Шеффель. — А робітники готові?

— А, правда, робітники, — сказав Леон. — Ну, будуть і робітники. Тепер того зілля в Бориславі досить.

— А тільки, знаєте, — сказав Шеффель, — наше діло, теє-то, не зовсім ясне. То треба вам постаратися о кількох, принаймні трьох робітників таких, на котрих би зовсім можна спуститися. То є, щоби де не розбалакали, не наплели що. Тих би умістити треба в головнім відділі дестилярні, в хімічній коморі, де, знаєте, оконечно вироблюється церезин. Щоби прочі робітники думали, що се простий парафін. О то постарайтеся!

— Гм, — міркував Леон, — трьох робітників, на котрих би можна зовсім спуститися! Правда ваша, треба пошукати. Та тільки то штука — з-поміж того зброду винайти таких робітників!

Тим часом на подвір'ї нової фабрики зібралися робітники довкола Бенедя. Вони ждали на Леона, щоб одержати від нього решту плати і подякувати йому за роботу. Місяць піднімався на погіднім небі, де-де з-за білої напівпрозірчастої мряки проблискували млявим світлом золоті зорі. Робітники посідали на каменях та урізках з дилиння і балакали; глухий гомін їх розмови йшов на поле і мішався з срібним шепотом річки, що туй обіч булькотіла по камінні. Звісна річ, бесіда йшла про одно — про недавній робітницький збір, про складки і будущі надії.

— По правді кажу вам, — говорив Бенедьо, — диво сталося з тутешнім народом. Коли я перед місяцем прийшов до Борислава і почав допитуватися, чи трібували вони як-небудь ратуватися, то всі або головами похитували, або сміялися з мене. А нині, самі видите, як усі, старе й мале, тиснуться до складок. Адже досі вже маємо 150 ринських в одній тільки головній касі!

— Сто п'ятдесят ринських, — повторив з розстановкою один робітник, — ну і що ж! Для одного була би се підпомога, але для тількох тисячів — що тото значить?

— Правда, що мало значить, — говорив Бенедьо, — але ж бо вважайте, що ще тижня нема, як почалися наші складки. За місяць, чень, назбирався хоть п'ятсот.

— Ну, а з п'ятьма стами мож зачинати тото, що ви загадали?

— Гм, треба добре обрахуватися з силою і з грішми. — сказав Бенедьо. — Числячи на прожиток одному чоловікові лиш півтора ринського на тиждень, числячи далі, що безробіцця потягне тиждень і нам прийдеся прогодувати через той час лиш тисячу люда, то в касі мусить бути на те найменше півтори тисячі ринських.. Найменше, кажу, бо крім прожитку, будуть ще інші видатки.

— Півтори тисячі ринських! — скрикнули в один голос робітники, — Господи милосердний, коли ж ми таку суму зложимо? Та за той час половина нас ту голодом перемре, а з селів десять тисяч нових прибуде!

— Що ж робити, — сказав сумно Бенедьо, — на то вже, бачу, нема ради. Більших складок робити не мож, бо й так жиди уривають нам на пождім поступі, а як дізнаються о наших складках, то ще більше будуть уривати. Треба стояти при своїм, складати і терпіти ще хоть три місяці!

— Три місяці! Хто знає, що за три місяці може статися!

Замовкли робітники, і сум заляг невеличку гомонячу громадку. Бенедьо важко похилив голову додолу. Він і справді почував, що діло пекуче, що найбільша сила сього люду лежить в його хвилевім розбудженні і що не покористуватися тим розбудженням — значить випустити з рук головну пружину діла. Але що ж було робити? Грошей не було, щоб зараз зачати змову. Приходилось все-таки чекати.

— А ту й ще одна річ, — промовив знов Бенедьо, прокинувшися з задуми. — Мені прийдесь вертати до Дрогобича.

— До Дрогобича? А то пощо? — скрикнули робітники.

— Ну, пощо? Ту моя робота, як видите, скінчилася.

— Шукайте іншої!

— Або ж ту без мене не обійдеся? Правда, жаль чоловікові покидати таку справу, над котрої заснованням трудився і думав...

— Ну, то й не покидайте!

— Се певно, що треба б не покидати, коби тільки спосібність була.

Робітники почували се добре, а навіть і в Бенедя прокидалася не раз тота думка, що без нього ціла справа могла би легко зійти на фальшиву дорогу і через те зовсім не вдатися. Він почував, що в кождій новозложеній для нових і непривичних цілей свіжо зорганізованій громаді багато і дуже багато залежить на привідці, на його особистім впливі і пораді. Правда, він почував, з другого боку, аж надто добре безсильність і своєї думки і був переконаний, що не спіткайся він в Бориславі з побратимством і з такими тверезо мислячими людьми, як Матій і Стасюра, він сам но був би, певно, дійшов до того, до чого тепер дійшов. Взаїмне співділання всіх часток тут було аж надто сильне і виразне, але іменно для того почував Бенедьо, що вирватися з того круга взаїмних співділань значило б — зашкодити кождій частці зосібна і всім взагалі. Але вп'ять-таки, що тут робити в Бориславі, коли не буде роботи для нього? Але доля готовила йому поміч з такого боку. з якого він її й зовсім не надіявся.

З середини фабрики вийшов Леон в супроводі Шеффеля, оба вони наблизилися до робітників. Робітники повставали.

— Ну, люди, — сказав голосно Леон, — робота ваша скінчена, і добре скінчена. Дякую вам за пильність вашу!

— І ми дякуємо пану за роботу! — закричали робітники. — Та най бог дасть щасливу годину!

— Дай боже, дай боже, — сказав радісно Леон. — А тепер, що ще кому належиться, щоби ми чисто розсталися.

Почалася виплата. Бенедьо стояв обіч. Коли виплата скінчилася, Леон наблизився до нього:

— А вам, пане майстер, дуже, дуже дякую і за роботу, і за швидке скінчення — за все! Дуже би-м не рад з вами розстатися... Але тепер, за те, що ви таку мені нині зробили радість, прийміть

від мене отеє на пам'ятку!

І він втиснув в руку Бенедьові обвинених папірцем десять ринських самим сріблом.

«От зараз буде в нашій касі 160 ринських», — подумав собі Бенедьо, приймаючи з подякою Леонів дарунок.

— І ще прошу вас, — сказав на закінчення Леон до Бенедя, — зайдіть зараз тепер до мене на мою кватиру, я маю з вами де о чім поговорити.

За сими словами Леон і Шеффель пішли, за ними вийшли робітники. Бенедьо остався, щоб позамикати всі двері і брами, і відтак пошкандибав за Леоном, роздумуючи, що такого він має йому сказати. По дорозі він вступив до хати, застав там Матія і положив на його руки до робітницької каси десять ринських сріблом, котрі дарував йому Леон.

— Що би я вам сказав, — заговорив до нього Леон, коли Бенедьо прийшов на його кватиру. — Ви, як бачу, чесний чоловік і порядний робітник, і я, як кажу, не хотів би з вами розстатися. А мені ту до моєї нової нафтарні якраз потрібно кількох чесних і щирих людей до одної, і то не дуже тяжкої, роботи. Так от що хтів я вам сказати: чи не схотіли би ви, ели вам у мене робота не сприкрилася, остатися й надалі?

— Але яка ж се буде робота? Прецінь мулярська вся скінчена?

— Е, ні, не до мулярської, а так, до нафтарської, при воску, —

сказав Леон.

— Але чи зумію ж я робити тоту роботу, коли досі при ній не був і не знаю, як що йде? — спитав Бенедьо.

— Е, е, е, що ту уміти! — сказав Леон. — А простий хлоп, робітник більше вміє? А прецінь робить. Ту нема що вміти: пан директор покаже вам усе. Я ж кажу вам: не о вмілість ходить, а о то, щоби чоловік був щирий і сумлінний та щоби, розумієте, щоби...

Леон затявся якось на слові, немов вагувався чогось.

— Щоби, — кінчив він по хвили, — не розговорив ніде, що і як робиться в фабриці. Бо, видите, ту секрет невеличкий... Мій директор вигадав новий спосіб фабрикації воску, то не хотів би, щоби тото розголошувалося.

— Гм, та воно-то так... — проговорив Бенедьо, не знаючи, що ліпшого сказати.

— Бо то, видите, — торочив далі Леон, — у нас такі люди погані, — скоро що, зараз перехоплять, та й що з того: їм зиск, а мені втрата. То я для того хотів би...

— Але ж бо то тяжко буде. Ну, нехай, що я не скажу ніцо нікому, але ж бо в фабриці, крім мене, чень же, робітників буде богато.

— Ну, не всі потребують усе видіти й знати. В цілій фабриці все буде робитися так, як по других фабриках, а тільки буде одна така комора окрема, і в ній буде троха інакше. Там буде директор, ну, і треба буде пару робітників йому до помочі. Що ж, можу на вас надіятися?

— Та що, — сказав Бенедьо, ледве можучи скрити свою радість, — про мене. Сли лиш потрафлю, то буду робити. Мулярської роботи тепер і так трудно напитати, буду трібував ще й нафтарського ремесла. А за то, щоби через мене ваш секрет не видався, за то будьте певні.

— Ну, ну, — сказав, усміхаючися, Леон, — я й сам то знаю, що ви не такий чоловік. Але знаєте, коби то ще кількох от хоч би двох-трьох таких, як ви!.. От, ви ту робили, пізнали дещо робітників, може би, ви ліпше могли дібрати до себе таких людей, яких мені треба? Я вам того дармо не схочу. А ще одно! Перша річ, розумівся, плата. Знаєте самі, то вже не мулярська робота, такої самої плати, як досі, не можу вам дати.

— Ну, то розумієся! — сказав Бенедьо. — Кравця а шевця не мож одним ліктем міряти.

— Отож-то! А ще видите, як ту тепер у нас. Робітника напхалося, плату всюди знижують, бо, розумівся, що мені за інтерес платити дорожче, коли я можу того самого робітника мати за дешевшу плату? Але з вами — то інша річ, розумієте мене? Тож я вам і тим другим, що будуть разом з вами робити в окремій коморі, обіцюю по ринському денно, і то наперед прирікаю, що зниження ніякого вам не буде, ані касієрного не маєте платити. Чи пристаєте на таке? Бенедьо стояв і надумувався.

— Волів би я, — сказав він'по хвилі, — щоби ви самі вибрали собі й прочих людей до своєї окремої комори! А так, виберу я, а потому станеся щонебудь такого... Знаєте, чоловік на чоловіці все може помилитися — ну, а на мні буде вся відповідь! А на роботу і на плату нехай і так, я пристану.

— Ні, ні, — наставав Леон, — і товаришів собі доберіть! До прочої фабрикації вистачуть які-будь люди, а ту треба вибрати. А ви їх ту ліпше можете знати, на кого мож спуститися, аніж я або директор.

— Га, про мене, — сказав Бенедьо, — нехай буде й так. Постараюся дібрати трьох людей, котрим мож буде завірити. А відколи зачинаєся робота?

— Зараз відзавтра. І то, вважайте, треба форсувати як мож найборше. Віск уже замовлений. В окремій коморі будете й прасувати, і пакувати його.

«Що се за штука така може бути? — думав сам собі Бенедьо, йдучи сумерком бориславською улицею від Леона додому. — Вигадав новий спосіб фабрикації і боїться, щоби робітники не видали його! Нібито робітник на тім розумієся? А впрочім, побачимо, що то таке буде! А добре сталося! Ні з сего ні з того лучилася робота, та й незлий заробок, — є при чім остатися в Бориславі й надалі, та й до каси все-таки і від мене щотижня вплине хоть штири ринські. А Ще три — котрих би ту трьох вибрати?»

Бенедьо довго думав над тим, котрих би трьох вибрати, але якось не міг зважитися. Він постановив собі поговорити о тім з Матієм. Бенедьо рад був би вибрати всіх трьох із побратимів, але Матій відраджував, боячися, щоби в разі чого се не звернуло на них якого підозріння.

— І так, — говорив він, — жиди тепер перетривожені нашим збором. Певна річ, що між робітниками найдуться деякі, котрі доповідять жидам, що і як ми радили. Ну, а скоро так, то певна річ, що жиди зачнуть нас шпигувати, — то щоби, як така купа побратимів робити буде разом, щоби се деяк не навело їх на який слід абощо.

Бенедьо відповів, що воно-то можлива річ, що жиди будуть відтепер шпигувати їх, але він не впдить, чого б тут боятися, щоб не викрили побратимства, хоть би навіть побратимів кілька робило при купі. Адже ж о ділах своїх вони не потребують говорити наголос при чужих людях. «Впрочім, — додав Бенедьо, — не в тім головна річ, кого вибрати, але в тім, щоби взяти тих із побратимів, котрі іменно тепер не мають роботи». А таких якраз було два: Деркач і Прийдеволя. Отже, Бенедьо побіг шукати їх, щоби замовити їх до фабрики Гаммершляга, а на третього вибрав собі одного чесного ріпника, котрий хоть не належав до побратимства, але дуже живо зайнявся свіжо піднесеною думкою робітницьких кас і котрого побратими жартом прозвали Побігайком за його невтомиму рухливість і готовність бігати від ями до ями, чи то для збирання складок, чи й так, для притягування щораз нових людей до робітницької спілки.

А Леон Гаммершляг, згодивши Бенедя, накинув на себе легке пальто і вийшов на улицю пройтися та розмовитися з деякими знакомими властивцями, котрі звичайно в ту пору проходжувалися вулицею. Швидко його окружила громадка жидів, стискаючії його руки і желаючи йому щастя з нововибудованою фабрикою. Далі почалися розмови про всякі біжучі діла, котрі найбільше займали жидів-капіталістів. Звісна річ, поперед усього почали деякі розпитувати Леона, як стоять такі й такі курси, чи не потребує ще більше воску, як багато думає вироблювати тижнево парафіну в своїй фабриці, а коли у всім тім цікавість їх була заспокоєна, зійшла бесіда на борислівські новини.

— Ох-ох-ох, Gott ьber die Welt! — сказав, важко зітхаючи, низький а грубезний жид, Іцик Баух, один з дрібних властивців кількох ям. — Що ту у нас діється, що ту у нас діється, то аж розказувати страшно! Ви не чули, пане Гаммершляг? Ох-ох-ох, бунтація, та й годі! Чи я-то віддавна не казав: не давати тим поганцям, тим опришкам — фу-у! — не давати їм такої високої платні, бо як собі розберуть, то будуть гадати — ох-ох-ох, — що їм ще більше належиться! А тепер видите, самі видите, що по-моєму стало!

— Та що таке? Що за бунтація? — спитав недовірливо •Леон.

— Ох-ох-ох, Gott ьber die Welt! — сопів далі Іцик Баух. — Прийдеться швидко всім чесним гешефтсманам утікати з Борислава, auf mane munes! Бунтуються робітники, чимраз остріше ставляться до нас, а в неділю — ох-ох-ох — ми вже гадали, що то буде наш послідній день, — фу-у! — що зараз кинуться різати! На толоці тільки їх зійшлося, що тих круків на скітнику. Ми всі з переляку троха не померли. Ніхто, розуміється, не поважився приступити, бо були би розірвали на кусники, — адже ж, знаєте, дикий нарід! Ох-ох-ох, що вони там говорили між собою, того не знаємо і довідатися не мож. Я питав своїх Банюсів — говорять: «Ми так собі, гагілки грали!» Брешуть, бестії! Ми виділи добре з даху, що один виліз на камінь і довго щось говорив, а вони слухали-слухали, а далі як загомонять: «Віват!..» Ох-охо-ох, страшні річі, страшні річі!

— Але ж я у всім тім не виджу нічого страшного, — сказав, гордо усміхаючись, Леов. — Може, й направду гагілки грали.

— Ох, ні, ох, ні, — говорив далі Іцик Баух. — Уже я знаю, що ні! І повертали відтам такі веселі, співаючи, а тепер між ними якісь змови, якісь складки. Gott ьber die Welt, — буде лихо!

— Я все ще не виджу, — зачав було знов Леон, але другі жиди

перебили його, потверджуючи вповні слова Іцика Бауха і додаючи ще від себе богато подробиць. Треба сказати в честь бориславським робітникам, що вони зразу добре порозуміли свою справу і бодай по той час нікотрий з них не зрадив жидам, яка була ціль їх сходин і що ураджено на їх раді. Впрочім, може бути, що й далеко не більша часть робітників чула та розуміла все доразу, що й до чого було ураджено: ті, котрі розуміли, не висказували сього жидам, а ті, що не розуміли, то й не могли їм багато цікавого сказати. То тільки дізналися жиди, що між робітниками робляться якісь складки, що вони хотять самі допомагати собі і що до всього того нарадив їх муляр Бенедьо Синиця!

— Бенедьо! Той, що у мене нафтарню мурував? — скрикнув зачудуваний Леон.

— Той сам.

— Складки? Помагати собі? Гм, я й не гадав, щоби у Бенедя було на тільки розуму. Мулярський помічник, родився і виріс в Дрогобичі, — і відки він до всього того прийшов?

— Е, чорт го там побери, відки прийшов, то прийшов! — зафучав Іцик Баух. — Але як він сміє нам ту людей бунтувати? Післати до Дрогобича по шандарів, най в ланцюги та шупасом відси!

— Але прошу вас, панове, — сказав, зупиняючись, Леон, — я не розумію, чого се ви так тривожитесь? Що в тім усім страшного? Я бував по Німеччині, там робітники всюди сходяться, радяться, складаються, як їм захочеться, і ніхто їм того не боронить, і ніхто того не лякається. Противно, розумні капіталісти ще й самі їх до того заохочу'ють. Там кождий такий капіталіст як говорить до робітників, то раз у раз у нього на язиці Selbsthilfe та й Selbsthilfe . «Помагайте самі собі, всяка посторонняя поміч для вас на ні на що не здасться!» І гадаєте, що зле на тім виходять? Противно! Як робітники самі собі помагають, то значить, що вже капіталіст не потребує їм помагати. Чи там окалічіє хто на фабриці, заслабне, постаріється — Selbsthilfe! Най собі роблять складки, най собі помагають самі, аби тільки ми їм не потребували помагати? А вже ми будемо старатися, щоби їм роги не надто високі росли: скоро що троха зачнуть носитися бутно, а ми цап — плату знизимо, і свищи тоді тонко, так, як ми хочемо!

Леон виговорив усю тоту бесіду з таким запалом внутрішнього переконання, що в значній части успокоїв і потішив своїх слухачів. Один тільки грубий червононосий Іцик Баух недовірливо хитав головою, і коли Леон скінчив, він, важко відсапуючи, сказав:

— Ох-ох-ох! Коби-то воно так було, як ви кажете, пане Гаммершляг! Але я боюся, що воно не так буде. Що нашого робітника, дикаря, бойка, рівняти до німецького! Де нашому робітникові до якої розумної Selbsthilfe? Ох-ох-ох, Gott ьber die Welt! А якби він Selbsthilfe порозумів так, що треба брати за ножі та різати жидів? Га?

Всі слухачі, не виключаючи й самого Леона, стрепенулися на ті зловіщі слова, морозом подернуло у них за плечима. А до того в тій хвилі коло них перейшла з гомоном юрба ріпників, з-поміж котрих, о цілу голову вищий від усіх, вистирчував понурий Сень Басараб. Він грізно позирав на жидів, а особливо на Бауха, свого принципала. Баухові від його погляду чогось недобре зробилося, і він замовк на хвилю, поки юрба не перейшла.

— От, дивіть, які вони, — говорив він, коли ріпники пропали в темнім закаулку, — дичина, та й годі! От той високий серед них — він у мене робить — чи не цілковитий медвідь? Та ви тому лиш писніть слово Selbsthilfe, а він зараз возьме ніж та й-заріже вас!

Але Леон, а за ним і другі жиди почали перечити Баухові. Вони тим живіше перечили йому, чим більше самим було лячно, і, переконуючи його, що небезпеченства нема ніякого, старалися, властиво, переконати о тім і себе самих. «Що то воно так зле не є, — говорили вони. — Люд наш, хоть, може, незугарний і непривітливий на вид, не в такий злий і кровожадний, як здається Баухові. І що случаї правдивої, порядної спілки і у нас не рідкі, і людям тутешнім зовсім не чужі. І що коли б мало було прийти до яких «непорядків», то було би вже прийшло зараз по першім зборі. І що Бенедьо — чоловік слабовитий і характеру лагідного. І що Леон зараз завтра поговорить з ним і розпитається його о все, і що Бенедьо мусить йому все чисто розповісти, бо під певним зглядом Бенедьо зобов'язаний йому, Леонові, до вдячності, і що наперед можна впевнитися, що небезпеченство ніяке нікому не грозить.

— Ох-ох-ох, де більше язиків, там більше й мови! — говорив невмолимий Баух. — Але я вам раджу: не вірте тим розбійникам, розбийте їх складки, а особливо знижіть їм плату так, щоби, собака, один з другим не мав за що й продихати, то тоді їм і складок усяких відхочеся!

— Еге-ге, будем видіти, чи відхочеся! — проворкотів крізь зуби Сень Басараб, котрий поза кошари і плоти підповз ід тому місцю і, розуміючи добре жидівський жаргон, котрим розмовляли жиди, підслухав усю тоту розмову. — Еге-ге, побачимо, небораче, чи відхочеся! — воркотів він, здвигаючися на ноги з-за плоту, коли жиди розійшлися. — Коби лиш тобі борше дечого другого не відхотілося!

І, розпустивши ноги, Сень поспішив до Матієвої хати, щоби там розповісти побратимам о тім, як то жиди говорять о їх раді і що о ній знають.

На другий день рано перед роботою Леон здибався з Бенедьом уже в фабриці. Бенедьо представив йому Деркача, Прийдеволю і Побігайка, яко вибраних до роботи в окремій коморі. Леон тепер жалував трохи, що вчора поквапився дати Бенедьові тоту поруку, бо був переконаний, що Бенедьо вибрав до того своїх одномисників! Він починав навіть боятися, чи не підозріває дещо Бенедьо про його нечисту справку з церезином, і для того наказав Шеффелеві, щоб і супротив тих вибраних робітників • був якомога осторожний. Але що ж, назад цофатися з своїм словом було тепер запізно, тож Леон, хоч і з замітною тривогою, рішив: що має торочитись, нехай торочиться. Треба тільки розпитати Бенедя самого про цілу тоту річ.

От він, сказавши кілька слів заохоти нововибраним робітникам, закликав Бенедя з собою до окремої комори і прямо запитав його, що се був за збір у них і що він там говорив робітникам. Він міркував собі, що коли у Бенедя що злого на думці, то таке пряме питання оголомшить і змішав його. Але Бенедьо був уже відучора на се приготований і, не показуючи й найменшого змішання, відповів, що позаяк деякі робітники підняли були думку — запомагати одні других складками, то він радив їм зробити у себе таку касу, яку мають по містах цехові ремісники для запомоги, і до заряду тої каси запросити по рівній часті вибраних людей з ріпників і панів предприємців. Леон ще дужче здивувався, почувши тоту мову від Бенедя, котрого він уважав досі зовсім простим, ні о чім не думаючим робітником.

— Відки ж ви набралися такого розуму? — спитав Леон.

— Та що, прошу пана, — сказав Бенедьо, — у нас, у місті, так заведено, то я й тутка так радив. Се не мій розум, куди мені!

Леон похвалив Бенедя за тоту раду і додав, що до заряду такою касою конче треба вибрати кого з письменних предприємців, котрий би умів вести рахунки, і що треба уложити статути тої каси і подати їх до затвердження намісництву. Додав навіть, що він сам готов їм о такі статути постаратися, за що Бенедьо йому наперед подякував. На тім вони й розійшлися. Бенедьові прикро було, що він мусив брехати перед Леоном, — але що діяти, коли годі було інакше. А Леон відійшов радісний, почуваючи себе бог зна яким лібералом, котрий ось, мовляв, заохочує робітників до дружності і самопомочі і так безконечно вище стоїть над усіми тими «халатниками» бориславськими, котрі в робітницькій самопомочі видять бунтацію та небезпеченство і зараз готові, мов ті курята, ховатися під крила жандармів і поліції. Ні, пора і їм пізнати, як то йде в світі, пора й Бориславові мати свій робітницький рух, — розуміється, легальний, смирний і розумно керований робітницький рух! І за сим ліберальні думки Леона пішли гуляти в далеку далечину, йому мріялося, що ось уже недалеко тото славне «збратання капіталу з працею», що воно почнеться не відки, як іменно від Борислава, і що в історії того збратання, перірою і найважнішою, бо вихідною, точкою буде його розумна Ґ ліберальна розмова з Бенедьом і заявлена в ній прихильність до нового робітницького руху. «Так, так, — заключив він, уже колишучись в своїй легкій бричці на ресорах долі бориславською улицею, — діла мої йдуть дуже добре!»

XII.

Ех, Готлібе, Готлібе! Чи знав ти, чи гадав ти, якого колоту наробить твій лист і твій безумний поступок у голові твоєї матері!

Рифка була слаба. Се не була слабість тіла, бо тілом вона була здорова і сильна, — се був якийсь дивовижний розстрій духу, якесь надмірне напруження, за котрим слідували хвилі цілковитої бездушності і апатії. Вона ходила по покоях, мов сонна, не виділа нічого і не займалася нічим, окрім свого сина. Він скалічений, він хорий! Може, небезпечно? Може, коло нього нікого нема? Він умирає, мучиться! А вона, мати, котрій над нього вема нічого дорожчого, вона не знає навіть, де він є і що з ним діється? Але ж він не казав їй сього знати! Що він гадає з собою робити? Чи довго буде так бурлакувати між чужими людьми, мов який сирота, в такій поганій, обідраній одежі? Вона плакала, лютилася, рвала і дерла, що їй під руки попало, не можучи на всі ті питання найти відповіді. Вона раз готова була- розповісти все Германові і бігти шукати за ним по всім Дрогобичі, то знов на неї находила якась дика упертість, її уява рисувала їй образи страшної муки і конання Готліба, з очей її лилися сльози, а п'ястуки судорожно затискалися супроти кабінету мужа, і уста шептали: «Нехай гине, нехай умирає, на злість сьому нелюдові, сьому тиранові! От так! От так!» Вона й забувала, що цей нелюд і тиран не знав і не бачив нічого того і, бачилось, зовсім не турбувався про Готліба. Вираз мертвого, безучасного супокою на його лиці несказанно лютив Рифку, і вона старалась якомога рідше показуватись йому на очі. Вона найбільше сиділа замкнена в своїм покої, перечитувала по сто разів Готлібові листи, але й вони вже не могли втишити її неспокою і тривоги. Все їй обридло. Вона цілими годинами визирала через вікно то в сад, то на гостинець, чи не йде коминарчук з листом. Але коминарчука з листом не було, і Рифка з'їдалася сама в собі, згоряла тисячними суперечними чуттями, не можучи на ні на що відважитися. Вона за тиждень такого несупокою починала бути й справді хора.

— Що тобі таке, Рифко? — спитав її раз Герман при обіді. — Ти, бачу, хора?

— Хора! — відказала вона, не дивлячись на нього.

— То-то ж бо й є. Я виджу, що хора. Треба післати за лікарем.

— Не треба!

— Як то не треба? Чому не треба?

— Не поможе мені лікар!

— Не поможе? — дивувався Герман. — А хто ж поможе?

— Віддай мені мого сина! — відрізала Рифка. — Се тільки мені поможе!

Герман стиснув плечима і відійшов геть. За лікарем, звісна річ, не посилав. Аж ось ледво-неледво по десяти днях Рифка діждалася вісті від сина. Коминарчук доти ходив по улиці, доки вона не вихилилася через вікно: тоді він крізь вікно кинув їй з улиці до хати Готлібову карточку. Готдіб ось що писав:

«Вона мусить бути моя! Кажу вам раз назавсігди: мусить. Чи хоче, чи не хоче. А впрочім, як може не хотіти, — адже я багатий, багатшого жениха не найде в цілім краю. А я чую, що без неї не можу видержати. В сні і наяві все вона та й вона передо мною. І не знаю навіть, як називається. Але що то значить, коли вона мені сподобалася! І куди вона могла поїхати? Коби-м знав, зараз би-м поїхав за нею. Ага, я забув вам сказати, що я в;ке здоров, принаймні натілько здоров, що можу ходити. Лажу весь день по улиці напротив її дому, але пе вазжився ще й питати нікого, чий се дім і чия вона донька. Завтра раненько прийде мій післанець: дайте йому дещо грошей для мене».

Грошей у Рифки було небагато. На другий день коминарчук справді прийшов, і то в таку пору, коли Германа не було дома. Вона почала розпитувати його про сина, але коминарчук нічого не знав, а тільки сказав, що має принести гроші, та й годі. Рифка дала йому десять ринських — послідніх десять ринських, які у неї були, — і осталась сама в покої, проклинаючи коминарчука, що не вдоволив її цікавості.

Звістка, що Готліб здоров і може вже ходити, врадувала її, але його надмірна і сліпа любов почала її тривожити, їй нараз впало на думку, що ану ж но Готлібова дівчина — християнка, то що тоді? Вона прецінь не схоче йти за жида, — і готов собі Готліб бог знає що зробити, скоро не зможе її дістати. І в її роздражненім умі засіла тота догадка, мов влізлива оса, і знов почала вона мучитись, і тривожитись, і ночі не спати, і проклинати весь світ, мужа й себе. їй, не знати чому, бажалося, щоби Готліб узяв собі яку-небудь бідненьку, робучу жидівочку з Лану, таку саму, якою була вона, коли посватав її Герман, їй здавалось, що вона зненавиділа б його враз із його жінкою, коли б тота жінка була з багатого дому. А між тим з Готлібових листів випливало очевидячки, що дівчина, котру він уподобав, була багата, їздила повозами, мала багато вбраних слуг, — і вже, вже звільна починала в Рифчиній душі зароджуватись против неї якась сліпа і глуха ненависть.

Але найгіршої гризоти наробили Рифці гроші. По кількох днях, знов в Германовій неприсутності, прийшов коминарчук з карточкою. В карточці було коротко і вузловито написано ось що:

«Грошей мені треба, багато грошей. Мушу вбратися по-людськи. Вона завтра приїде. Мушу говорити з нею. Вже знаю чия. Передайте зараз хоть сто ринських».

Рифка аж затряслася, прочитавши ті слова. Знав чия, а не пише, не скаже їй! І мав же він серце лишати її в непевності? А ще сто ринських просить, — відки вона озьме сто ринських? Герман від кількох днів щось дуже куцо держав її, не давав їй до рук ніяких грошей, не лишав, як се давніше часом лучалося, ані цента в своїй шуфлядi, а все замикав до великої залізної каси на три ключі, а ключі забирав з собою. Рифка й не помітила сього аж до сеї хвилі. Але тепер, коли син зажадав у неї такої суми, а вона не найшла у себе й цента, розлютилася страшенно, кидалась з одного покою цо другого, з одної шуфляди до другої, але ніде не могла найти нічого. Вона голосно кляла нехланника-мужа, але прокляття не помагали нічого, і з кровавим серцем мусила відправити коминарчука, кажучи йому, що грошей тепер не мав і що нехай прийде аж завтра. Коминарчук похитав головою і пішов.

По його відході Рифка, мов безумна, бігала по покоях, тріскала меблями і наповнювала цілий дім прокляттями та лайкою. За тою роботою застав її Герман.

— Жінко, а тобі що такого? — скрикнув він, ставши на порозі. — Ти вдуріла?

— Вдуріла! — скрикнула Рифка.

— Чого тобі треба? Чого кидаєшся?

— Грошей треба.

— Грошей? Нащо тобі грошей?

— Треба, та й годі.

— А багато?

— Багато. Двіста ринських! Герман усміхнувся.

— Що?

— Та що, збираєшся десь за волами йти, чи о? — сказав він.

— Не питайся, а давай гроші!

— А-в-бе-бе, а відки такий строгий наказ? У мене нема грошей на роздавки.

— Нема грошей! — скрикнула Рифка і визвірилася на нього. — Кому ти се говориш? Зараз давай, бо біда буде! — І вона з піднятими кулаками наближувалася до нього. Герман стиснув плечима і поступився назад.

— Вдуріла жінка! — проворкотів він півголосом. — Давай їй гроші, а не знати нащо. Ти гадаєш, — сказав він до неї спокійним, переконуючим голосом, — що у мене гроші лежать? У мене гроші в діло йдуть.

— Але мені треба, зараз, конче! — сказала Рифка.

— Нащо? Як тобі треба що купити, то скажи, — возьму на кредит, бо готових грошей не маю.

— Не треба мені твого кредиту, а тільки готових грошей. Чуєш!

— Говори до гори, — відказав Герман і, не вдаючися з нею в дальшу бесіду, пішов поквапно до свого кабінету, все озираючись назад себе, чи не біжить за ним Рифка з піднятими кулаками. Прийшовши до кабінету, він зразу хотів замкнути двері на ключ, але далі надумався, знаючи Рифчину натуру, і з легким, таємним усміхом засів коло свого пульта і почав писати.

— Я знав, що воно так буде, — говорив він сам до себе, все ще таємниче всміхаючись. — Але нехай! Тепер я не подамся і притисну її. Побачимо, хто з нас дужчий!

По хвилі, важко дишучи, увійшла Рифка. Лице її мінилося: раз наливалося кров'ю, мов буряк, то "знов блідло, мов полотно. Очі палали гарячковим жаром. Вона сіла.

— Скажи ти мені, бога ради, чого ти хочеш від мене? — спитав її Герман якмога супокійним голосом,

— Грошей, — відповіла Рифка з упертістю божевільної.

— Нащо?

— Для сина, — сказала вона з притиском.

— Для якого сина?

— Для Готліба.

— Для Готліба? Але ж Готліба вже й на світі нема, — сказав Герман з уданим зачудуванням.

— Волить тебе не бути на світі!

— Значиться, він живий! Ти знаєш, де він е? Де він, скажи мені? Чому не йде додому?

— Не скажу.

— Чому ж не скажеш? Адже я все-таки отець, не з'їм його.

— Він боїться тебе і не хоче бути з тобою. . — А грошей моїх хоче? — сказав уражений Герман.

Рифка на те ані слова.

— Знаєш же що, — сказав рішуче Герман. — Перекажи йому, коли знаєш, де він, нехай вертається додому. Досить уже тої дурної комедії. Доки не верне, то ані цента не дістане ані від мене, ані від тебе!

— Але ж він готов собі що зробити! — скрикнула Рифка голосом розпуки.

— Не бійся! Так собі зробить, як у Львові втопився. Гадає, що мене грозьбами своїми переломить. Ні! Раз я подався, — тепер годі.

— Але він готов утекти в світ, готов наробити тобі якого лиха.

— Хе-хе-хе, — сказав насмішливо Герман, — в світ без грошей не втече, а впрочім... Слухай, Рифко, щоб ти не робила собі ніякої гризоти за те. що, мов, отея ти розповіла мені за нього. Я знаю, він тобі заказав, і я не налягав на тебе. Але я давно вже знаю ее, знаю, де він жиє і що робить, усе знаю. І щастя його, що я се знаю, а то були б шандарі давно вже всадили його до цюпи і були б шупасом повели його до Львова. Розумієш? Щастя його, що той жид, вугляр, з котрим він приїхав зо Львова і у котрого мешкає, що він зараз, скоро я приїхав, розповів мені все дочиста. А тепер слухай! Я до нього не буду втикатися, ловити його не піду, бо він, впрочім, в моїх руках. Перекажи йому, най вертає додому, то все буде добре. А як не хоче, то — мусить. Шандарі пильнують його, не дадуть му нікуди рушитися з Дрогобича. Грошей не дістане, перекажи му се через того злодіякоминарчука, що тобі доносить пошту від нього. Я його давно маю на оці, най і то знає. І на тім конець!

Герман встав з крісла. Рифка зразу сиділа, оглушена тими словами свого мужа. Вона тремтіла всім тілом, їй дух запирало так, що вона ледведве дихала, а вкінці, коли Герман встав, вона нараз розляглася страшним спазматичним реготом, котрий, мов грохіт грому, залунав по широких, пустих покоях. По хвилі і сміх раптом урвався, і Рифка грепнулась з крісла і почала в страшних судорогах кидати собою по підлозі.

— Господи, розв'яжи мене з нею! — проворкотів Герман і побіг до кухні, щоб ішли слуги відтирати паню. Сам він не вертався вже до покою, а, взявши пальто і капелюх, пішов у місто по своїм ділам. Не пора йому було тепер заніматися домашніми гризотами, коли його нові, великі плани чимраз ближче наближалися до свого осущення. Ван-Гехт писав до нього з Відня, що прилади для виробу церезину вже готові і фабрикант жде тільки від нього звістки, коли й куди їх вислати. Германові не хотілося для фабрикації церезину будувати нову фабрику, „він волів в своїй старій обширній нафтарні коло Дрогобича відступити одну часть на нову фабрикацію. Треба було оглянути місце і забудовання, котрі би відповідали тому планові, який списав Ван-Гехт, — треба було випорожнювати, перебудовувати, домуровувати і вичищувати, — і Герман пильно сам надзирав за роботою. Аж ось усе вже було готове, і він написав ВанГехтові, щоб якмога швидше прислав машини і сам приїздив. Так само чимало заходу було і з великою «Спілкою визискування земного воску», з котрою Герман у Відні заключив контракт на достачення величезної маси сирого земного воску. Правда, «Спілка визискування» не дала ще на карб того контракту Германові ані цента і мала заплатити йому все разом аж по достаченні всього воску, — та все-таки на карб того контракту «Спілка» випустила вже множество акцій і старалася при помочі реклами вишрібовувати їх курс чимраз вище. Акції йшли дуже добре, і тепер, в середині літа, «Спілка» надумалась, що прецінь треба щось зробити в Бориславі. А надумалась вона зробити ось що: заложити в Дрогобичі велику контору, в котрій би повномочні «Спілки» наглядати за контрактами, докопували виплат і старалися о нові зв'язки і о нові джерела доходу для «Спілки». Звісна річ, заложення контори, плата повномочним і різним урядникам — усе те обійшлось недешево і принаймні три рази дорожче, аніж би могло було обійтись при розумнім веденні діл. Але що се значило! «Спілка визискування» прийнялась живо розтрублювати по світу про се своє діло, величаючи його — як не знати який подвиг, — і знов акції «Спілки» підскочили вгору. Герман пильно крутився коло «Спілки», пильно придивлявся всім поступкам повномочних і потаємно дуже похитував головою на всю тоту роботу. «Ні, ні, — говорив він сам до себе, — довго вони не видержать з такою роботою! Нехай собі їх акції стоять як хочуть добре, я їх купувати не буду ані зв'язуватися з ними не хочу! От дурницю зробив, що заключив з ними такий величезний контракт, а задатку ніякого не взяв. Правда, хоч би тота блискуча банька і пукла перед зреалізованням мойого контракту, то страти для мене не буде, бо віск все-таки у мене останеться. Але, розуміється, коли б вони насамперед мені заплатили, а відтак пукли, то се було би ліпше. Та й то треба собі вимовити виразно, щоб виплачували готовими грішми, а не своїми акціями!» Герман, значиться, уважав згори «Спілку визискування» предприємством «дутим», ошуканським, хоть не можна сказати, щоб іменно він загадав ошукати предприємство. Його контракт був цілком чистий і реальний, і він від самого приїзду з Відня сейчас принатужив усі сили свойого капіталу, щоби постачити всю величезну масу воску якнайшвидше, перед контрактовим терміном, боячися, щоб предприємство ще до того часу через нерозум та шахрайство своїх основателів і повномочних не лопнуло. Він наняв майже три рази більше робітників до ям, ніж їх наймав досі, відновив роботу в вісімдесяти ямах, в котрих досі через кілька літ уже не йшла робота задля різних недогідностей грунту, — і справді, багато з тих відновлених ям тепер оправдало всі давні надії. Робота йшла пудами і коштувала далеко менше, ніж інших літ, бо голод зігнав тепер далеко більше людей на панщину до Борислава, голод же і підганяв їх до роботи немилосердно, а Герман пильно і правильно знижував та знижував робітницьку плату, не дбаючи на крики, сльози і прокляття. Робота йшла пудами, магазини Германові наповнювалися великими брилами воску, і Герман тремтів з нетерплячки, чи скоро буде їх повне, контрактом означене число. Тоді «Спілка» буде мусила зараз перейняти віск на себе, йому відразу вповні виплатити всі гроші, а відтак, думав Герман, нехай собі й голову зломить! А між тим, поки Герман укладав свої плани та турбувався про уладження фабрики церезину, поки слуяйниці в його домі відтирали Рифку, що кидалася і розбивалася по підлозі в страшних судорогах, — Готліб, в бруднй вуглярській сорзчці,- весь обмурзаний, ждав нетерпеливо в маленькій і брудній вуглярській пюпі на прихід коминарчука з грішми. З тим коминарчуком він познайомився по сусідству і поєднав його, щоб за добру плату переносив йому вісті до матері і від неї. Ось він увійшов до хати, і Готліб поквапно обернувся до нього.

— А що? — спитав він.

— Нічо, — відказав коминарчук.

— Як то нічо? Не дали?

— Не дали, — казали: завтра буде.

— Прокляте завтра! — проворкотів гнівно Готліб. — Мені нині треба!

— Що ж діяти? Казали: нема.

З тим коминарчук вийшов. Готліб, мов біснуватий, зачав бігати по хаті, розмахуючи руками і воркотячи сам до себе уривані слова: «Я ту завтра маю з нею бачитись і мушу бачитись, а ту ось що! Нема! Як сміє не бути? Хіба вже і мати супротив мене, не хоче дати? О, в такім разі, в такім разі...» і він затиснутими кулаками погрозив до дверей. Його нам'єтність, сліпа і бурлива, як ціла його вдача, несподівано і нагло виросла до надзвичайної силп, і під її проводом він готов був зробити все, що йому підшепнула перша-ліпша хвиля, без розваги і розсудку.

«А може, — думав він далі, — може, він дізнався? Може, се його справка... навмисне не дає мамі грошей, щоб вона мені не передала?.. О, се може бути, — я знаю, який він захланний на ті гроші!.. Але ні, ні, се не може бути! Він думає, що мене нема, він якби знав, зараз би старався мене загнати додому, як загублену скотину. Але чекай собі троха! Тоді верну, як мені схочеться, помучся троха!»

Бідний Готліб! Він і справді гадав собі, що Герман не знати як мучиться його неприсутністю!

Але дарма було Готлібові лютитись і грозити — все те не могло наповнити його кишені грішми. Думки його поволі чи по неволі мусили вспокоїтися і перейти на другі предмети, а іменно — на предмет його любові. Вчора доперва він дізнався від слуги її батька, котрого прислідив в недалекім шинку і з котрим при келишку горілки зав'язав знакомство, що отець її — дуже велика- риба, один з перших багачів в Бориславі і в Дрогобичі, що перед двома літами заїхав сюди з Відня, будує великий і пишний дім, називається Леон Гаммершляг, удовець, і має тільки одну доньку — Фанні. Донька тепер поїхала чогось до Львова, але завтра має вернутись. Дівчина дуже добра, лагідна і ладна, і отець також дуже добрий панище. Оповідання тото дуже врадувало Готліба. «Значиться, вона рівна мені, може бути моя — мусить бути моя!» — се було все, що приходило йому на думку, але й сього було досить, щоби зробити його щасливим. З нетерплячкою дожидав він того завтра, щоби побачити її. Зразу він думав справити собі одіж, відповідну до його стану, щоби показатись їй в якнайкориснішім світлі. Але тут нараз прийшла несподівана перешкода — мати не дала грошей. Приходилось зустрічати її в поганім вуглярськім шматті, котре Готлібові ніколи не було так ненависне, як іменно нині.

Скоро світ Готліб узяв у кишеню трохи хліба і побіг за місто, аж геть по конець Задвірного передмістя, на Стрийський гостинець, котрим мала над'їхати Фанні. Залізниці ще тоді не було. Тут, засівши край дороги в тіні густої рябини, він встромив очі в запорошений гостинець, що прямою сірою пасмугою простягся перед його очима далеко-далеко і тонув в невеличкім ліску на узгір'ї. Гостинцем волоклися, піднімаючи невеличкі тумани пороху, жидівські будки, накриті рогожею і напаковані пасажирами, мужицькі драбинні вози, худоба, гнана ва торг до Стрия, — але не видно було блискучого повозу, запряженого парою огнистих гніданів, в котрім мала над'їхати Фанні. Готліб з упертістю дикого індіанина на муках сидів під рябиною, встромивши очі в гостинець. Вже Сонце геть-геть піднялося і почало немилосердно пекти його косим промінням в лице і в руки, — він не чув сього. Люди їхали і йшли повз нього широким шляхом, гуторили, гейкали, сміялися та позирали на вуглярчука, вдивленого в одну точку, мов безумний. Жандарм, з блискучим багнетом, нап'ятим поверх люфи гвера, з плащем, звиненим в обарінок на плечах, весь облитий потом і припалий порохом, пройшов також повз нього, женучи перед собою закутого в ланцюги якогось напівголого, закровавленого чоловіка; він пильно позирнув на Готліба, здвигнув плечима, сплюнув і пішов далі. Готліб нічого сього не бачив.

Аж ось нараз із далекого ліска, мов чорна стріла, вилетіла бричка і живо котилася до Дрогобича. Чим ближче вона наближувалася, тим більше прояснювалося Готлібове лице. Так, він познав її! Се була вона, Фанні! Він зірвався на ноги з свого місця і скочив на гостинець, щоб спішити за бричкою до міста, коли вона з ним порівняється. Коли побачив виразно Фанні в повозі, лице його ціле облилося кров'ю, і серце зачало битися так живо, що йому аж дух заперло в груди. Але й Фанні, побачившії його, мабуть, познала того самого вуглярчука, що так безумно кинувся був до її повозу і такого набавив її страху. Безумно відважна, сліпа гарячість часом — а може, й завсіди, — подобається жінкам, наводить їх на думку о сліпім, безграничнім прив'язанні і посвяченні. І коли вперед Фанні не могла вияснити собі причини того безумного поступка якогось брудного вуглярчука, то тепер, побачивши, що він ждав на неї аж за містом, на спеці і в поросі, побачивши, як він запаленівся, увидівши її, як чемно і тривожно поклонився їй, мов перепрошував за своє колишнє безумство, — побачивши все те, вона погадала собі: «А що, може, сей півголовок закохався в мні?» Вона іменно ужила в думці назви «півголовок», бо який же розум для якого-небудь обідраного вуглярчука — залюбитися в одиначці-доньці такого багача, кидатися і калічитися о її бричку, визирати її з дороги?.. Але про все те їй не була неприємна така безумно-страсна любов, і хоть вона далека була — полюбити його за се, але все-таки почула до нього якусь симпатію, яку можна мати для півголовка, для песика. «Ану, — погадала собі, — зачну з ним говорити, чого він хоче. До міста ще й так далеко, на гостинці пусто, ніхто не побачить». І вона казала візникові їхати звільна. Готліб, почувши той наказ, — аж увесь затрясся: він почув, що се для нього такий згляд, і сейчас порівнявся з бричкою. Фанні, побачивши його, відсунула віконце і вихилила голову.

— Чого тобі треба? — спитала вона несміло, видячи, що Готліб знов зняв шапку і з виразом німого подиву наближається до неї. Вона заговорила польською мовою, думаючи, що се християнин.

— Хочу на тебе подивитися! — відповів сміло по-жидівськи Готліб.

— А хто тобі сказав, що я жидівка? — спитала Фанні, всміхнувшись, також жидівською мовою.

— Я знаю се.

— То, може, й знаєш, що я за одна?

— Знаю.

— То, певно, знаєш, що тобі недобре на мене задивлюватися, — сказала вона гордо.

— А чому не питаєш, що я за один? — сказав гордо Готліб.

— Овва, не треба й питати, сама одіж каже.

— Ні, не каже! Бреше одіж! А ти спитай!

— Ну, хто ж ти такий?

— Я такий, що мені не зашкодить задивитися на тебе.

— Хтіла би-м вірити, та якось не можу.

— Я тебе переконаю. Де можу тя побачити?

— Коли знаєш, що я за одна, то, певно, й знаєш. де я мешкаю. Там мене побачиш.

І за сим вона знов засунула віконце, дала знак візникові, коні погнали, затуркотіла горі передмістям бричка, і туман куряви закрив перед Готлібовими очима чудну появу.

«Смішний хлопак, — думала собі Фанні, — але півголовок, чистий півголовок! Що він розуміє під тим: «бреше одіж»? Хіба ж він не вуглярчук? Ну, але коли ні, то хто ж він такий? Півголовок, півголовок, та й годі!»

«Пречудна дівчина, — думав сам собі Готліб, — а яка гарна, а яка чемна! І з простим вуглярчуком заговорила! Але що вона розуміла під тим: «дома мене побачиш! Чи се значить: приходь? Ех, коби мені убратися в що по-людськи! Ну, але треба старатися!»

З такими думками Готліб поплентався до своєї вуглярської нори.

XIII.

Минуло кілька неділь. Цілковита, несподівана тиша настала в Бориславі. Жиди, котрих недавні грізні рухи робітників чимало-таки були налякали, тепер зовсім збилися з пантелику, не знали, на яку ступити і що о тім думати. Правда, були між ними такі, котрі сміялися з цілого наглого руху і наглого втишення, твердили, що вже по всьому, що гої так, як пустий вітер: пошумлять, пошумлять, а дощу не наженуть, і що тепер, коли вони знов зробилися м'які та податливі, пора знов надавити на них твердою рукою, пора вигнати у них охоту до всякої буйності. «Гой лиш печениї добрий! — говорили вони. — Ти йому дай полегкість, а він собі подумає, що се йому так і належиться, і буде собі чимраз більше розбирати, як той кіт на решеті». Тільки в ненастаннім притиску, в ненастанній погрозі привчиться він до послуху, до покірності, до пильності та точності, станеться він, як любив говорити Леон Гаммершляг, «чоловіком, спосібним до вищої культури». І всі бориславські предприємці згодилися на те, що тепер, коли розбурхана хвиля робітницького руху раптом притихла, треба з подвійною силою надавити на непокірних, — хоть не всі предприємці годилися на той погляд, що хвиля тота після наглої бурі зовсім і оконечно утихла, улягась, успокоїлась. Ні, деякі, а особливо Іцик Баух, уперто обставали при тім, що се заманлива, поверхня тиша, тиша перед страшною бурею, що іменно тої тиші і тої уданої покірності треба їм найдужче лякатися, бо се знак, що бунт робітницький, будь він який-будь, уложений і сильно зорганізований, і робітники, без сумніву, оружаться до нього, а тільки таємність і безшумність їх починань свідчать о тім, що вони щось поганого мають на думці і що роблять се систематично, порядно і ненастанно. І всюди, де тільки зійшлися предприємці: чи то на вулиці случайно, чи то де в світлиці на яку нараду, всюди Іцик Баух не переставав остерігати товаришів о небезпеченстві, не переставав намовляти їх до того, щоб удалися до староства в Дрогобичі і просили о зарядження острого слідства або хоч о прислання сильного постерунку жандармерії на побут до Борислава. І хоть в основі ніхто нічого не мав против того, хоть усякий, певно, й рад би був мати в кождій хвилі на свої услуги жандармерію для охорони перед своїми власними робітниками і для затвердження всіх роблених їм кривд урядовою печаттю, — але на подання соборної просьби якось не могли зібратися. Чи то пора така була гаряча та обезсилююча, чи то звичайна у наших людей — будь вони жиди чи християни — недостача ініціативи в ділах громадських, в ділах, виходячих поза обсяг вдиничних, приватних інтересів, чи, може, переконання, голосно висказане Леоном, що прецінь уряд сам повинен дбати о безпеченство предприємців в

Бориславі, бо на те він і є поставлений, — досить, що бориславські жиди сим разом якось не здобулися на те, щоб удатися до власті, а навіть щоб донести їй о тім, що знали про недавній робітницький рух. А ще ж, безперечно, й нагле втишення того руху відняло у них пряму причину до такого кроку. О чім доносити до власті? Що має тота власть слідити? Що перед кількома неділями показувалися непокоячі об'яви якогось робітницького руху, котрі швидко щезли? Чому ж не донесено о них впору? Так ціле те діло й зам'ялося, поки несподіваний і досить таємничий случай не розбудив жидів з їх оспалості, мов наглий грохіт грому з невеличкої темнявої хмарочки. Не треба, бачиться, й казати, що цілий той наглий поворот від шуму до тиші і покірності був ділом наших побратимів, піднятим іменно в тій цілі, щоб змилити і ослабити чуйність та підозріння жидів. Бесіда Іцка Бауха, котру почув був Сень Басараб, переконала побратимів, що жиди можуть їм багато зашкодити, ба й розбити при помочі начальства все діло, коли воно буде вестися так, як досі, явно та шумно. От вони й почали уговорювати всіх — притихнути до пори, податися, придавити в собі бурливі чуття гніву і радості, поки не прийде пора. Великого труду стоїло се побратимів, поки їм удалося штучно притишити бурю і держати її немовби на припоні, щоб вона де-небудь за першим товчком не вибухла перед часом. Великого труду стоїло се і держало їх в ненастанній боязні, що ось-ось може вибухнути щонебудь таке, що жидам не пошкодить, а робітників зрадить і розіб'є. Тільки один був спосіб гамувати людей, а іменно той, що побратими обіцювали їм, що таким способом скорше прийде «пора». Але як небезпечні і двосічні були тоті обіцянки, се дуже добре знали побратими. Адже ж такими обіцянками вони прямо готовили невдачу свойому діяу. Бо відки ж вони візьмуть средства зачати змову справді так швидко, як би сього бажалося терплячому народові? Грошей досі вплило звиш вісімсот ринських до головної каси, — вкладки поки що плили ще правильно, але жиди почали наново і ще тугіше давити, ніж попереду, і треба було надіятися, що вкладок швидко омаліє і що в часткових касах буде мусила лишатися більша часть грошей на запомоги для потребуючих, хорих і безробітних. А в такий спосіб кільки-то ще місяців потягне, поки набереться потрібна сума! А коли так, то й замірена війна не зможе початися швидко, і робітники почнуть сумніватися о своїй силі, і запал їх остине, і все пропаде. Або коли ні, то роздражнений народ вибухне завчасно, вибухне без ладу і без певної цілі, протратить силу дарма, а замірене діло все-таки пропаде.

А вже сли кого мучили і гризли такі думки, то, певно, найбільше Бенедя. Адже ж діло се — то було його кровне діло, вистрадане тисячними муками і трудами, оповите в блискуче проміння надії. Адже ж в тім ділі — він чув се виразно — лежало тепер все його серце, всі його сили, все його життя. Він не знав, не бачив нічого поза ним, і случай невдачі сього діла йому показувався рівнозначучим з його власною смертю. Не диво затим, що коли тепер, при виповненні його замислів, чимраз нові трудності почали насуватися, Бенедьо днями і ночами об однім тільки й думав: як їх побороти або обминути, позеленів і похудів до решти і не раз довго-довго ночами, мов сновида, ходив по Бориславі, сумний, понурий, мовчазливий, і тільки час від часу важко зітхав, позираючи в темне, неприв'ятне небо. А трудності бовдурилися чимраз вище, і Бенедьо чув, що йому починає неставати сили, що голова його — мов довбнею прибита, мозок — мов омертвілий, не здужав вже з давньою сплою працювати, не може напасти на ніякий щасливий слід.

Отак дождався Бенедьо знов того вечора, коли в Матієвій хатині зійшлися побратими на нараду. Що діяти? Народ нетерпиться. Чому не дають знаку, чому не зачинають, чому нічого не роблять? Люди починають опускати руки. Вкладки починають впливати слабше, жиди знов вменшили плату ще й проти давнього. Голод по селах трохи перестав, але жнива такі вбогі, яких ще не тямили люди від тісних років: рідко кому вистачить свого на прожиток до великого посту, більша половина ледве дотягне й до покрови. Народ швидко ще дужче почне пертися до Борислава, ніж досі. Коли б що зачинати, то тепер найліпше, бо тепер ще найлегше стримати людей по селах, щоб не йшли до Борислава, ба навіть можна би більшу половину з Борислава виправити на села на яких два-три тижні, щоби тут тим легше було держатися без роботи. А тут грошей нема на тільки — в тім біда! Коли побратими договорилися до того «сука», то всі стали і понурили голови, не знаючи, що на то порадити. Мертвецька тиша залягла хатину, тільки нерівний, тривожний віддих тих дванадцяти людей роздавався між низькими, покривленими стінами хатини. Довго тривала мовчанка.

— Га, дійся воля божа, — скрикнув нараз Сень Басараб, — не журіться, я тому зараджу!

Той голос, тота нагла рішучість серед загальної тиші і безсильності вразили всіх побратимів, мов наглий вистріл з рушниці. Всі зірвалися і обернулися до Сеня, що сидів, як звичайно, на стільчику коло порога з люлькою в зубах.

— Ти зарадиш? — запитали всі в один голос.

— Я зараджу.

— Але як?

— То моє діло. Не допитуйте нічого, тільки розходіться. А завтра о тім часі будьте тутка, будете видіти!

І більше не сказав нічого, і ніхто його не допитував більше, хоть у всіх, а особливо у Бенедя, на серці залягла якась тривога, якась холодна біль. Але ніхто не сказав нічого, і побратими розійшлися.

Сень Басараб, коли вийшли на вулицю, взяв за руку Прийдеволю і шепнув до нього:

— Підеш зо мною?

— Піду, — сказав парубок, хоть рука його, не знати чого, тремтіла.

— Будеш робити, що я скажу?

— Буду, — сказав знов парубок, але непевним, мов недобровільним голосом.

— Ні, ти не лякайся, — вважав конечним успокоїти його Сень, — страшного нічо нема в тім, що я задумав. Тільки сміло і живо, а все буде добре!

— Не пендич, а кажи, що робити, — перебив йому Прийдеволя. — Адже знаєш, що мені все одно!

Ніч була вже досить пізня. Майже у всіх хатах, окрім шинків, світло не світилося, і вулиця бориславська була зовсім темна. Наші оба побратими йшли мовчки горі улицею. Сень пильно глядів по вікнах. Дійшли вже на середину Борислава, де доми були трохи оглядніші, помальовані то жовтою, то синьою, то зеленою краскою, з заслонами на широких вікнах і з мосяжними клямками при дубових дверях, з ганочками або й без ганочків, а перед кількома були навіть малесенькі за штахетами огородці з нужденними цвітами. Тут жили бориславські «головачі» та «тузи» — головні предприємці. Насередині, найкращий з усіх, стояв домой; Германа Гольдкремера, критий бляхою і нині зовсім пустий, бо Герман рідко коли ночував у Бориславі. Побіч нього, трохи віддалік від решти, стояв другий, не такий гарний і далеко не такий огрядний домок — Іцка Бауха. В однім його вікні було ще світло, — очевидно, що Іцик мусив ще не спати, бо вікно було іменно з його кабінету.

Сень Басараб знав сей домок. Він довгий час робив в Іцкових ямах і не раз тут приходив за виплатою. Він знав, що, крім одної старої жидівкислужниці і Іцка самого, не було нікого в тім домі і що жидівка, певно, вже спить в кухні. Сього тільки йому й треба було. Він шарпнув за собою Прийдеволю, і коло найближчої ями оба обмастили собі лиця чорною кип'ячкою так, що їх лиць зовсім не можна було пізнати.

— Ходи за мною і не кажи ані слова, а роби, що я скажу, — шепнув Сень, і вони пішли. Осторожно підповзли вони до одних, далі до других дверей дому. але двері були позамикані. Се зовсім не знеохотило Сеня, і він почав осмотрювати вікна. Тихе псикнення дало знати Прийдеволі, що він найшов, чого шукав. Справді, одна кватирка в кухоннім вікні була незащеплена і легко далася створити. Сень встромив через неї руку, повідсував засувки і отворив вікно. Влізли до кухні. Кругом тихо було, як в гробі, тільки сонне сапання служниці чути було з-за печі. Побратими на пальцях пішли до дверей. Кухонні двері були незаперті, і вони вийшли до сіней. Сень намацав двері до Іцкового кабінету і хотів поглянути в дірку від ключа, але побачив, що в дірці був ключ. Потрібував тихенько покрутити клямку — і переконався, що двері були замкнені. Але Сень і тут недовго надумувався. Шепнувши кілька слів Прийдеволі, він голосно потермосив клямкою і запищав хриплим бабським голосом, подібним до голосу старої служниці:

— Herr, Herr, öffnen Sie!

— Wus is? — давася чути внутрі грубий голос Іцка, затим важкий скрип черевиків, а вкінці брязк ключа, що відчинив замкову пружину. Двері тихо відчинилися, потік світла линув з кабінету до темних сіней, і в тій хвилі два хлопи, зачорнені, як чорти, кинулися на Іцка і заткали йому рот, заким ще встиг крикнути. Впрочім, хто знає, чи сього й було треба. Несподіваний напад так налякав Іцка, що той як був з простягнутими руками і запитуючим, глупим виразом лиця, так-таки в тім положенні і задеревів, а тільки кліпання вибалушених сірих очей давало знати, що се не бездушна брила м'яса і товщу, але якась живина.

— Wie geht's, Herr, wie geht's? — пищав Сень усе ще бабським голосом. — Не бійся, небоже, ми тобі не хочемо нічого злого зробити, ні! Ми ще не правдиві чорти, що мають прийти по твою душу, ми тільки прийшли визичити від тебе троха грошей!

Іцик не пручався, не кричав, не стогнав, а все ще стояв так, як в першій хвилі, одубілий, непритомний, а заткаиим шматою ротом, важко дишучи ніздрями. Товариші взяли його за плечі, завели до крісла і посадили.

— Держи ж його добре і не дай кричати! — пропищав Сень до Прийдеволі. — А скоро би що-небудь — задуси! А я тим часом пообзираю его хатину!

Але Сенева погроза була даремна. Іцик не рушався і, мов безвладний труп, дав Прийдеволі зв'язати собі хусткою руки на плечах. А Сень між тим, все збоку зиркаючи на Іцка, почав озиратися по хаті. Очевидно, Іцик робив обрахунки, бо на бюрку перед ним лежала велика книжка, а побіч бюрка стояла створена невеличка залізна каса. Сень поквапно сягнув до неї і почав винімати порядно поскладані пачки банкнотів. В тій хвилі з грудей Іцка перший раз видобувся якийсь глухий, глибокий звук, мов послідне стогнання підрізаного вола.

— Мовчи, бо смерть твоя! — пискнув Сень і порався далі коло каси. Він робив се зовсім спокійно і шептом числив купки банкнотів, поперев'язуваних вузькими папірцями, котрі винімав з каси і клав собі за пазуху. Банкноти були по ринському, а з грубості купки Сень догадувався, що в одній купці мусило бути сто' штук. Він нарахував уже тридцять таких купок.

— Досить, пора нам іти! — шепнув він до Прийдеволі. Оба

зирнули на Іцка. Він усе ще дихав ніздрями, але його грубе, одуте лице страшно почервоніло і вибалушені очі стояли на мірі з якимось глупим, запитуючим виразом.

— Мовчи, бо смерть твоя! — шепнув йому до уха Сень, між тим коли Прийдеволя розв'язав його руки. Руки були холодні і звисли, мов неживі; Прийдеволя підняв їх і опер о бюрко. За тим Сень шепнув до Прийдеволі:

— Я піду наперед, а коли почуєш свист на улиці, то вийми му з рота шмату і втікай!

По тім Сень осторожно вийшов. Прийдеволя думав, що Іцик почне пручатися і кричати, і готов був у крайнім разі задавити його. Він стояв над Іцком блідий, тремтячий, збурений до дна душі, — але Іцик, мов і не знав, і не розумів нічого, сидів на своїм кріслі з витріщеними очима та дихав, посвистуючи носовими дірками. Вже й повіками не кліпав.

Аж ось дався чути легенький свист під вікном. Тремтячою судорожно рукою виняв Прийдеволя Іцкові шмату з рота, певний, що в тій хвилі розляжеться страшенний крик і розбудить цілий Борислав, певний, що в тій хвилі впадуть товпи народа до сеї тихої хати, зловлять його, і зв'яжуть, і поб'ють, і поведуть вулицями, і вкинуть бог зна в яку підземну яму, і що се послідня хвиля його вольного життя. Але ні. Іцик і оком не змигнув. Він зачав дихати свобідніше, але й чимраз повільніше, та й тільки всього. Прийдеволя стояв ще хвилю над ним, не розуміючи, що се такого діється, і коли б не виразне голосне сапання, він був би думав, що Іцик неживий. Але коли почув другий свист під вікном, то покинув Іцка і тихо вийшов зо світлиці. «Та ні, — подумав собі, — треба погасити світло!» І ще раз вернувся, запер касу, з котрої Сень набрав грошей, підняв шмату, котрою був затканий Іцків рот, погасив світло і, виходячи, позапирав двері, защепив кухонне вікно, крізь котре виліз надвір, і свиснув стиха на Сеня.

— Ну, що? — спитав Сень.

— Нічо, — відказав Прийдеволя. — Сидить, не рушаєсь.

— Може, задусився?

— Ні, дихає.

— Гм, мусив так дуже перепудитися. Ну, про мене, нехай му завтра відливають переполох! А нам пора йти спати! Тридцять пачок маємо, — се, чень, вистане! А лице зараз теплою водою і милом — ані знаку не буде. Ну, що то скаже завтра Іцко, як протверезиться! Тепер уже певно, що сам побігне по шандарів!

Але Іцкові було не до шандарів. Чорна пітьма залягла його кабінет і мертва тиша. Він усе ще сидів на кріслі, з руками, опертими на біорі, з очима вибалушеними, але давно вже не чути було його важкого сапання. Так застало його й ранішнє сонце, коли визирнуло з-понад чорних бориславських дахів і крізь вікно заглянуло йому в мертві, скляні очі. Так застала його й служниця, так застав його й цирулик, і другі знакомі, що на її крик позбігалися, і ніхто не знав, що се таке з ним зробилося. Цирулик говорив, що Іцка «шляк трафив», бо на тілі його не було ніяких найменших слідів насилля, одіж була в порядку і ніщо не свідчило о якім-небудь нападі. Служниця, правда, говорила іро якийсь шелест, про якесь ступання вночі і чула, як пан відмикав двері, але все те говорила вона дуже непевно і неясно, не знаючи, чи се був сон, чи дійсна ява. Далі прийшов і уряд громадський, зревізовано весь дім і все доокола, але нічого підозреного не найдено. Отворено касу: в касі були гроші і цінні папери. Правда, коли зведено докупи рахунки, над котрими вчора ще сидів небіжчик, то показалося, що в касі не стає трьох тисяч ринських. Тільки ж і тут найшлися «сучки». Рахунки, очевидно, були нескінчені, послідня цифра написана була тільки до половини: може бути, іцо небіжчик сам іще куди-небудь видав ті гроші. А по-друге, коли б тут був рабунок, то рабівники, певно, забрали б були й решту готівки — ще звиш дві тисячі. Притім же годинник і пулярес з дрібними грішми — все було в кишенях небіжчика нетикане, так що годі було увірити в правдоподібність рабівннцького забійства. Тільки дві чи три плями з кип'ячки на лиці і білій сорочці небіжчика наводили всіх на якесь неясне підозріння, котрого, однако ж, ніхто не міг вияснити. Були голоси між жидами, що, може, в тім була рука ріпників, котрі дуже ненавиділи Іцка, і голоси ті, безперечно, не одного предприємця проймали таємною дрожею, але наголос усі сьому перечили, тим більше, що судова обдукція трупа й справді виказала, що Іцик умер від апоплексії, до котрої здавна мав органічний наклін. Похолонуло в серці у Бенедя і у других побратимів, коли на другий день почули о Іцковій наглій смерті. Вони й хвилі не сумнівалися о тім, що тота нагла смерть стоїть в безпосереднім зв'язку з учорашньою бесідою Сеня Басараба. А коли вечером знов зійшлися до Матієвої хати, то довгу хвилю всі сиділи мовчки і понуро, мов почуваючись до спілкної вини в якімось поганім ділі. Перший перервав мовчанку Сень Басараб.

— Ну, що ж ви так посідали та й сидите, мов води в роти набрали? — сказав він, гнівно сплюнувши. — Отченаші відмовляєте за Іцкову душу, чи що? Чи треба мені присягатися перед вами, що я нічого злого йому не зробив і що коли його шляк трафив, то з власної волі? А впрочім, хоч би й ні, то що з того? То, що я зробив, то зробив на власну руку, а ви беріть від мене вкладку і робіть своє діло. Ось вам три тисячі ринських! Що Іцка шляк трафив, се навіть ліпше для нас, бо не буде впоминатися, а другі не доглупаються, бо я навмисно решту грошей лишив і нічого, зрештою, не тикав! А впрочім, що великого, що одною п'явкою на світі менше! Де дрова рубають, там тріски летять! Адже ж не викинете ті гроші для того, що вони не дуже чистим способом нам дісталися! Не бійтеся, се не Іцкова праця, се наша праця, наша кров, і бог не покарає нас, коли нею покористуємося. А впрочім, чи ж то ми для себе їх потребуємо? Ні, а для громади! Беріть!

Ніхто не відповідав на тоту Сеневу бесіду, тільки Бенедьо, мов під тиском якоїсь важкої руки, простогнав:

— Чисте діло чистих рук потребує!

— Певно, певно, — відказав живо Андрусь Басараб, — але будь ту мудрий зробити що-небудь чистими руками, коли, крім рук, треба ще й підойми, міцної підойми! А по-мойому, коли хочеш трам підняти, то бери підойму, яка е, — чи чиста, чи нечиста, — щоби тілько міцна!

— Гній же не шовком вимітують, а гнойовими вилами! — докинув з кута Прийдеволя.

І прийшлось Бенедьові хотя-не-хотя податися. Впрочім, і виходу другого не було!

По тій важкій переправі побратимство значно оживилося. Всім немов полегшало, немов камінь хто зняв з плечей. Почали нараджуватися над тим, що тепер робити. Звісна річ, загального робітницького збору скликати ніколи — се знов би розбудило увагу жидів, — війна мусить вибухнути раптово, несподівано, мусить приголомшити, і тільки в такім разі можна надіятися побіди. Треба затим передавати загалові робітників усякі вісті без шуму, без гвалту, найліпше через окремих висланців та через касієрів часткових кас. З ними також нарадитися над спроваженням живності до Борислава на час війни і над тим, котрих робітників на той час треба і можна буде видалити з Борислава. Видалювання, звісна річ, мусило бути добровільне: кождому, хто відходив з Борислава, малося дати дещо на дорогу, і виходити мали вони звільна, день поза день, малими громадками і буцімто з різних поводів. На склад живності ураджено винаймати шпихліри в сусідніх селах: в Попелях, Бані, Губичах та Тустановичах, де мала також стояти робітницька варта. Тут же ураджено вислати зараз двадцять хлопа в різні боки, щоби йшли по селах і голосили людям — не йти через пару неділь до Борислава, поки тамошні робітники не виборють собі і всім взагалі ліпшої плати. Якнайскорше, а коли можна, то й зараз завтра мали вибратися Матій і Сень Басараб до Дрогобича для закуплення хліба. Матій мав там знакомого пекаря і надіявся, що через нього можна буде без шуму і без підозріння замовити таку велику многоту муки і хліба, а перевезти бодай більшу половину замовлених запасів можна буде ще перед вибухом, в протягу тижня, в бочках та паках, в яких звичайно возять великі ладунки воску і нафти. Таким способом усі приготування могли б зробитися швидко і неспостережено, а іменно в тім лежала би найбільша порука вдачі для робітників, бо жиди переконались би о їх силі і о добрій організації цілого замислу, а й самі робітники, видячися забезпеченими від голоду і нужди, набрали б смілості і певності. Так само мав Андрусь Басараб з Деркачем піти по сусідніх селах і у знайомих газдів (брати Басараби були родом з Бані, в найближчім сусідстві Борислава, і знали багато газдів по дооколичних селах) позамовляти відповідні будинки для своїх складів. Прочі побратими мали остатися в Бориславі і надглядати, щоб усе йшло в порядку і щоб жиди завчасно не дізналися о тім, що таке загадали зробити робітники,

Позаяк того дня була неділя і нарада скінчилася досить завчасу, то побратими розбіглися, щоб зараз ще скликати на нараду часткових касієрів і обговорити з ними, як стоїть діло. Довго в ніч живо було в Матієвій хатині; старі й молоді, пожовклі і рум'яні лиця мелькали в слабо освітлених вікнах, поки вкінці, геть уже по півночі, не порозходилися всі по домах. Борислав під покриттям темноти спав уже давно глибоким сном, тільки десь далеко на Новім Світі з одного шинку доносився хриплий спів якоїсь підпитої кумпанії робітницької:

Ой не жалуй, моя мила, що я п'ю,
Тогди будеш жалувати, як я вмру!

XIV.

Ще тиждень тривала тиша в Бориславі. Ще тиждень безжурно шниряли жиди вулицями, ходили за своїми гешефтами, торгували, шахрували, брали і видавали гроші, заняті тільки біжучою хвилею і біжучими рахунками. Робітники також ходили по-давньому нужденні, похилені, обмазані кип'ячкою; вони по-давньому лазили до ям, крутили корбами, їли сухий хліб і цибулю, рідко. колії куштуючи теплої страви, а зато більше вживаючи горілки. Правда, голосних, гучних, безумних пиятик тепер не видно було, в шинках не засиджувалися громади людей, але шинкарі, котрі звичайно заразом були і властивцями ям, не дуже іiа те бідкались: пора була жарка, робота дуже поквапна, з усіх боків ішли замовлення на віск, а з тверезим робітником все-таки більше можна було зробити, ніж з п'яним. Життя текло, мов річка, плитка і намулиста, і бачилось, що так воно буде плисти довіку. А між тим се був послідній тиждень!

І в Матієвій хаті, котра послідніми часами сталася правдивим осередком робітницького руху, куди щоночі, чи дощ, чи погода, то вулицею, то околичними стежками пробиралися робітники з усього Борислава на нараду, для перегляду каси, для вложення вкладок або й так тільки на розмову і по заохоту, — і тут було тихо. Бенедьо працював по-давньому в новій фабриці церезину у Леона, а Матій, по двох днях вернувши з Сеньом Басарабом з Дрогобича і розказавши побратимам, що і як вони уладилп, ходив далі на роботу до одної ями, належачої також до Леона. Старий був тепер мов відроджений. Таким охочим, веселим і жартовливим що й не бачив його Бенедьо. Він про все турбувався, о всім вивідувався, не ходив, а бігав, і, бачилось, усіх сил докладав, щоби й собі чим-небудь причинитися до якнайліпшої вдачі зачатого діла. Бенедьо, хоч чим іншим занятий, таки мусив се зауважити і в души порадувався тою переміною. А коли якось зговорився з Матієм і запитав його жартом о причину, лице Матія нараз зробилося дуже поважне.

— Маю вість, маю певну вість! — сказав він таємниче.

— Яку, о чім? — спитав Бенедьо.

— О моїм процесі.

— Ну, і що ж?

— Усе добре. Швидко самбірський суд видасть наказ арештувати Мортка.

— І то не зле, — сказав Бенедьо, але в души зробилося йому якось невиразно, так, немовби жалів Матія, котрий в такій важній для всіх робітників хвилі може ще радуватись таким дрібним і остаточно так мало корисним фактом. Але швидко думка його, котра у всім і всюди шукала користі для загалу, для задуманого діла, вчепилася й за той мізерний факт. «А що, — подумав він, — якби надати тому ділу великий, якнайбільший розголос, якби тепер ще заінтересувати всю робітницьку громаду тям цікавим процесом бідного ріпника з потужним паном (бо що за Мортковими плечима стояв Герман, се видавалось йому зовсім природно і мусило так само видаватися й кождому другому) і якби відтак, може, в самім розгарі їх боротьби, прийшли жандарми, закували мого Мортка, на віз і везуть в параді через Борислав, — се мусило б бути заохотою для ріпників, се мусило б їм додати нової сили і надії, мусило б збудити в них переконання: таки і ми щось можемо! таки й нам хоч часом щось удасться, коли правда по нашім боці!» Він сказав свою думку Матієві, і Матій радо пристав на се. І справді, в кількох днях, то через Деркача та Побігайка, то через братів Басарабів, то й через самого Бенедя, майже всі робітники в Бориславі знали о Матієвім процесі, по всіх кошарах говорили о нім, висказуючи найрізнородніші здогади о тім, як то він скінчиться. Загально дивувалися смілості Матія, що він поважився ще раз піднімати процес на власну руку, коли прокураторія від нього віступила, і се в великій мірі заострювало його цікавість. Правда, швидко нові і далеко важніші події зайняли увагу робітників, але все-таки і з сього посіву якесь зерно упало і мусило з часом дозріти.

А між тим приготування до робітницької війни швидко кінчилися. Братп Басараби наглядали над перевозом закупленого в Дрогобичі хліба, пшона і других живностей до своїх потайних складів в Губичах, на Бані і в Тустановпчах, де вже також замовлені були газди, котрі мали щодень довозити певну означену многоту живності до Борислава. Закуплено три величезні кітли, де мала варитися каша для робітників; навіть про полотно на шатра не забули побратими, щоб було де примістити беззахисних, коли б жиди, змовившися, повикидали їх з помешкань. Ід суботі все було готове, і по всіх кошарах понісся радісний а заразом тривожний шепіт: «Настає пора! пора! пора! пора!» Так, коли на лан спілого жита вхопиться легкий літній вітерець: тихі, похилі стебла ще дужче похиляться, потому здвигнуться вгору, знов похиляться, мірно хвилюючи, а повні надії колоски шепчуть, зразу тихо. а відтак чимраз сміліше: «Пора! пора! пора!» А вітер гуляє, далі і далі, чимраз нові хвилі будячи, чимраз ширшим кругом забігаючи, — а з ним разом чимраз далі, чимраз ширше, чимраз Голосніше несеться благодатний шепіт: «Пора! пора! пора!» Двадцятьма дорогами з Борислава спішили висланці робітницькі по селах і місточках, розносячи вість про нову війну, їх виділи на Уровім і в Підбужжі, в Гаях і Добрівлянах, в Стрию і Мединичах, в Самборі і Турці, в Старій Солі і Дзвіняччі, в Доброгостові і Корчиш. Вість їх стрічали бідні з утіхою, багачі з насмішкою та невірою; декуди гостили їх горілкою та хлібом, декуди питали о пашпорти і грозили арештуванням, але вони, не лякаючись, ішли чимраз далі, не минали ні одного присілка, просили і намовляли не йти на роботу до Борислава через кілька день, доки вони не скінчать своєї війни з жидами. Тисячні слухи пішли по селах о тій війні, попутані, страшні, які звичайно плодить велика нужда і безвихідне положення. То говорено, що бориславські робітники задумали вирізати всіх жидів; то знов, що хотять їх вигнати з Борислава. Вісті ті дійшли й до жандармів, і вони почали бігати по селах, грозячи, та зацитькуючії, та допитуючи, відки взялися ті слухи. Двадцять однакових реляцій вплило до старства в Дрогобичі про якихось таємничих людей, що голосять по селах комуністичні засади. Старство затривожилось і казало ловити їх, але поки тота переписка в урядовій формі дійшла до назначених місць, наші ріпники всі вже були в Бориславі, розворушивши три чи чотири повіти своїми вістями. Довго ще опісля уганялися жандарми по селах, ловили по селах, ловили проходячих під час вакацій студентів та вандруючих міських робітників, — їм і в голову не приходило, що можуть бути «комуністичні емісари» і в зрібних зароплених кахтанах і що ті самі емісари не раз супокійно, схилені і згорблені, переходили попри них.

Вкінці приготування всі вже були скінчені, і в неділю розпочалася війна. Перше важне воєнне діло було те, що більша половина робітників, між ними всі несмілі, слабовиті, багато жінок та недорослих, тої-таки неділі громадою виступили з Борислава. Деякі побратими бажали, щоб той вихід, конечний для повної вдачі змови і для повного притиснення жидів, відбувся потиху, без шуму, малими громадками, щоб жиди не швидко догадалися, що воно таке і до чого йде. І сам Бенедьо зразу так думав, але опісля, гадаючи і розгадуючи ненастанно, дійшов до тої мислі, що коли війна, то нехай же буде одверта, і що перший її крок, зроблений голосно і з належитим натиском, може відразу нагнати жидам значного страху і ослабити їх завзяття. Тож він і обстав за тим, щоби «вихід з неволі єгипетської» відбувся середодня, громадно, голосно. Адже й так завтра рано мало розпочатися «святкування», — чому ж не дати жидам віднині порозуміти, відки вітер віє?

В неділю по хвалі божій почали улип,! Борислава в незвичайний спосіб заповнюватися робітниками і робітницями. Гомін стояв, мов на ярмарку, — робітників сходилося чимраз більше. Половина їх мала через плечі торби, під руками звитки, на собі всю свою одіж.

— Що се такого? Куди ви збираєтеся? — питали жиди то сього, то того з-між ріпників.

— Додому, на села, — була звичайна відповідь.

— Чого додому?

— А що ж, треба! Ще роботи в полю, а ту й так нічого не заробимо.

— Як не заробите? От же заробляєте.

— Е, з таким зарібком! І прожити нема за що, не то, щоби яку підмогу для господарства. Буде з нас! Най другі заробляють!

Рікою поплив народ долів улицями, супокійне, сумовито. За Бориславом на толоці вже стояли нові громади. Почали прощатися.

— Бувайте здорові, товариші! Дай вам боже щасливо докінчити, що задумали! Подавайте вістку, що ту буде чувати!

— Ходіть здорові! Швидко чей в ліпшій долі знов побачимось!

Звільна на всі боки, на гори і на доли, між ліси і поля, розійшлися громади робітників, час від часу озираючись на покинений Борислав, що спокійно мрів собі на сопці, мов безжурний кіт вигрівається, і простягається, і мурликає близ залізної зубатої ступиці, ко гра ось-ось клямсне і вхопить його черезпів своєю залізною пащею, і подрухоче йому ребра і лапки.

Правда, жиди бориславські не конче були подібні до того кота. Вихід такої маси робітників затривожив їх непомалу. Вони не могли порозуміти, що се такого сталося робітникам і чого вони хотять. Але все-таки вони хоч почасти успокоїлися, міркуючи собі; «Що ж, половина пішла, а половина таки осталася, а коли б тих було замало, то швидко надійде нових більше, ніж треба». З тою надією жиди спокійно переспали ніч. Але надія їх, хоч і мала за собою багато правдоподібності, сим разом не сповнилася.

На другий день рано велика часть кошар стояла зовсім пусткою. То є, властиво, не зовсім: надзорпі поприходили, повідмикали двері і чудувалися, що робітники не приходять. Декотрі лютилися і проклинали ґоїв, другі, холоднішої вдачі, посідали при входах на свої лавочки, обіцюючи собі в душі натовкти добре морди поганим недбайкам за таке нечуване запізнення. Але і одно, і друге надармо. Вже сонце геть-геть підійшло на небі, а робітників як не було, так не було. Надзорці були б, wwe, ще довго ждали, і нудились, і нетерпились, коли б гомін, а далі й крики та лайки з сусідніх кошар не були їм звістили, що й там, хоч робітники снувалися, мов оси, а таки сталося щось неладне, незвичайне і нечуване. А сталася проста річ. До котрих кошар прийшли робітники, то вони, ставши лавою при дверях, у мовчанці дожидали надзорця. Приходить надзорець, відмикає двері, робітники мовчать і стоять, не йдуть до кошари.

— Ну, до роботи! — гукає надзорець.

— Е, маємо час, — відповідає холодно сей або той ріпник.

— Як то маєте час? — кричить надзорець. — Але я не маю часу!

— Ну, то лізь і роби сам, коли так квапно дієся, — кричать робітники і регочуться.

Надзорець синіє зо злості, стискає кулаки, готов першому-ліпшому заїхати в зуби.

— Не лютуйся, Шльомо, — успокоюють його робітники. — Ми лиш того прийшли сюди, щоби тобі сказати, що не будемо більше робити!

— Не будете робити? — лепоче оголомшений надзорець. — А то чому?

— Раз, що не хочемо такого пса за надзорця, як ти, а по-друге, що нам замало платять. Бувай здоров! А перекажи свойому пану, що як дасть нам ліпшого надзорця і по дванадцять шісток денно, то вернемо назад до роботи.

І се сталося, разом, рівночасно, однодушно по всіх кошарах, по всім Бориславі! Один величезний зойк здивування, гніву і непорадності вирвався з уст жидів і луною понісся від одного краю до другого.

Деякі надзорці поставали, як стовпи, з порозніманими ротами, почувши тоту нечувану, безбожну бесіду. Другі вибухали безмірним гнівом, впадали в лютість, кидалися на робітників з кулаками, нахваляючися, що вони п'ястуками і стусанами заставлять їх робити. Інші знов недовірливо всміхалися, брали се за жарт, а коли робітники й справді розходилися, вони махали рукою, воркотячи:

«Тьфу, що за народ! Дується, мов порося на орчику. Немов то, крім них, нікого нема в Бориславі. Найдемо, братчику, найдемо, крім вас, робітників, і ліпших, і покірніших; ще й дешевших!» Знов інші надзорці, мов наївшіїся дурійки, бігали улицями до своїх нахлібників, розповідали їм, що сталося, і просили о дальші розпорядження, що діяти в такім разі. Але й нахлібників сей удар трафив так само нежданo-негадано, як їх вірних вірників. До самого полудня того понеділка вони не знали навіть докладно, чи справді воно так сталося, чи справді у всіх ямах, і кошарах, і магазинах, і нафтарнях робітники забастували роботи. Вони довго бігали по улицях, мов гінчі пси, хапали кождого стрічного ріпника за плечі дрижачими руками, і хоч, очевидно, пальці їх раді б були, мов залізні гаки, нерозривно впитися в робітницьке тіло, то прецінь, хоч силуючись, вони питали ласкаво-уривано:

— Ну, Грицю, чому не йдеш до роботи?

— Не маю р'оботи.

— Як нема? У мене є.

— А много заплатиш?

— Ни, не питай, а йди роби. Почому люди, потому й я.

— Не гіду. Мало.

— Не підеш? Як то не підеш? А що ж будеш робити?

— То вже моя річ. Не питай!

Мов скажеш, бігали жиди вулицями, полюючи на робітників, але живо переконалися, що дарма їх робота і що робітники, очевидно, змовилися. Правда, многим не хотілось вірити в можливість змови робітницької в Бориславі, а другі хоч і вірили, то так були оголомшені наразі тою подією, що й самі не знали, що робити і як собі радити. В своїй безрадності вони бігали, розправляли о своїх можливих стратах, о нечуванім зухвальстві робітників, о упадку гешефтів в Бориславі, але нікому не прийшло й на думку подумати о якій-небудь помочі, окрім хіба жандармів. Навіть того не старалися розвідати жиди, чого, властиво, хочуть робітники. Так минув перший день війни в супокою. Обі воюючі сторони, зрушені і затривожені новою і небувалою досі появою, старались висапатися, успокоїтися, зібрати свої мислі докупи, розглянутися в новім положенні. Святкуючі робітники якось несміло ходили по вулицях, не збиралися в більші купи, а тільки малими купками громадилися по затиллях та розмовляли о тім, що далі діяти. Тільки за Бориславом, на толоці, була більша купа: там варили кашу і розділяли між потребуючих, в найбільшім порядку, після кошар; там також був осередок ради, були всі побратими, був Бенедьо.

Бенедьо був на вид спокійний, говорив рівним звучним голосом. Тільки очі, незвичайно блискучі, лице, незвичайно бліде, і свіжі глибокі морщиі на чолі свідчили о тім, що думка його працювала з великою натугою.

Рада йшла над тим, які поставити жадання жидам на случай угоди. Майже всі радили жадати небагато, щоб се тим певніше одержати. На те сказав Бенедьо:

— Правда ваша. Хто менше жадає, борте дістане. Але знов в нашім ділі гірша річ була би жадати замало. Адже ж коли ми підняли війну, то вже треба, щоб мали з неї якусь познаку. А головна річ, як я гадаю, — поставити такі жадання, котрі би нам не тільки влекшили наше щоденне життя, але заразом позволили би нам ще ліпше ввійти в силу, стати ще міцніше на ногах. Бо то, видите, й так може бути, що жиди тепер, під натиском, пристануть на все, особливо, як побачать, що ми ні самі не робимо, ні других не допускаємо до роботи. Але потому, скоро ми пристанемо на їх обіцянки і покинемо війну, а вони бух — і назад прикрутять нас ще гірше, ніж попред бувало. Про то я й кажу: треба нам такі жадання поставити, щоб ми забезпечилися в разі недодержання слова, щоб ми мали силу в кождій хвилі наново розпочати таку саму війну, коли того треба буде.

Всі признали справедливість тої бесіди. Бенедьо говорив дальше:

— Досі, чень, усі ми переконалися, що сила наша лежить в громаді, лежить в тім, коли всі будемо держатися купи. Доки ми жили кождий про себе, не дбаючи о других, доти не могло у нас і мови бути о якійсь помочі, а тепер, як самі видите, спільними силами ми дійшли до того, що могли розпочати таке велике діло — війну з богачами.

І мені здаєся, що доки ми будемо держатися купи, доти богачам не вдасться взяти верх над нами. Отже, треба тепер попред усього поставити їм такі жадання, щоби опісля наша громада не тільки не розпадалася і не була розбита, але, противно, — зміцнювалась чимраз більше. Щоби наша робітницька каса не випорожнювалась, а все більшала. Бо добре то якийсь сказав: де добре громаді, там добре й бабі; як буде наша громадська сила міцніти і розвиватися, то при тім і кождому поєдиночому буде ліпше, бо громада зможе його в кождій біді зарятувати, і жиди будуть мусили нас боятися і не посміють зламати свого слова, не посміють обходитися з робітниками, як з худобою, або й ще гірше.

— Так, так! — загомоніли кругом робітники. — Але чого ж на такий спосіб жадати?

— Я би гадав ось чого: по-перше, розумівся, щоби платню нам підвищено: тим, що до ями йдуть, найменше дванадцять шісток, тим, що наверха, — ринського, а найменше вісім шісток; по-друге, щоби ніхто не смів побирати ніякого касієрного; потретє, щоби до робітницької запомогової каси, крім робітників, давали вкладки також і пани, кождий найменше по ринському місячно; дальше, щоби в разі нещасливого випадку, смерті, каліцтва обов'язані були платити за шпиталь і ліки, а також рятувати осиротілу родину робітницьку хоч через півроку. Я гадаю, що се жадання не надто великі, а для нас і з них вийшла би значна пільга.

— Так, так, — крикнули гуртом робітники. — Того тримаймося! А як у нас буде відтак своя каса, то й пізніше будемо могли дальших уступок добиватися.

Жиди не знали нічого о тій нараді. Чим ближче до ночі, тим більший страх огортав їх перед робітниками. Хати були позамикані. На улицю рідко хто показувався. Тільки глухий гомін, і шепіт, і тривожна дрож ходили по Бориславі, мов пошибаюча тисячі людей зараза, мов осінній стогнучий вітер по гаю.

XV.

Фанні, Леонова одиначка, сиділа самотньо в задумі на м'якій софі в пишнім покої. Вона час від часу позирала на годинник, що тикав обіч неї під кришталевим дзвоном на мармуровім столику.

— Третя година, — сказала вона знудженим голосом. — Як поволі той час іде! Батько поверне аж по п'ятій, а ти, Фанні, сиди сама!

Як много годин, як много днів вона просиділа вже отак сама на тій м'якій софці, побіч мармурового столика з годинником під скляним дзвоном! Як много разів нарікала вона на той лінивий хід часу! Чи у неї в руках була яка робота, про котру знала, що вона нікому не потрібна і нікому ні на що не здасться, чи книжка, котра її ніколи не могла заняти, — все тота нестерпима нуда, тота самота давили її, всисались їй усіми порами в тіло, немов гризка багнюка, її жива, кровиста натура ниділа і сохла в тій холодній, бездільній самоті. В жилах кипіла молода кров, фантазія ще додавала їй жару, а між тим кругом самота, холод, одностайність. їй бажалось любові з чудовими, романтичними пригодами, палячих устисків якогось героя, догробної вірності, безграничного посвячення. А між тим дрогобицьке товариство, а ще товариство дрогобицьких «панів емансипованих», глупих а зарозумілих жидків, було для неї тим, чим холодна вода для огню. Вона ненавиділа їх з їх вічними, з книжок вивченими компліментами, з їх малпячим надскакуванням, в котрім виразно виднілося більше ушанування для батькового маєтку, ніж для її прикмет.

— Як поволі той час іде! — повторила вона в задумі, тихіше, ніжніше якось і несміло визирнула крізь вікно на улицю. Чи ждала кого? Так, ждала, ждала його, свого героя, того дивовижного молодця, що від кількох тижнів, мов яркий метеор, несподівано, таємниче появився на її небосклон!. І появився зовсім відповідно до її романтичних мрій: королевич в жебрацькій одежі! Бідний вуглярчук, котрого чорні великі очі так і пожирали її, котрий так перелякав її, вчепившися генто за бричку і повалившися на улицю, котрий так різко, так нам'єтно визнав їй свою любов, котрий відтак немало здивував її, появившися справді в її домі в елегантській одежі, в перемінені, прояснені виді. Який він прямий на словах, який гарячий, енергійний, не знаючий завад ні перешкод, мов і справді який всемогучий королевич! І який він зовсім не подібний до тих блідих, мізер1 них, боязливих і смішних кавалерів, яких вона досі бачила! Кілько сили в його мускулах, кілько огню в його погляді, кілько гарячої нам'єтності і в його серці! І як він любить її! Але хто він такий? Що за один? Зоветься Готліб, — сказав, — але у якого роду? Чи може він бути моїм?

Такі думки, мов золото-рожеві пасма, снувалися по голові самотньої Фанні, і вона чимраз нетерпли| віше позирала на годинник.

— По третій він обіцяв прийти, — прошептала, — чому ж не приходить? Нині має розкритись ціла таємниця, — чому ж його нема? Чи, може, все те сон, привид моєї роздражненої фантазії? Але ні, він держав мою руку в своїй, він цілував мої уста, — ох, як гарячо, як страсно!.. Він мусить прийти!

— І він прийшов уже! — сказав Готліб, входячи тихо і кланяючись.

— Ах, то… ти! — сказала тихо, рум'яніючись, Фанні. Се було перше «ти», котре вона йому сказала. — Я,власне, думала о тобі.

— А я о тобі й не переставав думати, відколи тебе побачив.

— Чи справді?

Дальша розмова велася без слів, але для обох була дуже добре зрозумілою. Вкінці прошептала Фанні:

— Але ти обіцяв мені нині відкрити свою тайну:
хто ти?

— І ти не догадалася досі? Не вивідалася о тім, що тобі котрий-будь з твоїх слуг міг сказати?

— Ні. Я ні з ким о тобі не говорила.

— Я сип Германа Гольдкремера, знаєш його?

— Що? Ти син Германа, той сам, за котрого батько сватав мене?

— Що? Твій батько сватав тебе за мене? Коли?

— Недавно, два місяці тому. Як я тебе боялася, не бачивши!

— Але що ж сказали мої родичі?

— Я не знаю. Бачиться, батько твій був не від того, але мати була противна, і я догадуюсь, що мусила чимось дуже образити мойого батька, бо той прийшов від вас страшно зрушений і розгніваний і проклинав твою матір.

— Що ти говориш! — скрикнув Готліб. — Моя мати! І мала би була противна!.. Але ні, — додав він по хвилі, — се може бути, така вже її вдача. Але вона сама мусить направити зло, сама мусить перепросити твойого батька ще нині! — Лице Готліба горіло дикою рішучістю. — Коли верне твій батько?

— О п'ятій.

— Ну, то прощай! Я йду і пришлю сюди свою матір, щоб полагодила сю справу. Вона мусить се зробити для нашого щастя. Прощай, серце!

І він пішов.

— Що за сила, що за рішучість, що за гаряче чутє! — шептала п'яна від розкоші Фанні. — Ні, ні, зовсім не те, що прочі бліді, мізерні кавалери. Як я його люблю, як безконечно я його люблю!

Між тим Готліб поквапно пішов додому. Він уже увідомлений був о тім, що батько знає про його побут в Дрогобичі. Мати розказала йому все, коли, заставивши потаємно дещо з своїх строїв, доручила йому жадані гроші. Готліб нічого не сказав на тоту вість; нова нам'єтна любов до Фанні прогнала його гнів на батька; він тепер далеко радніше був би послухав батькового розказу і вернувся жити додому, коли б тільки Герман видав був такий розказ. Та ні, Герман нічого не розказував, немов і зовсім не дбав о сина, очевидно, ждав, аж той сам покається і поверне до нього. Готліб знов сього не хотів. Кілька разів вони стрічалися на улиці, але Герман усе творився, немов не знає того молодого вистроєного панича, а Готліб знов не хотів перший податися. Додому до матері забігав Готліб рідко, і то все тоді, коли батька не було. Але тепер діло було спішне, і він увійшов, хоч йому служниця сказала, що пані є в покої, а пан у своїм кабінеті. Нехай собі, йому до пана нема ніякого діла.

Рифка сиділа в покої, вліпивши очі в повалу. Нещаслива руїна її духу доходила до кінця, стала тепер на тій порі, коли по великім роздражненні наступає омертвіння, безмисна отяжілість, туманіюча меланхолія. Вона цілими днями сиділа на однім місці, говорила мало і якимось в'ялим, розбитим голосом. Бачилось, що недавня невловимодика енергія її волі тепер десь зовсім пропала, розпирслася на кусники.

В тім стані одубіння можна було зробити з нею, що хто хотів. Одно тільки осталося в ній живе чуття — любов до сина і ненависть до мужа. Герман дуже турбувався тою зміною, в котрій він бачив ознаку якоїсь тяжкої недуги, але лікарі впевнили його, що се ознаки надмірного роздражнення і ослаблення нервів і що треба тільки супокою, а все буде добре. І Рифка певно досить мала супокою, цілий день ніхто до неї не творився, окрім хіба що слуги закликали її до їди або до постелі. Але знов певно й те, що такий спокій, мертвячий, пустий, вбиваючий, не був для неї ліком!

Готліб, зайнятий своєю любовою, зовсім не вважав на її стан, але скоро тільки ввійшов до покою, зараз прямо приступив до діла.

— Мамо! — сказав він, підходячи і сідаючи обіч неї.

В її мутних, погаслих очах засвітилася живіша іскорка.

— Чого, синку?

— Чи Леон Гаммершляг хотів сватати за мене свою доньку?

— Леон? Ага, правда, той поганець — хотів.

— І що ви сказали йому?

— Я? Радше умру сама, ніж маю прийняти її до себе!

Готліб гнівно, майже люто позирнув на неї.

— Дурні ви, мамо!

— Чому, синку?

— Бо я іменно Леонову доньку люблю і радше вмру, аніж вона мала б бути не моя.

Рифка зірвалася на рівні ноги. Слова Готліба були для неї немов сильним, пробуджуючим ударом.

— Се не може бути! — сказала вона міцно.

— Те мусить бути! — сказав Готліб з притиском.

— Але як же ти можеш її любити?

— Але як ви можете її ненавидіти?

— О, я їх усіх ненавиджу, до смерті ненавиджу: і того Леона, і твого батька, і її, — усіх, усіх тих, що для грошей відрікаються життя і сумління, та ще й других потопляють враз із собою в тій проклятій золотій калюжі!

— Але що ж вона вам винна? А впрочім, мамо, ви любите мене, свою єдину дитину?

— Чи ще можеш питатися?

— І бажаєте мойого щастя?

— Більше, ніж собі самій.

— Ну, то зробіть то, о що вас буду просити.

— Що зробити, синку?

Хвилевий вибух давньої енергії швидко погас в душі Рифки, і вона знов сіла, безвладна і отяжіла, як була перед хвилею.

— Підіть самі до Леона, поговоріть з ним, уладьте, умовтеся, щоб ми якнайшвидше заручилися, уладьте моє щастя!

— Твоє щастя, синку?.. Добре, добре! — сказала Рифка, небагато розуміючи його мови.

— Так, мамо, моє щастя! Вставайте, розрушайтесь, ходіть!

— Куди, синку?

— Адже ж кажу вам — до Леона.

— До Леона? Ні, ніколи!

Готліб, не понімаючи недужого стану матері, почав лютитись, грозити, що собі смерть зробить, — і Рифка тим дуже перелякалася.

— Але ж добре, синку, добре! Піду з тобою, куди хочеш, лиш не роби собі нічого! Прошу тя, будь супокійний! Все зроблю для тебе, лиш будь супокійний.

І тремтячими руками вона почала вбиратися до виходу, але так незручно та нескладно, так довго примірювала, знімала й знов прикладала одежу, що Готліб з нетерплячки мусив покликати служницю, щоб помогла їй убратися. Вкінці вийшли обоє.

Леон Гаммершляг в дуже добрім настрої сидів в своїм кабінеті при бюрку. Нова фабрика йшла дуже добре, і перший ладунок церезину найдальше за тиждень буде готовий до посилки за границю. Тоді будуть гроші, буде можна і далі вести фабрику і взятися до дальшого будування дому, зянеханого на гарячий час. Щастя всміхалося Леонові, — він чувся сильним і гордим, як ніколи. Втім застукано до дверей, і ввійшла Рифка, бліда, як ніколи, з вигаслими недвижними очима, повільним, майже сонним ходом. Леон ніколи ще не видав її такою. Незвичайна її поява і дивний вигляд дуже здивували, а потроху й змішали його.

— Прошу сідати, — сказав він у відповідь на її привітання, висказане якимось глухим, беззвучним голосом. Рифка сіла і довгу хвилю мовчала. Мовчав і Леон.

— Я до вас з одним ділом, — сказала повільно Рифка, — хоч і не своїм, але все-таки...

— Дуже мені приємно буде, — відповів Леон.

— Чи ви гніваєтеся на мене, пане Леон? — спитала вона нараз.

— Але ж... але ж, ласкава пані... Як пані можуть...

— Ні, ні, я тільки так спитала, щоб ви, буває, в гніві та не схотіли мені відмовити в тім ділі, смію сказати, смію сказати, дуже важнім, хоч і ае для мене... ' — О, прошу, прошу!.. — бовкнув Леон.

— Діло таке. Чи ви, пане Леон, уже покинули свою колишню думку — злучити до пари наші діти?

— Га, що ж робити, мусив покинутії, хоч як мені жаль. але що ж, коли вашого сина десь нема!

— А якби мій син був?

Леон поглядів на неї пильно і добачив нетаєну тривогу вижидання в її лиці.

«Ага, — погадав він собі, — от куди воно йде. У них мусило щось кепсько піти, і вони заловляють тепер моєї ласки. Але постій, я тобі відплачу за колишнє!» — І додав голосно:

— Дуже мені жаль, що й у такім разі не міг бп-м... Маю вже інші види з моєю донькою.

— Ну, як так, то, звісно... Я тільки думала... Розуміється, не в своїм інтересі...

Рифка путалася на словах. Очевидно, відказ Леона глибоко вколов її.

— Але якби... якби ваша донька любила мойого сина?

— Моя донька вашого сина? Се не може бути!

— Ну, ну, я не кажу, що ее так є, але приймім, якби так було?

— Е, байки, фантазії! Я маю інші види і прошу мені не забирати часу подібними придабашками!

Леон відвернувся. Він рад був, що може відплатити Рифці зуб за зуб, і зовсім не думав о тій можливості, котру вона йому показувала.

В тій хвилі дався чути важкий стук кроків на коритарі, і тут же влетів до кабінету задиханий, запилений, спочений жид — касієр Леонів з Борислава. Леон, побачивши його, зірвався на рівні ноги.

— А се що? Ти чого прибіг?

— Пане, нещастя!

— Яке?

— Робітники змовилися і не хотять робити.

— Не хотять робити? А то чому?

— Кажуть, що замало їм платимо.

— То не може бути. Ти хіба п'яний!

— Ні, пане, так є! Я прийшов до вас за порадою, що діяти.

— Чи тільки при ямах не роблять, чи й при фабриці?

— І при фабриці.

— Gott ьber die Welt! Отеє нещастя! Що ту діяти? Робота на фабриці мусить іти конечно! Слухай, Шльомо, бігай на місто, накликай тутка робітників і веди до Борислава, я сам також їду.

І оба вибігли, незважаючи зовсім на Рифку. Вона чула тоту вість і всміхнулася по їх виході.

— Га, отсе добре, отеє добре! — шептала вона. — Так вам треба! Коб ще не дурні були, а збунтувалися і всіх до одного повкидали вас в ті ями! Адіть, який він! Не хоче тепер, відмовляє! Мій бідний Готліб! Що він на то скаже? Він собі готов що злого зробити. Але так му треба, нехай би не заходив собі з такою, нехай би шукав собі бідної, доброї... Але що я йому скажу? Він такий прудкий, як іскра! Ні, я не скажу йому правди, най буде, що буде!

І вона вийшла на улицю, де Готліб нетерпеливо дожидав її.

— Ну, що? — спитав він, глядячи їй у очі.

— Добре, синку, добре, все добре.

— Пристав, приймив?

— Аякже, аякже! За місяць заручини.

— За місяць? Чому так пізно?

— Не можна, синку, швидше. Та й чого квапитись? Адже й так вона досить ще скоро затрує тобі твій вік молодий!

І вона почала хлипати, мов дитина.

— Мамо, не говоріть так, ви її не знаєте! — скрикнув гнівно Готліб.

— Не буду, синку, не буду!..

Але вість тота якось не дуже втішила Готліба. Чи то задля того, що ще так довго треба було ждати тої щасливої хвилі, чи задля того, що мати сказала йому тоту вість так якось холодно, зловіщо, нерадо, — досить, що Готліб не почував такої радості, як би йому бажалося. Він ішов мовчки з матір'ю аж ід домові. Тут вони розійшлися: Рифка до свого покою, а Готліб до готелю, де промешкував, покинувши нужденну хатину вугляра.

Дома Рифка вже не застала Германа. Така сама вість і о тім самім часі, як і до Леона, прийшла й до нього, і він, схопившися, сейчас казав запрягати і враз із Мортком, що приніс йому сумну вість про робітницьку змову, погнав до Борислава. По перебутих зрушеннях Рифка як була вбрана, так і кинулася на фотель і потонула в своїй безмисній меланхолії. Готліб в готелі ходив по своїй світлиці взад і вперед, роздумуючи о своїм щасті і силуючись бути щасливим. Тільки бідна Фанні, котра з-за дверей в боковій стіні чула всю розмову Рифки і Леона, кинувшись на свою софку і накривши лице хусткою, рірко-гірко плакала.

XVI.

Герман Гольдкремер перший раз нині не знав, на яку ступити. Нова, не чувана досі в Бориславі подія робітницької змови завдала йому загадку. Приїхавши вчора вечором до Борислава, він довго вночі не міг заснути, роздумуючи над тим, що чув і бачив. Як же бо змінився Борислав від часу, як він послідній раз виїхав з нього! Немов яка чародійська сила перевернула все в нім догори коренем. Що вперед, бувало, жиди ходять гордо купками по вулицях і згори позирають на робітників, тепер жида на вулиці не побачиш, а зато купи робітників, мов рої шершенів, ходять улицями, гомонять, регочуться, грозять, то співають. Що вперед, куди, було, глянь по ямах, усюди корби крутяться, сотні рук рушаються, робота кипить, — тепер коло ям, по кошарах мертво, пусто, корби бовваніють, мов брудні кості, з котрих обпало тіло, а млинки зазирають своїми темними гирлами до ям, немов запитуючи, чи не жадає там хто свіжого воздуха. Зато на толоці, поконець Борислава, там тепер життя, там рух! З Германового вікна видно дим, що куриться з огнища під величезним кітлом, в котрім робітники варять собі кашу. З Германового вікна чути гомін нарад, чути оклики варти, розставленої по всіх дорогах, по всіх стежках, ведучих до Борислава. «Чорт би їх побрав! Що вони собі гадають?» — думалось Германові, і він нетерпеливо ждав восьмої години, о котрій мали до нього посходитися на нараду позапрошувані властивці ям.

— Ні, ее так не може бути! — говорив він сам до себе, ходячи по світлиці. — Ми мусимо перела- ' мати їх опір. Мені конче потрібно робітників, багато робітників, ще сього тижня. Я конче мушу ще сього тижня віддати «Спілці визискування» цілих п'ятдесят тисяч сотнарів воску і взяти від неї гроші. Чорт би там з ними довше зволікав! І «Спілка» леда день бевхне, і ті прокляті розбійники осьде готові якої погані наробити. Або я дурень ризикувати! Коби ще дві тисячі сотнарів видобути, зараз віддам тим панам від «Спілки» па місці, — а вони най собі роблять, що знають, лиш мені най гроші платять. А добра то річ була, що я поділив законтрактовану масу воску на дві рати, — тепер ще пару день, та й перша рата буде готова. Чи треба буде ще й другу постачати, се хіба бог святий знає, але як треба буде, то для мене ще тим ліпше.

От так міркував собі Герман, ходячи по світлиці, і все міркування його виходило на той кінець, що все було би дуже добре, коби лиш робітники не бунтувалися, а стали до роботи, — все було би добре!

— Але вони мусять! То не може бути!.. — говорив він дальше. — Хоч би-м мав і переплатити, все-таки я тільки їм не переплачу, кілько мені зиску прийде!

Аж втім, він пригадав собі, що вчора післав Мортка, щоби збирав по Дрогобичі всяку голоту, всіх незайнятих жидів і християн, робітників і неробів, водоносів, сміттярів та глинарів, щоби пообіцяв їм добру плату і провадив усе те до Борислава. Герман знав добре, що роботи з тої голоти не буде, він хотів тільки такою перехресною штукою зламати упір бориславських робітників. «Се ж і найліпший лік на їх недугу, — думав він, затираючи руки з радості. — Як побачать, що я можу без них обійтися, що маю своїх робітників, то тоді самі прийдуть, ще й напрошуватись будуть. Ануко, побачимо, чия возьме!»

Дивний якийсь гомін, що йшов від толоки і змагався чимраз дужче, притягнув Германа до вікна. Але доглянути він не міг нічого, окрім цілої купи заляканих жидів, що спішили вулицею до його дому.

— Се що там такого? — спитав їх Герман через вікно.

— Бійка якась! Б'ються! — відповіли хором жиди.

— Хто з ким б'ється?

— Тутешні робітники б'ються, але не знати з ким. Якась громада надійшла від Губич, воші не хотять їх пустити до Борислава, ну, і розпочалася бійка.

Гомін тривав іще хвилю, а відтак зачав поволі притихати.

— Гурра! гурра! — розляглось за тим у воздусі. Всі жиди, не виключаючи й самого Германа, чогось поблідли і затремтіли, але ніхто не казав і слова. Німо і тривожно слухали далі.

— Гурра! гурра! — роздавалися далі радісні крики, але, окрім того «гурра», не можна було нічого більше розібрати.

— Прошу, панове, ходіть до покою, порадимось, — сказав по довгій мовчанці Герман.

Ледве ввійшли жиди, ледве усівся гомін привітання, аж тут створилися двері і впав блідий і заляканий Леон Гаммершляг. Одежа на нім була запорошена, а декуди й пошарпана, він дихав тяжко і, влетівши до покою, кинувся на крісло, і довгий час сапав, нічого не кажучи. Жиди обступили його і гляділи на нього з виразом такої тривоги, немов се був віщун їх нехибної погибелі.

— Що сталося, господи боже, що сталося? — допитували вони, але Леон нешвидко спромігся на слово.

— Gott soll sie strafen! — крикнув він вкінці, зриваючися з крісла. — Вони нас усіх вирізати хотять, от що! Розбійники змовилися на нашу душу!

— Як? Що? Чи правда? Хто казав? Відки знаєте? — гомоніли жиди, тремтячи зо страху.

— Ніхто її казати не потребував! — відповів Леон. — Сам бачу своїми очима. Видите, як виглядаю! Чули крик? Все то вони! Ох, що то з нами буде, що з нами буде!

— Я то давно казав: післати по жандармів, най їх кольбами женуть до роботи! — крикнув один жид.

— Що жандармів? — поправив другий. — Що ту порадять жандарми. Ту цілої кумпанії війська треба, щоб їх половину перестріляла!

— Але що ж сталося? — допитували жиди Леоиа. — Розказуйте, як що було!

— Погана річ, та й годі. Ранісенько вийшов я на толоку, жду на тих робітників, що казав понаймати в Дрогобичі. На толоці вже їх як того гайвороння — снідання! І відки вони тільки муки та каші дістають? Та то пару тисяч люда, цілий день варять та й варять, їдять та й їдять! То вже не без того, щоби їм хтось не допомагав!

Леон замовк на хвилю, щоби додати тим більшої ваги своїм посліднім словам, а погляд його, облетівши всю світлицю, упав на Германа, котрий в задумі стояв коло вікна і пальцями тарабанив по шибі. Многі жиди й собі ж туди зирнули, а деякі аж скрикнули, немов просвічені наглою здогадкою.

— Невже ж! Не може бути!

— Або я знаю, — відказав ніби рівнодушно Леон, — здвигаючи плечима. — Знат-и не знаю, але кажу, що гадаю! — Його погана совість казала йому бачити в Германі свого заклятого ворога, і він вдоволений був тепер, що в серця своїх слухачів кинув іскру підозріння, буцімто весь бунт робітницький — діло Германа, підняте в тій цілі, щоби всіх дрібніших предприємців, а навіть і Леона самого, приперти до стіни.

— Але слухайте ж, що далі було. Іду я собі гостинцем, аж ту мені назустріч ціла юрба тих голодранців. «Куди?» — питають. Я зібрався на відвагу: «А вам що до того?» — кажу. «Нам до того! — відповіли. — Не бачите, що ми ту варта, пильнувати маємо, щоб ніхто з Борислава не виходив!» — «Що ви дурниці плетете, — скрикнув я, — не зачіпайте людей насеред дороги. Нічого вам не роблю, дайте мені спокій!» — «Ну, то дайте ж і ви нам спокій, — відказують, — верніться собі подобру до Борислава, а туди ходити не вільно!» Та й, не вдаючися зо мною в дальші розмови, за плечі мене та й назад. Я почав шарпатися, кричати, — а вони в сміх. Стисли мене мов кліщами, відпровадили аж до входу Борислава і пустили. «Ов, біда», — погадав я собі, а ту сам змучений, ледво дихаю. Став я, озираюся назад, аж бачу, йдуть мої робітники з Дрогобича. «Га, — гадаю собі, —

господи тобі слава, йде поміч! З Борислава не пускають, але до Борислава, чей же, пустять». Та й іду напротив них, аж радуюся, що їх так богато, більше як сто люда! Але ще я недалеко уйшов, аж ту тота проклята варта до них: «Гов! Хто йде?» — крикнули. «Добрі люди, робітники», — відповідають тамті. «А куди ту ідете?» — «От ідем на роботу, туйтаки, до Борислава». — «Не можна!» — «Як то не можна?» — «Так що не можна. Ви хіба по чули нашої просьби, що ми посилали всюди своїх людей і просили, щоб ніхто через тих кілька день не йшов сюди на роботу, поки ми для всіх ліпшої плати не доб'ємося?» — «Ні, не чули», — кажуть дрогобицькі. «Ну, то чуйте ж тепер, і просимо вас в добрім способі, вертайте назад, відки прийшли!» Робітники почали вагуватися, деякі, очевидно, мали охоту вертатися назад і почали з тими розбійниками перешіптуватися, другі знов, хоч, може, і не вірили тій бесіді, але боялися, що їх тут така многота зібралася. Досить того, що приходяща громада стояла, сама не знаючи, що діяти і що почати. Се вивело мене з терпцю. Я скочив посеред них і крикнув: «Не слухайте їх бесіди, люди! Вони розбійники, нероби! Кримінал їм буде, не більша плата! Ходіть до роботи, не зважайте на них! По вісім шісток денно на кождого, — що вам більше потрібно!» Ті слова троха немов оголомшили всіх. Приходящі зачали рушатися, щоб попертися наперед. Але тоті стали лавою: «Стійте! Не пустимо нікого!» Я собі знов кричу: «Далі за мною!» Гармидер зробився, далі п'ястуки почали сипатись, штурканці, а далі й каміння. На крик поназбігалося їх багато, зачалася бійка така, що й світа не видно стало. Я й сам не тямлю, що зо мною сталося. Кілька кулаків заїхало мені то в лице, то поза вуха, то в потилицю, то межи плечі, так що я й нестямився, коли попав в самий найгустіший стиск, а відтам витручено мене знов на бориславську улицю. Я озирнувся, — бійка вже скінчилася, приходящі розбігалися врозсип і погнали до Губич. Крик, ревіт: «Гурра! гурра!» Аж оглушило мене, і я, видячи, що нічого не пораджу, вернувся сюди. От таке-то!

І Леон, скінчивши своє оповідання, сплюнув і заклав ще раз «тим розбійникам», котрі ні з сього ні з того наробили їм тільки клопоту і готові ще й більшої біди наробити. Всі жиди стихли на хвилю, всі роздумували над тим, що чули, але ніхто не вмів нічого придумати, окрім одного: жандармів і війська. Тільки Герман досі не мішався в їх наради, а все ще стояв коло вікна і думав. По його наморщенім чолі і твердо в одну точку впертих очах видно було, що гадка його працює з незвичайною силою. Та й справді, діло стоїло великої розваги, хвиля приходила рішуча, в котрій не можна було нині ручити за завтра, в котрій треба було добре натужити увагу, щоб пройти ціло через усі 'закрутини ворожої долі.

— І ще, прокляті, сміялися з мене, — викрикував почервонілий від жару Леон, — коли побачили, як я обшарпаний і опорошений. Але постійте, побачимо ще, хто буде напослідку сміятися: чи ми, чи ви?

«Чи ми, чи ви, — думалось і Германоізі, — а радше сказавши: чи я, чи ви! Га, що за думка! — і він махнув рукою, немов хотячи зловити щасливу думку, котра в тій хвилі блиснула в його голові. — Отак, отак, се правдива дорога, туди треба йти Удатися може дуже легко, а коли удасться, ну, тоді й питання нема, хто з нас буде сміятися, чи я, чи ви!»

План воєнний в Германовій голові швидко уложився, і він зараз же виступив насеред світлиці і попросив зібраних о хвилю уваги.

— Слухаю ваших рад і дивуюся, — зачав він своїм звичайним, різким тоном. — Жандарми! Чи жандарми заставлять робітників лізти до ям? Ні, поарештують одних, а решту розгонять, а нам не буде ліпше, бо нам не порядку треба, а робітників, дешевих робітників! Чи не так?

— Авжеж, що так! — загомоніли жиди.

— Військо! — говорив далі Герман. — Се то само, що й жандарми, тільки що нам на додаток усього прийшлось би кормити його, а пожитку й з нього ніякого. Я гадаю, що оба ті способи ані до чого не здалі.

— Але що ж робити, що робити?

— Отож-то й є питання, що робити! Я гадаю, що той цілий бунт — то така якась заразлива слабість, на котру ще загального рецепту не вигадано, а може, й зовсім не може бути. Але раз поможе се, другий раз те, як до обставин. Треба вважати, з чого слабість почалася, як проявлявся, ну, і після того раду радити. От ту у нас то певна річ, що плачено їм досі, як на нинішній голодний рік, замало.

— Що? Як? Замало? — загомоніли жиди.

— Мовчім, — крикнув насмішливо Леон, — пан Гольдкремер хоче забавитися в адвоката тих розбійників, певно, скаже нам пристати на всі їх жадання і віддати їм усе, що маємо!

— Яв ніякого адвоката бавитися не хочу, — відказав різко, але спокійно Герман, — я навіть не хочу бавитися в ліберала, в якого до вчора бавився пан Гаммершляг, і не буду тим розбійникам захвалював ніякої «самопомочі», — я буду тільки говорив яко гешефтсман, als ein praktischer Geschдftsmann ', та й годі.

Леон прикусив губи на ті слова, — Германова різка відправа вколола його дуже, але він чув, що не може на неї нічого відповісти, і мовчав.

— Я ще раз кажу, — говорив далі з притиском Герман, — платилось їм замало! Ми тут прецінь самі свої, то ми можемо до того признатися між собою, коли нам іде о то, щоби пізнати причину тої бунтації. Адже ж воли не ревуть, як ясла повні! Розумівся, інша річ —

признатися до того ту, самі перед своїми, а інша річ — говорити щось подібного перед ними! То би нас зарізало!

— О, певно, певно! — скрикнули жиди, раді з такого обороту Германової бесіди.

— Я се для того підношу, — говорив далі Герман, — щоби вас переконати, що ту нема ніяких посторонніх бунтарів і що се річ дуже серйозна та поважна, котру треба якнайшвидше втихомирити, щоби з неї не виросло яке більше нещастя.

— Нащо вже більшого, як те, що ось тепер на нас упало!

— Е, се ще байка, — відказав Герман, — не то ще може бути, коли не зуміємо швидко замовити бурю.

— Але як, як її замовити?

— Отже ж ту, як бачу, в два способи. Очевидно, що вони до тої змови приготовилися, і то добре приготовилися. Бо зважте все! Більша половина опустила Борислав, по селах висланці їх попідмовляли народ не йти сюда на роботу, пожили собі наладили, — одним словом, забезпечилися. Але, будьте ласкаві, зважте лишень, що все те потребує грошей, багато грошей. А відки у них вони возьмуться? Правда, ми чули щось, що у них складки робляться, але що вони могли накладати? Певно, що небагато. Значиться, одна моя рада була би: сидіти нам спокійно, не туратися до них, не панькати коло них, а ждати, поки всі їх запаси вичерпаються. Тоді вони певно прийдуть самі до нас і стануть на роботу по такій ціні, яку ми їм подиктуємо.

Герман при тих словах уважно глядів на лиця окружаючих, щоб вичитати з них, яке враження зробить його бесіда. Враження мусило бути не дуже добре, бо багато лиць геть поперекривлювалося, мов від гіркої редьки.

— Та воно б то добре було, — сказав вкінці Леон, — ждати! Коби-то ми знали, що їм нинізавтра запасів не стане. Але що, як вони забезпечилися на який тиждень або й ще на довше?

— А відки ж би у них тільки грошей набралося? — спитав Герман.

— Хто знає? — відказали деякі жиди, ззирнувшися з Леоном.

— А довго чекати нам не можна, — тягнув далі Леон. — Самі знаєте, у нас контракти, терміни добігають до кінця, робота мусить якнайшвидше кінчитися, куди ту чекати?

— Га, як так, то оставсь тільки другий спосіб:
вдоволити їх жадання.

— Їх жадання! — скрикнули жиди майже всі в один голос. — Ні, ніколи! Радше військо і жандарми!

— Але ж, панове, — уцитькував їх Герман, — лякаєтесь тих жадань, немовби вони не знати чого жадали. Ану-ко, скажіть, будьте ласкаві, котрий знаєте, чого вони жадають?

Жиди стали, мов теля перед новими воротами. І справді, в сей спосіб вони не завдавали собі досі того питання. Робітники видавались їм досі тільки ворогом, котрого будь-що-будь треба побороти, але входити з ними в якийсь торг, старатись вирозуміти їх жадання — о тім вони досі й не думали. Перший Леон здобувся на слово:

— Як то не знаємо? Одного жадають: більшої плати!

— Ну, се ще хто знає, що за більшої плати, — відказав Герман. — Чи хотять, щоби їм підбільшено плату о п'ять центів, чи взадвоє проти попередньої. Коли тільки так взагалі «більше», то се ще нічого страшного, видно, що можна й поторгуватися. Але я кажу — насамперед дізнатись би нам докладно, чого вони жадають. Може, вони й зовсім не того хочуть або, може, окрім того, й ще чого іншого хочуть? Адже ніхто їх о то не питався!

— Правда ваша, треба спитати їх самих, почуємо, чого їм треба! — загомоніли жиди.

— Але кого ж вишлемо до них в тім ділі? — питався Герман.

— Най іде хто хоче, я не піду, — сказав Леон. — Се розбійники, роздерти готові чоловіка.

— Коли ваша воля здати се діло на мене, — говорив Герман, — то я радо для всіх прийму на себе сей труд.

— Добре, добре! — роздався гомін.

— А коли так, то прошу послухати ще ось що. Прийшла мені на думку ще одна річ, котра, може, зробить їх податнішими до згоди. Як бачимо, на все вони приготовилися, страви накупили, варти порозставляли, — але о хати, певно, не постаралися. Адже всі вони мешкають в ваших хатах! А що, якби ви зараз, нині ще всім виповіли помешкання. Пора вже досить холодна, як на то, сеї ночі вітер схопився стоковий, студений і дує, — будуть мусили зябнути під голим небом, то зараз почують, що недобре то з нами війну провадити.

— Воно-то правда, — сказали несміливо деякі жиди, — але хто знає, чи вони схотять уступитися? Чи то їх ще дужче не роздразнить?

— Га, побачимо, — сказав Герман, — а стрібувати, я думаю, можна! Адже що ту великого? Кождий має право виповісти комірникові хату, коли йому сподобається.

— Ну, стрібуємо, — відказали жиди.

— А коли так, то підемо! Піду там до них, почую, чого вони хочуть. А пополудні, так коло третьої, прошу вас всіх знов до себе, — почуєте, на чім стоїмо, і будемо могли урадити напевно, що нам діяти!

З тим жиди розійшлися.

XVII.

Узявши капелюх на голову і легеньку паличку в руки, пішов

Герман долі Бориславом аж ід толоці, де було робітницьке зборище. Він ішов, немов нічого не бачачи і ні о що не дбаючи, аж поки не дійшов до робітницької варти, що стояла на гостинці.

— Гов, — скрикнули на нього вартові, — куди йдете?

— Я? До вас іду! — відказав Герман.

— До кого, до нас?

— Хотів би-м поговорити з вами по-добру.

— О чім? і

— О тім, що час би вам на роботу ставати — часу шкода, а ту стоячи та вартуючи, нічого доброго не вистоїте.

— Ми то самі знаємо, що не вистоїмо, — відповіли деякі із вартових, — але що робити, коли , з вами інакше годі до ладу дійти.

— Ну, ну, хто ще знає, чи годі. Ви нас не знаєте. Ви гадаєте, як жид, то вже не чоловік. А ми також люди і знаємо, що кому належиться. Ну, що з вами довго говорити, скажу вам попросту, — адже ви знаєте, що я за один?

— Як же не знати, знаємо!

— Ну, то скажу вам попросту, що тутешні жиди, видячи, що силою з вами не порадити, післали мене до вас, щоби зробити згоду, казали питатися попереду усього: чого хочете? чого жадаєте?

— Ну, так, то що іншого, так, то розуміємо! — радувалися робітники. — От ідіть лишень до он тої хати, там зараз зійдеся наша рада, то будете могли поговорити.

Один із вартових як стій попровадив Германа до Матієвої хати, а другий побіг скликати побратимів і прочих робітників, щоб ішли робити згоду. Недовго прийшлось і ждати Германові. Побратими посходилися, а за ними й ціла юрба святкуючих робітників, котрі не тільки наповнили тісну Матієву хатину, але густо обступили її довкола, цікаві, яка то буде згода.

В хаті посаджено Германа на ослоні, а побратими і ще деякі старші робітники позасідали коло столу, на тапчані і на припічку. Стасюра, найстарший віком, засів у старшім кінці стола, а Сень Басараб, як звичайно, сидів на порозі підо дверми.

— Скажіть же, пане Гольдкремер, усій громаді, за чим ви прийшли, — сказав поважно Стасюра.

— Ну, чого я прийшов? — повторив Герман, встав з ослона і глянув по робітниках. — Мене при-~ слали жиди: що ви гадаєте? Чому не хочете ані самі робити, ані другим не даєте?

— Не можна при такій платі, пане Гольдкремер, — відказав Стасюра. — Замало нам платите. Люди з голоду мруть.

— Платимо, що можемо! — відповів Герман. — Як маємо вам більше платити, коли не мож більше? Кепські гешефти — відки взяти грошей? Ми самі швидко скапцаніємо, з торбами підемо.

— Ну, вже того ви нам не говоріть! А впрочім, пане Гольдкремер, скажіть самі по щирості, що нас то може обходити, що у вас кепські гешефти, як кажете? Чи для того, що ви за сотнар воску берете не п'ятдесят, а тільки сорок і дев'ять ринських, то я маю мерти з голоду? Як вам кінці докупи не сходяться при тім гешефті, то ви собі його покиньте, — може, на ваше місце прийде другий такий, котрому кінці зійдуться докупи. А ні, то се буде знати, що цілий той гешефт у нас зовсім не виплачуєся і його треба покинути, а взятися до іншого. Але се вже ваша річ! Робітника се ніч не обходить. Ви йому кажіть і лід орати — воля ваша, а тільки платіть йому так, щоб він міг жити по-людськи!

— Добре ви то кажете і мудро ви то кажете, — відповів Герман, — ну, і най буде по-вашому. Не будем о тім говорити. Жиди й самі видять, що так далі бути не може, що треба кождому якось жити, — жиди також люди! Скажіть, чого ви собі жадаєте, щоби-сте стали знов на роботу.

— Ми також люди, пане Гольдкремер, — відказав Стасюра, — а не ніякі розбійники, як вам, може, здаєся. Ми не для того робимо бунтацію, щоби вас обдерти або що, але для того, що нам так уже прикро прийшлося, що годі було видержати далі. Тому-то й жадання наші невеликі. Отже, вважайте, пане Гольдкремер, чого ми хочемо. По-перше, щоби робітникам плата була висша, а то: тим, що в яму лізуть, — по дванадцять шісток, тим, що наверха, — по ринському, а дітям — по вісім шісток.

— Ну, — сказав Герман, — на се можна би згодитися. Що далі?

— По-друге, щоби касієрного від робітників ніхто ніякого не брав.

— І се не велика річ, касієрам закажеться, та й не будуть брати.

— По-третє, щоби в разі, як якому робітникові при роботі лучиться нещастя: смерть, каліцтво чи що, то щоби властивець обов'язаний був платити за шпиталь і ліки, а також ратувати осиротілу родину нещасливого хоч через півроку.

— Гм, і се ще, може би, далося деяк зробити. Ну, і конець?

— Та ніби конець, а ніби не конець, — сказав Стасюра, — властиво, ще саме найголовніше лишилося: щоби ми мали від вас поруку, що як раз зробимо згоду, то ви на другий день не зломите її.

— Поруку? — повторив здивований Герман. — А яку ж вам маємо поруку дати?

— І се також не така страшна річ, як на око видався. Ми хочемо заложити собі касу, з котрої би був для нас порятунок у всякій потребі. Отже, ми жадаємо, щоби тепер, заки маємо стати на роботу, кождий властивець від кождої кошари вплатив до тої каси десять ринських, а відтак щоб обов'язався так само від кождої кошари давати тижнево по ринському. Та й на тім конець.

Герман стояв, витріщивши очі, і не бачив нічого. Се посліднє жадання заїхало йому мов довбнею в тім'я. Досі, чуючи скромні і дрібні жадання робітницькі, він в душі починав уже сміятися з робітників, що задля такої марниці зачинали аж цілу бунтацію. Але тепер почало йому прояснюватися. Він відразу побачив, до чого воно йде з тим жаданням.

— Але, що ж вам се за порука? — допитував він, чинячися, що не розуміє цілої ваги робітницького жадання.

— Се вже наша річ, — відповів Стасюра. — Впрочім. як самі бачите, порука невелика, але що ж діяти, така вже наша бідна доля, що й поруки ліпшої матії не можемо.

«Ще й кпить, бестія!» — думав собі Герман і сам не знав, що діяти з тим жаданням: чи торгуватися, чи просто відтяти. Але одно і друге видавалось йому однако небезпечним. Швидко він надумався.

— Ні, не можна сього, — сказав він рішуче, — такого жадання й не ставляйте, бо не дістанете! Вигадуйте яку іншу для себе поруку!

— Яку ж вигадувати? Досить нам сеї одної. Коли ви гадаєте, що сього не можна, то пригадайте ви що іншого, але такого, щоби нам направду ручило.

— Я би гадав, що вам повинно вистачити наше чесне слово.

— Еге-ге, чесне слово! Знаємо ми такі чесні слова! Ні, вже чесне слово іншим разом, а тепер зробіть так, як ми жадаємо. Чесне слово хіба вдодатку, так буде наиліпше.

— Але, люди добрі, — почав уговорювати Герман, — що ви собі гадаєте з такими жаданнями? Ви думаєте, що ви ту якісь царі чи самовладники! Не виставляйтеся на сміх! Жадаєте много, а не дістанете нічого — то весь Борислав вас висміє!

— Весь Борислав нас висміє? А хто ж то такий той Борислав? Борислав, паночку, то ми! І на нас тепер прийшла пора посміятися над вами! Чи ми дістанемо що, чи не дістанемо, се вже потому покажеся, але на тепер від своїх жадань не відступимо, будь-що-будь!

— Як ваша воля, — сказав Герман, — я скажу властивцям о ваших жаданнях і принесу вам відповідь! Бувайте здорові!

І він кивнув їм гордо головою і вийшов,

— А що, самі видите, — сказав по його виході Бенедьо, — що добре ми втрафили, жадаючи від жидів вкладок до нашої каси. Все вони дадуть нам тепер, як притиск на них, — але се їм найтяжше прийдеся. А се повинно нас навчити, що іменно на тім ми повинні найтвердше стояти. Будь-що-будь, довго вони не можуть опиратися, треба нам тільки твердо постояти за своїм! Вони добре знають, що як нам тепер дадуть з кожної кошари по десятці, то ми зараз на другий тиждень зможемо їм знов таку саму бунтацію під носом зробити!

Між тим Герман в тяжкій задумі йшов бориславською улицею. «Чи чорт який нарозумив тих людей, чи що такого сталося? Адже ж як їм відразу згори тільки грошей скинути, то се винесе кілька тисяч, і вони на тоту суму в кождій хвилі зможуть нам зробити ще ліпшу коломийку. А так їх задурити, щоби відступили від того жадання, то також не вдасться. Чорт би побрав таку штуку!»

Прийшовши додому, довго ще думав Герман над тим ділом і ніяк не міг додуматися до доброго кінця. Вже й полуднє минуло, надійшла третя година. Юрбою валять жиди до Германового дому, щоб почути від нього жадання робітників. Але, почувши їх, і світу не раді стали.

— Ні, не можна, не можна! — крикнули всі в один голос. — Се нас зруйнує, се нас з торбами межи хати пустить!

— Га, то остаєсь нам одно: чекати, поки їх засоби не вичерпаються.

— І сього не можна!

— Та-бо ви як діти, — скрикнув гнівно Гермар. — Ні дома мене не лишай, ні в поле не бери! То що ж робити? Міркуйте самі, чи є який ліпший вихід.

Жиди притихли.

— Може би, можна дещо виторгувати?

— Ні, не можна. Вже я трібував, — і не заходь з того боку.

— Га, то най їх усі чорти поберуть, коли такі — скрикнули жиди.

— І я так кажу, — додав Герман, — але з того для нас поміч невелика,

В тій хвилі Леон, що мовчав під час цілої тої перепалки, присунувся до Германа і шепнув йому щось до уха. Герман стрепенувся і напіврадісно, а напівнасмішливо позирнув на нього.

— Тільки ви знов мені не заїжджайте з моїм вчорашнім лібералізмом, — прошептав він, усміхаючись. — Що діяти? Not bricht Eisen ', а лібералізм не залізо!

«Такі-то ви всі ліберали, поки таним коштом!» — подумав собі Герман, але наголос сказав:

— Що ж, ваша рада не зла! Нам тепер о одно ходить: зламати наразі їх упір, а се певно, що їх троха охолодить. Коби тільки удалося.

— Як не вдасться? Мусить удатися. Треба тільки взятися порядно.

— Та що таке, що таке? — допитували жиди. Леон кільком почав шептати до уха свій проект, котрий мигом напошепки рознісся по світлиці. Ніхто не важився висказати його голосно, хоч усі знали, що вони тут «самі свої».

— Гурра! се раз проект! — скрикнули радісно жиди. — Тепер ми їм покажемо, хто з кого насміється, ха-ха-ха! Проведемо! Як кітку за стеблом, проведемо!..

— Так, значиться, пристаєте? — спитав Герман, коли улягся веселий гомін.

— Пристаємо, пристаємо, — розумівся, з тою ключкою.

— Коли так, то збираймося ж всі разом і ходімо до них. Усі жадані гроші треба їм зложити зараз, згори, і завтра нехай на роботу стають!

З гомоном вирушили жиди з Германової світлиці. Герман остався на хвилю позаду, прикликав Мортка і довгенько щось з ним балакав. Лице Морткове, рябе і погане, прояснилося при кінці якимось злодійським усміхом.

— Добре, пане, зроблю се для вас, але прошу вас о поміч в тамтій справі. Якісь погані вісті доходять мене...

— Не бійся, я за все стою; що в моїй силі, то зроблю для тебе.

І за сим оба вийшли до жидівської громади, що, гомонячи, стояла на улиці. Але гомін той не був уже такий безпечно веселий, як перед хвилею. Холодний вітер улиці охолодив трохи й радість жидів.

— А хто знає, чи се вдасться? Ризико, ризико! — неслось в громаді, мов'шелест зів'ялого листя.

— Га, що ж діяти, — сказав Герман, — ризико воно є, але у нашого брата кождий крок — рпзико, то вже ризикуймо й на тім кроці. Удасться — то добре, а не вдасться — то ще таки світу не конець, і вони нам з рук не вирвуться.

Громада йшла улицею звільна, мов в процесії. Герман пішов передом до Матієвої хати, щоб перший приніс робітникам веселу для них новину. Слух о жидівській процесії рухнув уже по Бориславі, — юрба робітників валила позаду жидів, а друга юрба ждала вже проти Матієвої хати. Але ніхто не знав ще, що се все значиться.

— Ну, що? — спитав Герман, коли робітники в хатині засіли по-давньому. — Нагадались вії?

— А що ми мали нагадуватися? — відповів Стасюра, — Наша гадка одна. От чей вам бог післав інший розум на душу.

— То зле, що ви такі уперті, — сказав Герман.- — Але що вже діяти? Таке-то наше, бідних жидів. Коли хто з нами по правді не може порадити, то він береться на нас силою, бо знає, що ми проти сили не устоїмо. Таке й наше з вами. Затялись ви на своїм слові — і нам приходиться уступити. Не прийшла гора до пророка — прийшов пророк до гори.

— Що, ви пристаєте? — спитав Стасюра.

— Авжеж, що маємо робити, пристаємо! І то маєте мені завдячити, — чуєте, люди! Були між нами такі, що радили спроваджувати на вас шандарів, військо, але я сказав: «Дайте собі з тим спокій!» І наостатку побачили, що я маю рехт, і пристали на ваші жадання.

— На всі?

— Авжеж, що на всі. Коня без хвоста не купують. Ось вони йдуть сюди всі, щоби вам до рук туй, на тім місці, зложити гроші до вашої каси. Тільки тепер наше питання: коли ми маємо до тої каси платити, то щоби ми мали й дозір над нею.

— А сего вам нащо?

— Як то нащо? Адже ж ми платимо. Ану, як хто розкраде гроші?

— Ну, над тим би ще мусіла бути рада, се ще побачимо.

— Нехай і так, — сказав добродушно Герман, — мусимо на вас спуститися, бо... ну, бо мусимо! Але тепер принаймні одно мусимо знати: кілько грошей нині вплине до каси і де тота каса буде находитися.

Стасюра не міг на те сам нічого відповісти. Він виліз із-за стола і почав шептатися з Сенем Басарабом, з Матієм і Бенедьом. Всі вони не знали, що й думати, о тій наглій податливості жидів, а Сень Басараб відразу сказав, що боїться, чи за тим не криється який підступ. Але Бенедьо, щирий і добродушний, вибив їм з голови підозріння. Впрочім, і сама річ ие виглядала на підступ. Коли б жиди хотіли збувати їх обіцянками, то що іншого, але вони прецінь хотять давати гроші, а гроші — то прецінь не є нічого фальшивого: возьми до рук, замкни до скрині — і безпечно. Побратими подалися на ті докази і рішили так, що справедливість вимагає, щоб і жиди знали, кілько від них грошей до каси вплило і де тота каса находиться.

— Нехай буде по-вашому, — сказав Стасюра. — Виберіть двох з-поміж себе, котрі би були при складці: при їх очах гроші зложаться до скрині враз із списом, хто що дав, при їх очах скриня й замкнеться, — і так буде й далі, кождого тижня, доки потому ліпше не урадимось, як нам бути з зарядом каси.

Нетаєний промінь радості перелетів по Германовім лиці на ті слова. Ось уже змагаючийся гомін коло хатини дав знати про прихід жидів. Ось уже вони почали входити до хати, дотикаючи рукою капелюха, вітаючи робітників уриваними «дай бо'». Герман кількома словами по-жидівськи розказав їм, яка стала умова, і вони швидко порозумілися, щоб при складці були Герман і Леон. Почалася складка. Прийдеволя записував, хто що дає. Насамперед приступили дрібні властивці: ті платили з квасним виразом, з оханням, деякі торгувалися, другі попросту недодавали по ринському та по два. Більші властивці платили з жартами, з притиками, — деякі давали по одинадцять і по дванадцять ринських, вкінці Леон дав двадцять, а Герман — аж п'ятдесят. Робітники тільки позирали по собі, за хатою раз по раз роздавалися радісні крики, — се робітники вітали свою першу побіду в тяжкій війні за поправу своєї долі. Першу — і послідню наразі!

Складка скінчилася. Перечислено гроші, їх показалося звиш три тисячі. Сень Басараб із порога прокричав тоту суму цілій робітницькій громаді. Радість була без кінця. Германа і Леона трохи на руках не несли, — вони тільки всміхалися, почервоніли і спочені від задухи, що стояла в тісній, людьми набитій хатині. Гроші вложено до окованої скриньки, котра мала стояти в Матієвій хаті. Серед загальної шумної радості жиди віддалилися.

— Гурра! Наша взяла! Гурра! — кричали довго ще робітники, ходячи товпами по Бориславі. Веселі пісні роздалися від одного кінця до другого.

— А завтра до роботи, — говорили деякі, зітхаючи.

— Ну і що ж! Не вік же нам святкувати. Просвяткували три дні, як великодні свята, хіба не досить? Се був наш правдивий Великдень!

— А ви, — говорили деякі на радощах Матієві і Сеневі, — пантруйте нам нашої каси, як ока в голові. Три тисячі срібла — таж то сума!

— Ану, панове ріпники, нафтарі, мазярі, чия ласка зараз до роботи? — голосили по улицях надзорці. — До вечора півшахти! Ану, ану!

Товпа робітників валила за ними.

В Леоновій фабриці від першої хвилі, як згода стала, вже горіла робота. Квапно діялось Леонові. Він хотів завтра скінчити цілий ладунок церезину, щоби до кінця тижня упакувати і вислати до Росії. Він аж горів з нетерпеливості через тоті дні примусового святкування, а й Шеффелеві було якось не до солі. Тепер же він ледве міг діждатися згоди, а зараз туй-таки закликав Бенедя і других тих, що вперед робили на його фабриці, і післав їх до роботи.

Пізно вночі вернув Бенедьо до хати. В хаті не було нікого. Матій також був на роботі, — сам Герман конче просив його, щоби робив при його ямі, по п'ятнадцять шісток обіцяв, і старий Матій на радощах подався. Яма була глибока, але більша її часть була забита — нафти не було. Зато в глибині около двадцяти сажнів ішов перший поверх штолень, о п'ять сажнів нижче другий поверх, далі третій, в котрім тепер робилося. Яма була багата — штольні давали денно около десять сотнарів воску, а таких багатих ям було у Германа звиш вісімдесят. І Матій прийшов з роботи пізно вночі, змучений, ледве живий, і скоро тільки до хати, кинувся на постіль і заснув, як колода. Він і не бачив, як оподалік за ним на пальцях скрадався вулицями Мортко, як він, коли Матій увійшов до хати, не замкнувши дверей, вшмигнувся до сіней і скулився в кутику, як вкінці, коли Матій замкнув двері, розібрався і заснув, тихесенько вповз до хати, висунув з-під печі скриньку з грішми, взяв її під паху і поповз із хати. Ніхто не бачив сього, хіба блідолиций місяць, що час від часу боязко визирав із-за хмари. І ніхто не чув, як калатнув дерев'яний замок в сіняних дверях, як рипнули двері, як почупкав Мортко долі улицею, — ніхто не чув сього, хіба холодний вітер, що різко шумів з устоку на Борислав, і стогнав, і завивав у крутих берегах недалекої річки.

На другий день крик і гвалт зробився в Матієвій хаті — скринька, робітницька каса, пропала без сліду!

На другий день усі робітники пізнали, що вони завчасно сміялися! Жиди стрінули їх з насмішкою, а то й з наругами і погрозами. Плату відразу знизили ще нижче попередньої, а на безсильні прокляття і погрози обдурених робітників відповідали тільки сміхом.

— А щоб ви знали, дурні гої, як з нами воювати! А де ваша каса, га? Ви гадали, що ми ні з сього ті з того будемо вам касу складати? Постійте троха, випчихайтеся! Борислав — то ми! І ми тепер сміємося з вас!

XVIII.

З дивним якимось прочуттям вибирався ВанГехт з Відня в дорогу до Галичини. Щось немов говорило йому, що в тім новім, незнакомім для нього світі ждуть його чималі бурі і пригоди, жде його читрохи гризоти і прикрості. Але розум і писаний та легалізований контракт говорили йому, що в тім новім світі жде його маєток і достаток, і він не мав причини не вірити сьому другому, виразному голосові.

Вибираючися в далеку і непевну дорогу, він подумав, що придався б йому помічник, і гадка його скинула зараз на Шеффеля. Де він і що з ним сталося? Він побіг до поліції, — там вказали йому помешкання його колишнього асистента. Але в помешканні Ван-Гехт асистента свого не застав, — від кількох місяців виїхав. Куди виїхав? Сього не знали напевно, — знали тільки те, що виїхав кудись nach Polen '. Хоч Ван-Гехт і не дуже наклінний був до підозрінь, але його зостановило, куди-таки nach Polen міг виїхати Шеффель. «А шкода, що його нема, — думалось йому, — міг би був при мені гарний гріш заробити!»

Аж ось перед самим виїздом з Відня одержав Ван-Гехт письмо з Росії від одного високого достойника, — мабуть, члена св. синоду, чи що. Достойник запитував його, що се такого сталося з його проектом достави церезину, і для чого наміри його розбилися, і чи, може, він продав свій патент «Спілці земного воску», котра давно вже зробила з св. синодом контракт о тоту доставу, зложила 100 000 рублів кавції і швидко має постачити перший ладунок — 50 000 сотнарів? Грім з ясного неба не був би так перелякав бідного Ван-Гехта, як се дружнє письмо. «А се що такого? — скрикнув він. — Се відки така кара божа на мене? Хто сміх, хто міг мені се зробити?» Мов опарений, кидався він сюди і туди, не знаючи, що діяти. Телеграфічно запитав свого достойника, щоби був ласкав донести йому, з ким стоїть в контрактах тота «Спілка земного воску» і відки надіється присипки церезину, але достойник не відповідав, бо, мабуть, і сам не знав. Тоді Ван-Гехт побіг з лиотом достойника і з своїм патентом до прокураторії державної, звіщаючи її о наміренім на його шкоду ошуканстві. В прокураторії сказали йому: «Добре, винайдіть ошуканця, а можете бути певні, що він буде укараний». Ба, винайдіть ошуканця! Коби-то він знав його, коби знав, де він є! Мов лихорадкою битий, побіг Ван-Гехт до уряду цлового і виєднав розпорядження, щоби по причині узасадненого підозріння о ошуканство всі посилки земного воску, йдучі з Галичини до Росії і

Румунії підлягали докладній ревізії, а коли б між ними показався церезин, то щоб був притриманий, і яко corpus delicti [1], відісланий до прокураторії державної. Сам своїм коштом, не ждучи бюрократичного порядку, Ван-Гехт розтелеграфував те розпорядження по всіх награничних коморах, додаючи від себе обіцянку щедрої надгороди для того урядника, котрий викриє ошуканську посилку. Так упоравшися, Ван-Гехт аж відотхнув і, швидко зібравшися, рушив в дорогу.

Але думка його, до дна розворушена, не переставала вертітися коло одного питання: хто се міг мені зробити? Очевидна річ, тільки дві можливості показувались йому: або хто-небудь случайно, не знаючи о його патенті, винайшов церезин окремо від нього, або Шеффель, котрому звісний був його секрет, видав його. І коли перша можливість, чим більше в неї вдумувався, тим дальшою йому показувалась, то зате підозріння на Шеффеля щохвилі набирало більше сили і правдоподібності. Несподіваною а сильною підпорою того підозріння послужило й те, що він чув о Шеффелевім від'їзді nach Polen. І Ван-Гехт постановив собі, скоро приїде до Дрогобича, розвідати боками, чи не дізнається дещо про Шеффеля.

Щастя сприяло Ван-Гехтові. Приїхавши до Дрогобича, він не застав Германа дома, але застав тільки карточку від нього, щоби був ласкав потрудитися до фабрики і оглянути перезиновий відділ, уладжений після його плану. Він поїхав до фабрики. Там застав якраз будовничого, котрий кінчив уставлювання кітла. Оглянувши перезиновий відділ, Ван-Гехт висказав будовничому своє повне вдоволення, а що будовничий, скінчивши своє діло, мав саме вертати до Дрогобича, то ВанГехт запросив його до повозу, на котрім він сам приїхав. Посідали. Розговорилися по дорозі. Будовничий розказував Ван-Гехтові про Борислав і про те, що там учора вибухли якісь непорядки, о котрих досі нічого ще певного не знати. «Певно, звичайна хлопська непокірливість, нічого важного!» — додав він з погордою. Далі перейшла бесіда на другі бориславські обставини, на стан воскової продукції і воскового ринку. З розмови показалося, що про новий церезин будовничий нічого ще не знає, і Ван-Гехт почав думати, що годі буде від нього що-небудь дізнатися о тім, чого йому треба. Але будовничий розговорився і говорив уже, що йому слина на язик принесла.

— Я вам кажу, що ціла та штука недовго потриває, — балакав він, — леда день, і все попелом розвіється, збанкротує. Дрібні властивці держаться якимось чудом божим, і треба тільки якого-небудь случайного припадку, щоб усе те пішло з торбами. А й між більшими властивцями, розуміється, крім одного Германа Гольдкремера, нема ні одного солідного гешефтсмана. Усе швіндель, усе дурисвіти! От, прошу вас, тут один з найбагатших будує недавно нову фабрику, якусь новомодну фабрику, і, хотячи замаскуватися, говорить мені, що се має бути паровий млин. Дає мені план, — вже й забув, чиєї то роботи той план був. Ну, нічо, зирнув я, виджу, що се нафтарня, а не млин, але гадаю собі: «Коли твоя воля, щоби се був млин, то най тобі буде млин». А він, дурень, скоро при перших закладинах та й зараз проговорився, і ще й мене скомпромітував! Ну, скажіть же, чи можна з такими людьми солідне діло мати?

Ван-Гехта не дуже зацікавило се оповідання. Але щоб не показатися нечемним і таки чимось піддержати розмову, він спитав будовничого:

— То, кажете, новомодна якась фабрика? А не можете мені сказати, що в ній такого новомодного?

— Не можу вам того сказати, бо, як кажу вам, будови тої я не провадив. Але коли ви з тим ділом ближче знакомі, то я вам скажу, якої системи се фабрика. Позвольте, позвольте, тепер собі пригадую, план фабрики був роботи якогось Шеффеля, — певно, будете знати його систему фабрикації?

Ван-Гехт аж зірвався з сидіння, мов пришиблений наглим ударом електричної батерії.

— Шеффеля, кажете!? І що, фабрика тота вже готова?

— О, давно готова. Кажуть, що робить день і ніч.

— А властивець тої фабрики зовеся..?

— Леон Гаммершляг.

Ван-Гехт записав собі ім'я в нотатці.

— А не можете мені сказати, — даруйте, що вам так наприкряюся, — де находиться тота фабрика?

— Поконець Борислава. От сею дорогою як поїдете вдолину, понад ріку, через он то село, звеся Губичі, і, не доїздячи до Борислава, наліво, над річкою.

— Дякую вам. Мене дуже інтересує та нова система фабрикації, мушу поїхати ще нині звидіти тоту фабрику. Бувайте здорові!

Карета зупинилась була власне перед домом будовничого, котрий з укладністю старого елеганта стиснув Ван-Гехта за руку, вискочив з карети і пішов до свого дому.

Ван-Гехт добру хвилю думав, що йому робити, а відтак казав везти до Германового дому на обід.

«Нехай і так, — думав він сам собі по дорозі, — тепер маю його в руках, не втече мені ніяким способом!»

XIX.

Щасливий, розрадуваний і пристроєний, мов на празник, увійшов Готліб до світлиці, в котрій сиділа Фанні. Се перший раз мав він бачитися з нею після щасливого уладження їх діла між його матір'ю а

179

її батьком. Він ішов, землі під собою не чуючи: голова його повна була образів щасливої будущини, серце повне було несказанної нам'ятності, невгасимого жару. Якою-то він застане її? Як вона любо усміхнеться йому назустріч, як, гіречудово рум'яніючись, впаде в його обняття, похилить прекрасну головку на його плече, як він буде цілувати, пестити, голубити її! Все те, мов рожеві, запахущі блискавиці, стріляло в його уяві, і він не йшов, а летів, землі під собою не чуючи, щоби якнайшвидше побачитись з нею.

Але що се? Ось вона стоїть при вікні, плечима до дверей, з головою, опертою о шибу, і чи не чує його приходу, чи не хоче обернутися. На ній сукня з якогось сірого шовку, хоч дорога, а все ж якось так буденно виглядає: ані одна скиндячка, ані ніякий блискучий металевий стрій, котрі вона так любить, — ніщо не показує, що вона чогось надіється хорошого, радісного, празничного. Тихенько він наблизився до неї, взяв її за плече і нахилився, щоб поцілувати в лице, коли разом відскочив, мов опарений, побачивши, як рясні сльози плили з її очей, і почувши рівночасно-її придушені, хлипанням переривані слова:

— Іди геть!

— Се що такого? Фанні, що тобі сталося? Фанні, серце моє, чого ти плачеш?

— Іди геть, не говори до мене!

— Як то не говорити? Що ж се такого? Чи вже я тобі такий ненависний, такий огидний, що й поглянути не хочеш на мене, Фанні?

І він знов положив свої руки на її плечі, стискаючи їх легенько. Фанні ще дужче заплакала, але не оберталася.

— Іди геть! Хіба ж не знаєш, що нам розлучитися треба, що нам з тобою не бути?

— Нам? Розлучитися? Се ти що говориш, Фанні? Ти недужа, чи що такого? Нам не бутіг з тобою? Хто се сміє казати?

— Мій батько!

— Твій батько? А се коли? Адже недавно, позавчора, він дав своє слово моїй матері, — хіба ж він міг взяти назад своє слово?

Фанні мимоволі обернулася, слухаючи його слів, — вона й сама не знала, що се значиться.

— Але ж противно, Готліб, іменно твоїй матері мій батько казав, що не дасть мене за тебе, що має зо мною якісь інші види.

— Але ж мати зовсім противно казала мені!

— А я тобі кажу правду, я все чула!

— То моя мати ошукала мене?

— Вона, може, так тільки... щоби ти не турбувався...

— Господи, то воно й справді так? Ні, се не може бути! Що я винен твому батькові, що ти йому винна, Фанні, що він хоче нас живпх зарити в могилу?

— Я не знаю, Готліб!

— Але ні, ні, ні, — і при тім він з лютості тупнув ногою, — се не може бути! Я не дам з собою грати, мов з котятем. Я не котя, Фанні, я — вовк, я вмію кусати!

Він почервонів, як буряк, його очі почали заливатися кров'ю, лютість затамувала йому дух. Фанні дивилася на нього, мов на святого. Ніколи він не видався їй таким хорошим і принадним, як в тій хвилі дикої лютості.

По хвилі передишки Готліб говорив далі вже трохи лагідніше:

— Але скажи ти мені, бога ради, Фанні, через що твій батько не хоче дати тебе за мене?

— Не знаю, — відповіла Фанні. — Мені здається, що він має якийсь гнів на твоїх родичів.

— А ти, Фанні, ти, — і він з диким жаром вдивлювався в її очі, — ти... чи пішла би за другого, якби твій батько казав тобі?

— Готліб, як можеш ти так питати мене? Ти ж знаєш, я виплакала б свої очі з жалю за тобою, я вмерла би швидко, але проти батькової волі не пішла б.

— Так ти мене любиш?

— Готліб! — І вона впала в його обняття. Жаль і грозяча розлука додавали сили їх пестощам, сльози доливали жару їх поцілункам.

— Але які види може твій батько мати з тобою, Фанні?

— Або я знаю! Адже знаєш, мій батько богатий, має зв'язки з усякими купцями та банкірами, — може, хоче мене віддати за которого з них.

— Прокляте богатство! — воркнув крізь зуби Готліб.

— Я би воліла, щоби мій батько був бідний, — сказала сумовито Фанні, — тоді він потребував би ласки твого батька і з радістю віддав би мене за тебе.

Очі Готліба заіскрилися при тих словах дівчини. Він кріпко стиснув її руку, так, що вона аж скрикнула.

— Добре мовиш, Фанні, — сказав він рішуче, — і я так кажу! Бувай здорова!

— Куди йдеш?

— Не питай! Я постараюсь усунути всі завади, що стоять в дорозі нашому щастю! Ти мусиш бути моєю, а хоч би ту...

Вона не дочула його слів. Мов громова хмара, вибіг він з Леонового дому, і в бідної Фанні тривожно стискалося серце.

— Що він хоче зробити? — прошептала вона. — Він такий бистрий і палкий, він так гаряче і безпам'ятно любить мене, що готов наробити якого лиха. Господи, хорони його!

А Готліб, вийшовши на улицю, став на хвилю, немов роздумуючи, куди йти. Далі стрепенувся і погнав додому.

— Мамо! — скрикнув він, впадаючи до материного покою. — Пощо ви одурили мене?

— Як, коли?

— Пощо ви сказали, що Леон прирік віддати свою доньку за мене?

— Або що, не хоче?

— Адже ж він і вам казав, що не хоче? Чи ні?

— Та так. Поганець він, синку, я тобі давно казала, щоб ти з ними не заходився! — Все те говорила Рифка, мов сонна, мов із яких неясних столітніх споминок. Але Готліба тота сонливість вивела з терпцю. Він тупнув ногою, аж вікна забриніли, і крикнув:

— Мамо! Раз я вам казав, щоб ви говорили зо мною по-розумному! Раз я вам сказав, що люблю Леонову доньку і що вона мусить бути моєю, тож не говоріть мені нічо против неї! Розумієте чи ні?

Рифка тремтіла всім тілом від тих грізних слів, котрих значення вона лиш через половину розуміла, і, мов причарована, не зводила очей з його лиця.

— Та добре, синку, добре, але чого ж ти від мене хочеш?

— Я хочу, щоб Фанні була моєю.

— Та що ж, коли той поганець не хоче дати її за тебе.

— Мусить, мамо!

— Мусить? А як же ти його всилуєш?

— Отож о тім я хотів з вами порадитися, мамо.

— Зо мною? Що ж я тобі в тім пораджу? Ти, синку, маєш свій розум, ліпший, ніж мій, радь собі сам!

— А так, ви розгнівали Леона, відопхнули його, а тепер «радь собі сам»! Виджу, виджу, як ви мене любите!

Рифка захлипала, мов мала дитина:

— Синку, синку, лиш того мені не кажи! Все, що хочеш, лиш того мені не кажи, що я тебе не люблю.

— Ба, як же маю не казати, коли ви всьому мойому лиху винні, а тепер і порадити не хочете, як з того лиха випутатися.

Бідна Рифка билася, мов риба в саку. Вона так рада була подумати і придумати щось дуже, дуже мудрого для свого сина, але її недужі, надломані і блудні думки мішалися і розлазилися без ладу і складу, — вона прибирала тисячі рад, одну за другою, і, не висказавши нічого, відкидала їх, видячи, що всі ті ради безумні і зовсім не ведучі до цілі.

— Ти, ти, синку, піди до нього і проси його... або ні, ліпше намов деяких ріпників, щоб його добре вибили... або ще ні, найліпше би було трутити того поганця де з моста в воду, — або ні, — ох, що то я хотіла сказати...

— Дурні ви, мамо!

Рифку врадувало те слово, воно зняло з неї страшний тягар —

думання.

— А видиш, синку, я тобі то казала, що я нічо путнього не придумаю, бо я дурна, синку, дуже дурна, як стовп, як туман вісімнадцятий! Ох, моя голово, моя бідна, дурна, нетямуща голово! — І Рифка тяжко заридала, сама не знаючи чого.

Нараз вона стрепенулася, живіша іскра заблисла в її оці.

— Слухай, синку, що я придумала!

— Що таке?

— Він казав, що має інші види з донькою, — певно, за богача якого хоче її дати.

— А певно.

— Якби він був бідний, то дав би доньку за тебе.

— А певно.

— Ну, а хіба ж то така велика річ з богача зробити бідного?

— Невелика.

— І я так думаю. Піди вночі і підложи огонь під його кляту фабрику, все його богатство за годину з димом піде — і донька його буде твоєю!

Готлібові очі заярілися рішучим огнем.

— Добре кажете, мамо! І я сам так гадаю. Дякую вам!

І він побіг з покою, оставивши Рифку саму з її думками. Вона зразу сиділа безсильна, втомлена незвичайною працею думок, сиділа і всміхалася, що ось яку то мудру раду дала вона синові. Лице її в тій хвилі мало вираз того ідіота, що регочеться, відтявши голову свому любленому котові. Але недовго тривав той ідіотичний супокій. Ні відси ні відти налетіла ясніша хвиля — Рифці разом ясно стало, в яку бездонну пропасть попхнула вона свого сина, їй разом показалося, що її син підкрадається з засвіченим віхтем під якийсь високий темний будинок, що підпалює його, втікає, його ловлять, б'ють, кують в кайдани, вкидають в якусь глибоку-глибоку підземну вогку яму, — і вона в страшенній розпуці вхопилася за голову обома руками і, микаючи на собі волосся, скрикнула:

— Мій сину! Мій сину! Вернися! Але Готліб був уже далеко і не вернувся.

XX.

І знов побратими зійшлися на нараду в Матієвій хаті. Мов з хреста зняті, сходилися вони, мов розбиті, засідали вони на лавах, з похиленими очима, не сміючи зирнути один на одного, немов то вони були винні тому нещастю, котре постигло цілу робітницьку громаду. А вже й найдужче подався Бенедьо. По його впалих, помутнілих очах, по його пожовклім, аж зеленім лиці, по його надломаній, похиленій поставі, по безсильно обвислих руках видно було, що вся сила його жизні підтята, що усміху не буде вже на тих зів'ялих устах, що він жиє вже немов чужим, позиченим життям, що робітницьке нещастя вбило, роздавило його. Кілько він перетерпів в тих двох днях! З яким болем вириваав він із свого серця одну за другою золоту надію! Перша хвиля, коли вони з Матієм побачили, що двері незамкнуті, а відтак, мов якою зловіщою рукою перті, переконалися, що скриньки нема, тота перша хвиля — то була, певно, найтяжча, найстрашніша хвиля в його житті. Всі сили разом опустили його, все тіло так і застило на місці, вся пам'ять погасла, він стояв, мов паль, і не міг поворухнутися. Звільна ажень вернула його пам'ять, щоб тим тяжче мучити його. Що скажуть робітники? Що скажуть побратими? Чи не буде найперша їх думка така, що оба вони, підкуплені жидами, видали їм касу? Тота страшна думка огнем палила його серце. «І воно зовсім легко може бути, — шептав йому якийсь злорадний, упертий голос, — адже два нас у хаті, вилому нема ніякого, сліду ніякого, очевидна річ, що взято скриньку при нас на нашім свідомі! І я — зрадник! Я, що ціле своє життя, цілу свою душу вложив в тоту справу, я мав би причинитися до її обалення!..» І хоч того ж таки дня Мортко сам, голосно регочучись, признався перед Матієм і перед другими робітниками, що се він викрав касу, що вона находиться в далеко безпечнішім сховку у Германа і що «хто хоче, най мя йде скаржити, то ще сам піде до діри за недозволен! складки», — то від сього признання не полегшало Бенедьові. Думка його винаходила чимраз і чимраз нове терня, котрим могла все наново ранити свої власні криваві рани. Хто бачив його під час робітницької змови, охочого, невтомимого, радісного, все задуманого і все готового радити другим і додавати відваги, а хто бачив його тепер, нужденного, скуленого, тремтячого, — той був би подумав, що се або не той чоловік, або що він перебув яку тяжку недугу. І Бенедьо справді перебував тяжку недугу, з котрої — сам він те бачив — виходу для нього не було.

Не менше подалися й другі побратими, особливо Матій і Стасюра. Тільки брати Басараби не змінилися і, бачилось, не дуже сумували. Ба, що більше, на їх лицях виднілось щось немов потаєна радість, немов оце сповнялось те, чого вони давно дожидали.

— Що ж, побратими, — сказав Андрусь по хвилі важкої мовчанки, — наш красний сон скінчився, розбуджено нас!

Ніхто не відзивався на ті слова.

— Що сумувати, браття, — заговорив знов Андрусь, і голос його ставався чимраз м'якший, — сум не поможе. Що впало, то пропало, і воно, вірте мені, мусило так прийти! З нашими жидами таким способом не порадимо, я то з самого початку казав. Не такий вони народ, щоби можна з ними вдати подобру! І то велике діло, що ми такого доказали, як отеє перед кількома днями! А се вони би чи тепер, чи в четвер таки зробили. Ніщо нам тепер і думати о тім, щоби поступати з ними так, як досі!

— Так що ж діяти, — не то сказав, не то зойкнув Бенедьо, — невже ж опустити зовсім руки і здатися на їх ласку?

— Ні, і ще раз ні! — живо підхопив Андрусь. — Ні, побратими, наша війна з жидами іно що зачалася, але ще зовсім не скінчилася. Се досі — то був тільки жарт, тепер нас чекає правдива, велика, гаряча битва!

В словах Андруся було тільки сили, тільки жару і завзяття, що всі мимоволі ззирнулися на нього.

— Так, тепер нам треба показати, що й жиди завчасно сміються з нас, що Борислав — то таки ми, робучі люди! Тепер ми побачили, що добрим способом з ними воювати годі, стрібуємо ж не так!

— Ми й досі, Андрусю, не... не зовсім добрим способом воювали. Вони відплатили нам тільки зуб за зуб.

В тих болющих словах був такий острий, глибокий закид, що Сень Басараб, котрий, пикаючи люльку, сидів на порозі, зірвався на рівні ноги й поступив пару кроків до Бенедя.

— Не випоминай, не випоминай минулого, Бенедю! — сказав він з притиском. — Адже сам ти знаєш, що без тих нечистих грошей і твоя чиста війна не була б могла зачатися.

— Я не випоминаю нікому нічого, — смирно відказав Бенедьо, — я знаю сам, що так мусило бути, що така в;ке наша нещаслива доля, що тільки неправдою з неправди мусимо видобуватись, але, побратими мої, вірте мому слову, — чим менше неправди буде на руках наших, тим певніша буде наша дорога, тим борше поборемо ми своїх ворогів!

— Ба, якби-то вороги також так само думали і також чесно з нами поступали, то тоді, певно, й ми мусили б їм дорівняти, а то й випередити їх! — сказав Андрусь. — Але тепер, коли правда зв'язана, а неправда має ніж у руках, то я боюсь, що, заким правда по правді розв'яжеся, неправда й зовсім заріже її. Але не о тім ми мали нині говорити, браття, а о тім, що нам тепер робити? Я гадаю, що нам тільки одна дорога осталася, — але поки скажу своє слово, хто знає, може, з вас котрий вигадає що іншого, кращого... делікатнішого, — бо моє слово страшне буде, браття! Тож, прошу вас, хто має що сказати, най каже. Ти, Бенедю?..

— Я нічого не скажу. Я не знаю, що нам тепер робити! Хіба зачинати наново утрачене.

— Еге-ге, далека дорога, та й то мости позривані. Ні, вже що іншого придумай!

Бенедьо мовчав. Що він міг тепер придумати?

— А ви, друзі, знаєте який спосіб? — спитав Андрусь. — Говоріть!

Ніхто не говорив. Усі сиділи з понуреними додолу головами, всі чули, що наближається щось страшне, якесь велике знищення, але чули заразом, що вони не в силі його відвернути.

— Ну, коли ніхто не говорите, то я буду говорити. Одна нам тепер дорога осталася — підпалити се прокляте гніздо на всі штири роги. Се моє слово.

Бенедьо здригнувся.

— Не бійтеся, невинні не потерплять попри винних. Усі вони винні.

Мовчанка стояла в хаті. Ніхто не перечив Андрусеві, але й притакувати йому якось ніхто не важився.

— Ну, чого ж ви сидите, мов порізані? Невже ж ви такі вояки, що війни боїтеся? Згадайте лишень, в яшй думці поприступали всі ви до побратимства. Адже ж у нас ще є карбовані палиці, — і нема ту й одного жида в Бориславі, на котроге би у нас карбів не було. Ви генто допоминалися мене о обрахунок. Нині день обрахунку, тільки що до давніх карбів прийшов ще один новий, найбільший: що вони ошукали й обікрали цілу робітницьку громаду, що вои показали тим способом виразно, що хотять нас повік-віку держати в безвихідній неволі. Чи треба ж вам ще чого більше? Я думаю, що сей один карб стачить за всі!

— Але що ж се буде за обрахунок: запалите кілька хат, кілька магазинів — і або вас полапають і посадять до криміналу, а як ні, то жиди знов скажуть: трафунок!

— О ні, не так воно буде. Коли приступати до такої війни, то вже з цілою громадою, — сказав спокійно Андрусь.

— А хіба ж се можна? Нехай один найдеся серед громади, що вас видасть, — і всі ви пропадете.

— І так не буде. Кождий з нас, хто пристане на те діло і обіцяє руку до нього приложити, добере собі десять, двадцять таких, котрим може завірити, і, не кажучи їм нічого, скаже їм в означенім часі зібратися на означенім місці. Тоді дасть знак. А коли б що видалося, то я беру все на себе.

— Але ж робітники тепер люті, роздратовані на жидів, готово статися ще яке більше нещастя, — говорив Бенедьо далі, заступаючися всякими, хоч і найслабшими, поводами від страшної певності.

— Се тим ліпше, тим ліпше! — аж скрикнув Андрусь. — Тепер найліпше вдасться моя війна, коли твоя роздразнила людей. Ти приготовив для мене найбільшу поміч, і за то я сердечно дякую тобі!

— Ти страшний, Андрію! — зойкнув Бенедьо, закриваючи лице руками.

— Я такий, яким зробило мене житє і вони, закляті вороги мої! Слухай, Бенедьо, слухайте й ви, побратими, моєї повісти, — будете знати, що навело мене на гадку зав'язувати таке побратимство для пімсти на жидах. Отець наш був найбогатший газда на всю Баню. Се було по скасованню панщини, — отець наш взяв у пана пропінацію, щоб не допустити жида до села. Хісна з тої пропінації великого він не мав, але то схіснував, що околичні жиди страшно на него завзялися. Отець шинкував чесно, водою горівки не розливав, і з усіх селів народ ішов до него. Жиди за то бий-забий на него. Зразу зачали перед паном крутитися, щоби батька підкопати, але пан знав батька і не вірив жидам. Видячи, що з того боку нічого не діб'ються, жиди взялися на інші способи. Підмовили злодіїв, — а їх тоді багато було по селах, — зачали вони шкоду робити батькові. Раз пару коней зо стайні вивели, то знов куфу горівки випустили, то до комори підкопалися. Але й тим способом батька не могли підтяти. Крадіж винайшлася, а ті, що куфу випустили, самі видалися і мусили заплатити шкоду. Тоді жиди, — що робити,' — підпалили нас. Ледво ми з душе-ю повихапувалися, — все згоріло. Отець наш був сильний, твердий чоловік, — тільки нещастя не зламало його. Він кинувся сюди-туди — до пана, до сусідів, — запомогли його, почав він знов ставати на ноги. Тоді жиди підмовили кількох пияків, давніх панських льокаїв, щоби забили батька. Вони напали на батька вночі серед дороги, але батько вправився з ними і одного, заголомшеного, приволік додому. До всього признався, хто його намовив і що дав. Батько до суду, — пішли два жиди сидіти. Тоді другі взяли і строїли батька. Закликали його немов на перепросини і дали щось, — як прийшов, так зараз і ліг, мов підкошений, а до тижня і вмер. Пан, що дуже любив батька, спровадив комісію, комісія викрила отруту, — але не було кому настояти, і справа зам'ялася. Ще й матері жиди пригрозили, щоб і писнути не сміла, бо інакше нещастя буде. Мати злякалася і дала спокій. Але недовго жиди дали нам спокій. Вони, очевидно, завзялися зовсім зруйнувати нас. Мати наша вмерла в холеру, лишились ми з Сеньом, сироти-підростки. Замість нашого батька взяв уже був пропінацію жид, — отже, то він тепер присікався до нас. Сюди-туди він вкрутився за опікуна над нами і взяв наш грунт в уживання, а нас на виховок. На Бані й тоді вже жидів було досить, і се була не дивниця, що жид опікувався над християнськими сиротами. Зазнали ж ми тої жидівської опіки! Зразу було нам добре, мов у бога за пазухою, жид догоджував нам, до роботи не заставляв, ще й горівочки додавав. Але чим далі, тим тісніше, і вкінці повернув нас зовсім собі в наймитів-попихачів. Ми зачали допоминатися свого грунту, але жид тим часом умів уже так покрутити з панами і з громадським урядом, що нас зовсім відсудили від грунту. Але жид не чувся ще спокійним і старався нас зовсім позбутися. Зачав намовляти урльопників, щоби нас били; далі підкупив війта, щоби вставився у асентерункової комісії, щоби нас заасентерували до війська. Але ми все перебули і, вислуживши в війську, прийшли назад до села. Жид затремтів; він знав, що мп не подаруємо ему свою кривду, і старався випередити нас. Запросив нас до себе буцімто на гостину і хотів потроїти нас так, як батька. Але сим разом йому штука не вдалася. Ми пізналися на тім і нагодували силоміць самого жида тою стравою, котру нам приладив. Через тиждень його не стало. Тоді ми покинули своб село і пішли сюда, а по дорозі попрпсягли собі до смерті своєї мститися на жидах. Ми постановили собі робити з ними так, як вони з нами: підмовляти напротив них якнайбільше людей, шкодити їм, де мож, і то так зручно, щоби вони й самі не знали, відки на них паде лихо. Від того часу минуло вже десять літ. Як ми досі сповнювали свою присягу, о тім не буду оповідати. Але найбільша наша пімста тепер наближався, і хто хоче бути нашим братом, нашим щирим приятелем, хто хоче мститися разом з нами за свої і за громадські кривди, той піде з нами в тій потребі!

Послідні слова сказав Андрусь піднесеним, майже благаючим голосом. Його оповідання, сухе, уриване, мов знехочу розказане, а прецінь таке досадне і відповідаюче понурому настроєві всіх побратимів, зробило на всіх велике враження. Перший Прийдеволя зірвався і подав руку братам Басарабім:

— Ось моя рука, — сказав він, — я з вами хоч і до могили! Що буде, о то я не дбаю, а що скажете, то зроблю. Щоби тілько пімститися, о ніч більше я не дбаю!

— А старого Деркача чей також не відкинете, — дався чути голос з кута, і лице Андрусеве прояснилося усміхом.

— Нікого не відкинемо, братчику, нікого! — сказав він.

За Деркачем один за другим зголосилися всі побратими, окрім Матія, Стасюри і Бенедя. Андрусь радувався, жартував:

— Ну, ті два старі, з них нам і так хісна великого не було би. А ти, Бенедю? Все ще о своїх «чистих руках» мрієш?

— О чім я мрію, се менша річ, се тілько мене обходить. Але то одно бачу, що наші дороги нині розходяться. Побратими, позвольте мені сказати вам ще слово, поки зовсім розійдемося.

— Що там єго слухати! — воркнув, сплюючи, Сень Басараб.

— Ні, говори! — сказав Андрусь, котрий тепер чувся по-давньому головою і провідником тих людей, відданих йому з душею і з тілом, і в тім почутті набрав знов тої певності і сили поступовання, яка його вперед визначувала і котра потроху опустила його була під час недовгого Бенедьового провідництва. — Говори, Бенедю, — ти був добрим побратимом і щиро хотів для всіх добра, ми певні, що ти й тепер того самого хочеш. А коли дороги наші розходяться, то се не для того, що ми самовільно відриваємся від твоїх рад, але для того, що конечність пхає нас туди, куди ти чи не можеш, чи не хочеш іти з нами.

— Дякую тобі, Андрусю, за твою добру віру. Але то, що ти кажеш о конечності, котра буцімто пхає вас на зле діло, — бо що задумане тобою діло не є добре, се, чень, ти й сам признаєш, — сьому я не можу якось увірити. Яка тут конечність? Що жиди ошукали й обікрали нас, що зв'язали нам руки і заперли нам на тепер дорогу до рятунку, то чи з того вже випливає, щоб ми мусили відречися від свого чистого сумління, статися паліями? Ні, побратими мої, і ще раз кажу, що ні. Перетерпім тоту нещасливу годину. Час загоїть усі рани, втишить наш гнів, ми звільна найдемо в собі силу зачати розбите діло, знов наново і знов колись поставимо його на тім ступні, на якім було недавно. Тільки що тоді, навчені раз, будемо осторожнійші. А своїм підпалом що ви вдієте, кому поможете?

— Їм пошкодимо, і сего нам досить! — скрикнув Сень.

— Ох, не досить, побратиме Сеню, не досить! Може бути, що тобі, вам кільком, досить, бо ви на то заприсяглися. Але другим? Усім робітникам? Чи вони від того будуть ситі, що жиди покапцаніють? Ні, але будуть мусили-знов робити по-давньому і вдоволятися ще меншою платою, бо багатий все-таки хоч з мусу може заплатити більше, а бідний не може. А не дай боже, викриєсь ваша змова. то кілько вас піде гнити до криміналу, або хто знає, що ще може статися! Ні, побратими, прошу вас ще раз, послухайте мого слова, покиньте свої страшні замисли: працюймо далі разом так, як зачали, а пімсту оставмо тому, котрий важить правду-неправду і кождому вимірює по ділом его.

— Те-те-те, ти вже щось спопівська затинаєш, — відказав насмішливо Сень. — Не час нам ждати на той вимір, о котрім досі якось ми нічого не знаємо. Моя гадка: у кого міцні кулаки, той сам собі впмірить правду. І нам так треба робити. Хто сам собі помагає, тому й бог поможе!

— Так, побратиме Бенедю, — сказав лагідніше Андрусь, — годі нам уже вертатися. Розмахнули сокирою, то треба вже врубати, хоч би мала нам сокира і в зуби пирснути. Коли ти не хочеш з нами кумпанію держати, то ми тебе не силуємо. Розуміється, що надіємся по тобі, що не видаш нас.

— Га, коли інакше не можна, коли так мусить бути, — сказав Бенедьо, — то нехай і так, останусь з вами до кінця. Палити з вами не піду, того від мене не жадайте, але останусь туй на місці. Може, вам зможу в чім іншім порадити або помогчи, — то гріх би був. коли б я в таку гарячу пору втікав з-поміж вас для власного безпеченства.

— І я так само! І я так само! — сказали Стасюра і Матій. — Всі ми стояли досі дружно, в щасливійшім часі, то треба нам держатися разом і в тих тяжких хвилях, які для нас настануть.

— Так, побратими! Спасибі вам за те, — сказав Андрусь, стискаючи одного по другім за руку, — тепер я спокійний і сильний, тепер можуть тремтіти наші вороги, бо хвиля пімсти надходить. Яке сім'я доля дає нам у руки, таке й сіймо. А що з нього зійде і хто збере єго плоди, се річ не наша. — ми, може, й не дожием того. А тепер остаєсь нам обговорити докладно, коли і як має се статися.

Всі побратими, окрім Бенедя, Матія і Стасюри, стовпилися довкола Андруся і тихішим голосом розпочали оживлену нараду. Матій сидів на припічку, держачи нетямно в зубах давно вигаслу люльку, Стасюра шпортав палицею по землі, а Бенедьо сидів на лаві, звісивши голову, а по довгій хвилі встав, утер рукавом дві пекучі сльози, що туй-туй хотіли бризнути з його очей, і вийшов надвір. Се він прощався з своїми золотими надіями...

XXI.

Мортко, Германів вірник, проспав ніч дуже неспокійно. Погані сни торопили його і стискали його серце смертельною тривогою. Раз йому снилося, що падав стрімголов з якоїсь височенної скали і бачив під с&бою настобурчені обриви і шпилі; то знов йому здавалося, що хата горить, а він, серед удушливого диму і осліпляючих огняних язиків, лежить прикований до ліжка, з величезним каменем на груди, не може ані рушитись, ані крикнути, ані навіть подумати свобідно. А коли серед такого сну, в найбільшій тривозі, весь тремтячий і гарячим потом облитий, він пробудився, то й наяві йому морочилось у голові, всяка погань лізла на думку, і він ніяк не міг позбутися своїх власних привидів. Йому уперто нагадувавсь чомусь Іван Півторак, котрого він підпоїв, обдер з грошей і втрутив до глибокої ями; згадка тота займала йому дух, немов хтось холодною рукою стискав його за горло, коліном давив його груди. Надармо Мортко сплювував і щипав себе в литку, і шептав якісь жидівські закляття, — ніщо не могло розвіяти поганого настрою його духу. Не дожидаючи рана, він схопився з ліжка і, убравшися, побіг до ям. Відколи копання воску сталося головним ділом бориславського промислу, а широкий розвиток того промислу чимраз більші обіпював користі, відтоді, крім денної, введено також нічну роботу в ямах. Робітники чередувалися в роботі: одна часть робила денну «шахту», то єсть 12 годин, а друга часть — нічну. До денних був окремий, дньовий касієр, а до нічних — нічний. Мортко був дньовим касієром, і до нього належав найвищий надзір над ямами. Для того він, услужний і вірний своєму пану, від котрого брав за те добру плату, приходив до кошар вчасніше, ніж зачиналася дньова шахта, щоб кілько можна наглядати й за роботою нічних робітників.

А особливо нині догляд його був дуже потрібний. Велика маса земного воску, котру Герман зобов'язався доставити «Спілці визискування», мусила нині рано бути доповнена, бо на полуднє Герман назначив несхибний термін, в котрім мав увесь віск віддати повномочним «Спілки», по чім зараз мав одержати від них за той віск гроші, — так як до достави воску на місце переробки, будь вона де-небудь, Герман контрактом не зобов'язався. Приходилось за тим Морткові чимало набігатись, накричатись і налютитись: то робітники робили не так, як треба, то поставкували собі там, де треба було квапитись, то млинок зіпсувався, то ключ від магазину загубився, — словом, усе немов ізмовилось нині робити збитки бідному Морткові, котрий аж охрип і впрів, отіпаючи собою на всі боки і доводячи все до ладу.

Вкінці здавалося, що ось уже все скінчено: послідня до контрактової суми недостаюча брила воску була перетоплена, уформована, зважена і націхована. Три величезні магазини, найбільші на весь Борислав, повні були воску. Ось надторохтіли з Дрогобича дві пишні карети: в одній Герман з Ван-Гехтом, а в другій два повномочні від «Спілки визискування». Герман немов на шпильках сидів у своїм повозі на м'якім сидінні: так щось перло і гнало його якнайборше здати на чужі руки ті величезні скарби, в котрих тепер лежала найбільша часть його маєтку. Відколи почалось видобування і визискування, ніколи ще до тої хвилі Борислав не бачив такої многоти воску накупі. Бориславські жиди частенько приходили оглядати ті величезні магазини і зависними очима гляділи на нагромаджені в них скарби. Тільки Германа одного якось не радували ті величезні піраміди воскових брил; нині перший раз він радісно глянув на них, коли був певний, що за хвилю всі ті маси і брили переміняться в паку банкнотів, котра безпечно спочине в його залізній вертгеймівській касі.

Also available from JiaHu Books:

Чорна рада — Пантелеймон Куліш – 9781909669529

Раскіданае гняздо/Тутэйшыя - Янка Купала – 9781909669901

Русланъ и Людмила — А. С. Пушкин - 9781909669000

Евгеній Онѣгинъ — А. С. Пушкин — 9781909669017

Пиковая дама, Медный всадник, Цыганы — А. С. Пушкин — 9781784350116

Капитанская дочка — А. С. Пушкин — 9781784350260

Борис Годунов — А. С. Пушкин - 9781784350291

Анна Каренина — Л. Н. Толстой — 9781909669154

Дядя Ваня — А. П. Чехов — 9781784350000

Три сестры — А. П. Чехов — 9781784350017

Вишнёвый сад — А. П. Чехов - 9781909669819

Чайка — А. П. Чехов — 9781909669642

Дуэль — А. П. Чехов — 9781784350024

Иванов — А. П. Чехов — 9781784350093

Шутки - А. П. Чехов — 9781784350109

Драма на охоте - А. П. Чехов — 9781784350703

Записки из подполья — Ф. Достоевский - 9781784350472

Рудин — И. С. Тургенев — 9781784350222

Записки охотника - И. С. Тургенев — 9781784350390

Нахлебник - И. С. Тургенев — 9781784350246

Отцы и дети — И. С. Тургенев - 978178435123

Ася — И. С. Тургенев — 9781784350079

Первая любовь — И. С. Тургенев — 9781784350086

Вешние воды — И. С. Тургенев — 9781784350253

Накануне — И. С. Тургенев — 9781784350512

Мать — Максим Горький — 9781909669628

Конармия — Исаак Бабель — 9781784350062

Человек-амфибия — А. Беляев - 9781784350369

Рассказ о семи повешенных и другие повести — Л. Н. Андреев — 9781909669659

Леди Макбет Мценского уезда и Запечатленный ангел - Н. С. Лесков - 9781909669666

Очарованный странник — Н. С. Лесков — 9781909669727

Некуда — Н. С. Лесков -9781909669673

Мы - Евгений Замятин- 9781909669758

Санин — М. П. Арцыбашев — 9781909669949

Двенадцать стульев — Ильф и Петров - 9781784350239

Золотой теленок — Ильф и Петров - 9781784350468

Мастер и Маргарита — М.А. Булгаков - 9781909669895

Собачье сердце — М.А. Булгаков — 9781909669536

Записки юного врача — М.А. Булгаков — 9781909669680

Роковые яйца — М.А. Булгаков — 9781909669840

Горе от ума — А. С. Грибоедов - 9781784350376

Рассказы для детей - Д. Хармс - 9781784350529

Евгений Онегин (Либретто) — 9781909669741

Пиковая Дама (Либретто) — 9781909669918

Борис Годунов (Либретто) — 9781909669376

Руслан и Людмила (Либретто) - 9781784350666

www.ingramcontent.com/pod-product-compliance
Lightning Source LLC
Chambersburg PA
CBHW030333180626
46810CB00003B/1345